# SPURLOS VERSCHWUNDEN

DIE LUCA-MYSTERY-REIHE

DAN PETROSINI

Erhältlich als E-Book, Druckausgabe und Hörbuch.

Erstausgabe: 2025

ISBN Print: 978-1-960286-52-9

Naples, Florida, USA

## DIE LUCA MYSTERY-SERIE

BIN ICH DER MÖRDER?

VERSCHWUNDEN

DER SERENITY-MORD

DRITTE CHANCEN

EIN KALTER, HARTER FALL

POLIZIST ODER MÖRDER?

SALTER ZUM SCHWEIGEN BRINGEN

EIN MÖRDER FALSCH

UNGEWISSE EINSÄTZE

DER OPA-MÖRDER

GEFÄHRLICHE RACHE

WO SIND SIE

AM SEE BEGRABEN

DER PRESERVE KILLER

NIEMAND IST SICHER

MORD, GELD UND CHAOS

DER GOLDENE AUSVERKAUF


## SPANNENDE GEHEIMNISSE

CORYS DILEMMA

CORYS FLUG

CORYS VERSCHIEBUNG

### KUNST DER RÜCKZAHLUNG

RENNEN ZUR RACHE

JENSEITS DER RACHE

DAS IST NOCH NICHT VORBEI


### ANDERE WERKE VON DAN PETROSINI

DER LETZTE FEIND

COMPLETCICCITIC ZEUGE

ZURÜCKSCHIEBEN

EHRGEIZ KLIPPE

Sie können über mein Schreiben auf dem Laufenden bleiben und Zugang zu Büchern haben, die frei von Discounter sind, indem Sie sich meinem Newsletter anschließen. Normalerweise ist es einmal im Monat ausgestiegen und enthält auch Notizen zu Selbstwertgefühl, Motivationsstücken und Weinartikeln.

Es ist kostenlos. Siehe meine Website: www.danpetrosini.com

# DANKSAGUNG

Mein besonderer Dank gilt Julie, Stephanie und Jennifer für ihre Liebe und Unterstützung, sowie Squad Sergeant Craig Perrilli für seinen Rat aus der realen Welt der Polizeiarbeit. Er sorgt dafür, dass ich auf dem Teppich bleibe.

# 1

## STEWART

*»Auch die längste Reise auf dem falschen Weg führt nicht zum richtigen Ziel.« – Ben Gaye, III*

*3. Mai*

Ich rutschte auf meinem Stuhl hin und her, während Kevin Greely unserem größten Kunden das Projekt schmackhaft machte. Es ging um einen riesigen Auftrag für eine Entsalzungsanlage, den wir wollten, nein, den wir brauchten, aber das Gekrieche meines Chefs war zum Kotzen.

Mein Handy vibrierte erneut, das dritte Mal in fünf Minuten. Ich ließ meinen Blick um den Tisch schweifen. Alle Augen waren auf die PowerPoint-Präsentation gerichtet, also griff ich unauffällig in meine Jackentasche, um einen Blick darauf zu werfen. Ich starrte auf die Nummer, während das Handy summte.

Sie war es.

Ich schob meinen Stuhl vom Konferenztisch zurück und

zog damit die Aufmerksamkeit auf mich, die ich so gefürchtet hatte.

»Äh, Entschuldigung. Ich muss da rangehen. Ein Notfall in der Familie. Ich bin gleich wieder da.«

Greelys Blicke bohrten sich in mich, als er sagte: »Beeilen Sie sich, Dom, wir machen mit Ihrem Fachgebiet weiter.«

»Sollte nur eine Minute dauern.« Während ich aus dem Raum schlich, wusste ich, dass ich mir etwas Glaubhaftes ausdenken musste, um mir Greely vom Hals zu halten. Mann, wie ich Arschkriechen hasste. Dieser Job war nichts Besonderes, nur ein Platzhalter, und die Bezahlung war obendrein beschissen. Ich musste hier weg, und zwar schnell.

Ich drückte auf Rückruf und kauerte mich neben eine Säule, die Augen auf die Tür des Konferenzraums gerichtet.

»Dom?«

Ein Schauer, teils Hochgefühl, teils Übelkeit, wanderte von meinem Bauch bis in meine Nase. Ich fühlte mich wie ein Fünftklässler, der seinen Schwarm von der Toilette aus anruft. Das Sprichwort »Was lange währt, wird endlich gut« schoss mir durch den Kopf.

»Hey, Robin, tut mir leid, ich war gerade in einer …«

»Phil ist immer noch nicht zurück. Weißt du, wo er ist?«

»Bist du sicher?«

»Er ist letzte Nacht wieder nicht nach Hause gekommen und heute auch nicht bei der Arbeit erschienen. Wo zum Teufel steckt er? Ich mache mir Sorgen, dass ihm etwas zugestoßen ist.«

Sie brauchte Beruhigung, und die würde ich ihr geben.

»Ich bin sicher, er kommt wieder …«

»Hör auf mit dem Scheiß, Dom, das hast du gestern schon gesagt. Wo zum Teufel ist er?« Sie klang panisch.

»Ich weiß es nicht, Robin.«

»Oh, komm schon, dir erzählt er doch alles.«

Ein Volltreffer. »Hör zu, ich bin sicher, es geht ihm gut, aber hast du dich schon umgehört, in den Krankenhäusern zum Beispiel?«

»Natürlich. Ich habe bei NCH Downtown und North, dem Lee Memorial, dem Health Park, sogar beim Physicians Regional angerufen, obwohl er da niemals hingehen würde. Etwas stimmt nicht, ich spüre es.«

Ich musste ihr zustimmen. »Ich bin mir sicher, es gibt eine Erklärung. Du musst ruhig bleiben. Lass uns hier keine voreiligen Schlüsse ziehen. Okay, Robin?«

»Ich weiß, aber schau, du kannst es mir sagen. Ich will es einfach nur wissen.« Ihre Stimme wurde lauter. »Hat Phil wieder was am Laufen? Ist er mit einer seiner Tussis abgehauen?«

Ich musste nicht daran erinnert werden, dass Phil Frauen wie Münzen sammelte. Das Verrückte daran war, dass es total gaga war, dies zu tun, wenn man eine Robin hatte.

Robin und Phil waren seit zehn Jahren verheiratet, mal gut, mal schlecht. Ich erinnere mich an den Tag ihrer Hochzeit. Robin war ein Hauptgewinn: gut aussehend und mit nur fünfundzwanzig verdiente sie schon ein Schweinegeld. Der Hochzeitstag war für mich bittersüß, denn Phil war ein Freund fürs Leben, der Bruder, den ich nie hatte. Die beiden gaben so ein umwerfendes Paar ab, dass es deprimierend war.

Mein Kumpel, Phil Gabelli, war auch kein Kind von Traurigkeit. Ich hasste es, mit ihm um Mädchen zu konkurrieren, als wir aufwuchsen. Tatsache ist, ich habe nie aufgehört, mit ihm zu konkurrieren. Selbst als er mit Robin verheiratet war, hat er noch in denselben Gewässern gefischt wie ich. Er hatte Robin, ich meine, wen zum Teufel könnte man sonst wollen?

Die Konferenztür knarrte auf, und ein streng dreinblickender Greely sagte:

»Sie sind dran, Stewart!«

Ich hielt einen Finger hoch. Greely schüttelte den Kopf, machte eine Daumen-runter-Bewegung und verschwand. Mann, ich kann es kaum erwarten, diesen Typen zu sagen, dass sie sich ficken sollen.

»Hör zu, Robin, ich weiß, dass du aufgebracht bist, aber ich bin sicher, er wird auftauchen. Das tut er immer.«

»Ich weiß nicht, was ich tun soll, Dom. Diesmal ist es anders, ich kann es fühlen.«

Ich konnte ihr Handy im Hintergrund klingeln hören.

»Mach dir keine Sorgen …«

»Warte mal kurz. Oh, ich muss auflegen. Es ist der Detective, der den Fall bearbeitet.«

Detective? Ein Fall? Werden bei einer Vermisstenanzeige Detectives eingeschaltet? Ich griff nach meinem Inhalator. Wahrscheinlich war das normal. Robin war ein Typ-A-Mensch. Das war eines der Dinge, die ich an ihr liebte, auch wenn Phil das anders sah. Sie machte Druck mit einer laserartigen Zielstrebigkeit, schüchterte dich ein oder ließ ihren Charme spielen, um zu bekommen, was sie wollte.

Phil beklagte sich bei mir darüber, aber ich wusste, dass das der Grund war, warum sie so erfolgreich war. Er wusste nicht, wie er mit ihr umgehen sollte, aber ich fand sie einfach im Umgang. Wie ich Phil schon sagte, ihre kleinen Macken zu ertragen, war ein geringer Preis für die ganze Kohle, die sie nach Hause brachte.

## 2

## STEWART

*»Wenn du einen Weg ohne Hindernisse findest, führt er wahrscheinlich nirgendwo hin.« – Frank A. Clark*

Als ich in den Spiegel schaute, störten mich meine Bartstoppeln. Ich rasierte mich, zog eine schicke Jeans und ein neues Hemd an, das ich in einer Boutique in den Waterside Shops gekauft hatte. Ich wollte leger-schick aussehen, was auch immer das bedeuten mochte, denn ein Detective namens Frank Luca wollte vorbeikommen.

Luca war ungefähr eins achtzig groß und sah gut aus, wie Phil. Ich fragte mich sofort, was Robin wohl von ihm hielt.

Ich wollte ihm die Hand schütteln, aber er wedelte nur mit seinem Ausweis und trat ein.

»Das sollte nicht lange dauern, ich bin nur hier, um ein paar Hintergrundinformationen über Mr. Gabelli einzuholen.«

»Kein Problem, Officer, oder ist es Detective? Wie soll ich Sie ansprechen?«

»Also, wenn mein Alter hier wäre, würde er sagen, nennen Sie mich, wie Sie wollen, aber stellen Sie den Scheck auf bar aus.« Luca lächelte. »Detective, Officer, Frank, das macht keinen Unterschied.«

»Alles klar. Lebt Ihr Vater noch?«

Luca schüttelte den Kopf. »Nee, das ist jetzt ungefähr fünf Jahre her. Immer noch schwer zu glauben.«

»Ja, ich weiß, was Sie meinen. Ich habe meine Mutter vor zwei Jahren verloren und es tut immer noch weh. Mir gefällt, was Königin Elisabeth gesagt hat: ›Trauer ist der Preis, den wir für Liebe zahlen.‹ Ziemlich gutes Zitat, nicht wahr?«

Luca nickte und zog ein Notizbuch aus seiner Jacke.

»Sollen wir anfangen?«

Ich holte ein paar Flaschen Wasser und wir setzten uns an den Küchentisch.

»Verrückt, dass Phil abgehauen ist, was?«

»Sie sagen abgehauen; hatte er einen bestimmten Grund zu verschwinden?«

»Na ja, wissen Sie, Phil war, ich weiß nicht, rastlos. Er konnte keine Minute still sitzen, es sei denn, es war auf einem Barhocker, um eine Dame anzuquatschen.« Ich lächelte.

»Phil hat gerne getrunken und war ein Frauenheld?«

»Na ja, so viel hat er nicht getrunken. Sehen Sie, Phil und ich kennen uns schon ewig. Ich meine, wir sind dicke Freunde. Er hat mich aus so vielen Zwickmühlen geholt, dass ich aufgehört habe mitzuzählen. Ich will ihn nur nicht schlechtmachen oder so.«

»Ich verstehe. Ich versuche nur, ein paar Informationen zu bekommen, mit denen ich arbeiten kann. Alles, was Sie mir erzählen, bleibt unter uns. Ich muss verstehen, ob er abgehauen ist oder ob ihm etwas zugestoßen ist.«

Ich beugte mich vor. »Was meinen Sie damit? Dass er verletzt ist oder –«

Luca hob eine Hand. »Immer mit der Ruhe. Meine Aufgabe ist es, seinen Aufenthaltsort zu ermitteln und den Spuren zu folgen, ob gut oder schlecht, wohin auch immer sie führen. Sie sagten also, Ihr Kumpel ließ gern nichts anbrennen.«

Ich lächelte. »Fair genug, obwohl es Robin gegenüber nicht fair ist. Sie ist was Besonderes, finden Sie nicht auch?« Ich wollte, dass Luca reagierte, aber er ließ sich nicht anmerken, was er von ihr hielt.

»Na ja, Phil ist einzigartig. Sagen wir mal, er hatte nie Probleme mit den Damen. Ich bin sicher, Sie wissen, wie das ist, richtig, Detective? Ich meine, bei Ihrem Aussehen. Hey, wissen Sie was?« Ich schnippte mit den Fingern. »Sie sehen aus wie George Clooney. Ja, das ist es. Wow, sein Ebenbild. Das hören Sie bestimmt oft.«

Luca lächelte kaum merklich und schüttelte den Kopf. Was für ein steifer Bock.

Er sagte: »Erzählen Sie weiter.«

»Sagen wir einfach, Phil hat seine Situation voll ausgenutzt. Das ist alles.«

»Seine Situation?«

»Sie wissen schon, sein Aussehen, seine Art mit Frauen. Man könnte es Stil nennen. Er war im Grunde unwiderstehlich.«

»Und wusste seine Frau von seinen«, Luca formte Anführungszeichen in der Luft, »Aktivitäten?«

Ich runzelte die Stirn. »Ja, sie wusste es. Robin wurde stinksauer und drohte, ihn rauszuschmeißen, aber Phil hat sich immer wieder rausgewunden und die alten Verspre-

chungen gemacht. Robin ist immer wieder darauf rein-
gefallen.«

»Glauben Sie, sie hatte es vielleicht endlich satt, zum
Narren gehalten zu werden?«

»Was? Sie denken doch nicht …? Nee, das kann nicht sein,
sie würde niemals jemandem etwas antun, nicht Phil,
niemandem.«

»Ich muss fragen.«

»Ja, ich weiß, meistens ist es der Ehepartner, aber hey, er
hat sich wahrscheinlich nur«, ich senkte meine Stimme ein
wenig, »mit irgendeinem Kätzchen verkrochen.«

»Robin sagte, Sie und Phil seien dicke Freunde und wenn
jemand wüsste, wo er ist, dann wären Sie es.«

Robin? Er nennt sie schon beim Vornamen?

»Ja, Philly und ich kennen uns schon seit der Grundschule.
Wir haben in der Jugendliga gespielt, waren zusammen auf
der Highschool und so weiter. Robin hat Ihnen wahrscheinlich erzählt, dass ich sein Trauzeuge bei ihrer Hochzeit war.«

Luca nickte schweigend.

»Aber ich weiß wirklich nicht, wo er hingegangen ist. Ich
wünschte, ich wüsste es.«

»Wissen Sie, ob sie irgendwelche finanziellen Probleme
hatten?«

Ich schüttelte den Kopf. »Auf keinen Fall. Robin bringt das
Geld nach Hause, und zwar eine ganze Menge.«

Luca fragte: »Vielleicht hatte er seine eigenen Geld-
probleme.«

»Nee, sie verdient mehr als genug, und sie teilen es.«

»Sie wissen, dass sie ihr Geld zusammenlegen?«

»Wie gesagt, Phil erzählt mir alles.«

Der Detective nickte. »Wissen Sie etwas oder kennen Sie
irgendeinen Grund, warum er verschwinden wollte?«

»Nicht wirklich. Er hatte ein paar Affären, die eine Weile liefen, aber keine Ahnung, ich schätze, er könnte mit einer seiner Tussen abgehauen sein. Wissen Sie, es war nicht die beste Ehe, und manchmal hat er gesagt, dass er abhauen wollte.«

»Haben Sie ihn ernst genommen, oder war es so etwas, wovon viele Leute fantasieren, wenn sie gerade eine schwere Zeit durchmachen?«

Ich zuckte mit den Schultern. »Ich schätze, nicht mehr als jeder andere auch.«

Luca bat mich, alle aktuellen und ehemaligen Freundinnen von Phil zu nennen, an die ich mich erinnern konnte. Nachdem er etwas in sein Notizbuch gekritzelt hatte, stand Luca auf, was signalisierte, dass unser Gespräch beendet war. Als ich ihn zur Tür begleitete, fragte er: »Wissen Sie von jemandem, mit dem er im Clinch lag? Irgendjemand, der einen Grund haben könnte, ihm zu schaden?«

Endlich eine gute Frage. »Also, um ehrlich zu sein, Phil konnte manchmal ein ziemlicher Sprücheklopfer sein. Er liebte es, andere aufzuziehen. Verstehen Sie, was ich meine? Nichts Bösartiges, aber manchmal konnten ihn die Leute falsch verstehen. Wissen Sie?«

»Fällt Ihnen jemand ein, der ihn falsch verstanden haben könnte?«

Ich nannte ihm ein paar Namen, und er ging.

# 3

## LUCA

Vermisstenfälle sind nicht so mein Ding, aber da es an der Goldküste von Florida nur wenige Tötungsdelikte gibt, war es eine willkommene Abwechslung zur Jagd auf Einbrecher. Die meisten dieser Fälle laufen entweder auf eine Flucht oder auf Mord hinaus, was, wie gesagt, selten ist, besonders in Naples. Die Wahrscheinlichkeit war hoch, dass dieser Kerl sich einfach aus dem Staub gemacht hatte.

Während ich die Ehefrau befragte, konnte ich mir nicht vorstellen, dass dieser Phil Gabelli sie einfach so sitzen lassen würde. Der Name der Frau war Robin, und Mann, war die eine Schönheit. Sie begann, mich während unseres Gesprächs regelrecht zu hypnotisieren, bis mir klar wurde, dass sie förmlich nach Typ A schrie, was meine hormonellen Instinkte im Keim erstickte. Sehen Sie, Typ-A-Leute denken, sie wären klüger als alle anderen. Sie sind auch dafür bekannt, fanatische Planer zu sein. Das macht sie erfolgreich, aber als Mordermittler wusste ich, dass sie auch diejenigen sind, die glauben, mit ihrer akribischen Planung bei einem Verbrechen ungeschoren davonzukommen.

Ich bewertete die Lage neu. Sie war ziemlich mitgenommen, aber irgendetwas stimmte nicht. Die Ehefrau hielt etwas zurück, aber waren es nur die persönlichen Dinge, die uns niemand beim ersten oder zweiten Gespräch anvertraut, oder etwas Finstereres? Sie war schwer zu durchschauen. Ich würde mehr Zeit mit ihr verbringen müssen, aber es war noch früh, und wer weiß, vielleicht würde ihr Mann ja jeden Moment wieder auftauchen.

Die Ehefrau bestand darauf, dass ich mit dem langjährigen Kumpel ihres Mannes sprach, einem Kerl namens Dom Stewart. War das ein klassisches Ablenkungsmanöver oder versuchte sie wirklich, dem Verschwinden ihres Mannes auf den Grund zu gehen?

Ich betrachtete die Fotos, die mir Gabellis Frau gegeben hatte. Ich stehe zwar nicht auf Männer, aber es gab keinen Zweifel, dass dieser Kerl gut aussah.

»Na los, Kumpel, sprich mit mir. Wo zum Teufel steckst du? Warum rufst du nicht deine Frau an?«

Ich legte die Fotos beiseite und füllte eine Vermisstenanzeige aus. Dann jagte ich den Freund, Dom Stewart, durchs System. Nichts. Nicht einmal ein Strafzettel. Stewart war ein Chorknabe.

Die Sonne schien auf meinen Schreibtisch und ich stellte die Jalousien ein. Ich war erst seit zwei Jahren im Paradies und hatte jeden einzelnen dieser Tage gebraucht, um über den Verlust meines Partners und besten Freundes, J. J. Cremora, hinwegzukommen.

Es war hart, in New Jersey zur Arbeit zu gehen und auf J. J.s leeren Schreibtisch zu starren. Sein plötzlicher Tod durch einen Herzinfarkt war ein Schock, den ich immer noch nicht überwunden habe. Die Tatsache, dass er an dem Tag starb, an dem meine Scheidung rechtskräftig wurde, besiegelte die

Idee, nach Naples zu ziehen. Es gab Anpassungsschwierigkeiten, aber der Übergang verlief besser als erwartet.

Diese Südstaatler sind viel pfiffiger, als der Rest des Landes denkt, na ja, zumindest hier im Büro des Sheriffs. Nachdem ich hierhergekommen war, teilte man mir eine Reihe von vorübergehenden Partnern zu, weil man wusste, dass ich Zeit brauchen würde. Schließlich wurde mir Mary Ann Vargas fest zugeteilt, die, das muss ich zugeben, eine gute Polizistin war. Sie war gerade im Urlaub, nicht dass ich meine Partnerin gebraucht hätte, um diesen Fall zu verfolgen.

Während ich an den Resten vom Cinco-de-Mayo-Essen von letzter Nacht knabberte, aktualisierte ich die Fallakte mit dem Bericht und der Befragung und lud ein Foto des Vermissten hoch. Da nichts anderes anstand, rief ich diesen Stewart an und machte mich wieder auf den Weg in den Sonnenschein.

———

STEWART WOHNTE IN NORTH NAPLES, in einer der Hunderten von bewachten Wohnanlagen, die den Leuten ein falsches Gefühl von Sicherheit vermittelten. Ich konnte mir nicht vorstellen, Kinder zu haben und mich mit den Kaufhaus-Cops an den Toren herumschlagen zu müssen, um sie abzusetzen und wieder abzuholen. Das Positive war, dass Pelican Perch ein weiteres Beispiel für eine wunderschön gepflegte Wohnanlage war, die hell und freundlich wirkte.

Dom Stewart wohnte in einem mittelgroßen Reihenhaus im ersten Stock. Überall sonst nennt man diese Art von Wohnungen Townhouses. Ich schätzte, dass diese Bude etwa dreihundertfünfzigtausend kostete. Das ist noch so eine Sache hier unten, jeder ist auf Immobilien fixiert. Ich kann mich nicht an das letzte Gespräch erinnern, bei dem sich nicht der Preis eines Hauses in die Unterhaltung eingeschlichen hätte. Ich? Schuldig im Sinne der Anklage, es machte Spaß, darüber zu reden.

Wie auch immer, Stewart riss die Tür seines korallenrosa Hauses auf, eine Millisekunde nachdem ich geklingelt hatte. Das gefiel mir nie, es machte mich misstrauisch. Stewart war etwa eins fünfundsiebzig groß und wog siebzig Kilo, mit braunen Haaren. Er sah aus wie ein Typ, der bei seiner Garage total penibel wäre. Sie wissen schon, solche Leute, bei denen der Boden hochglanzlackiert ist und alles an der Wand hängt, nichts auf dem Boden steht.

Stewart trug ein hellblaues Button-down-Hemd und eine Dreihundert-Dollar-Jeans. Wollte er für unser Gespräch Eindruck schinden oder war er nur einer dieser Ordnungsfanatiker? Ich zeigte ihm meine Dienstmarke und wir gingen in die Küche. Mann, die Bude war sauber, aber spärlich möbliert und renovierungsbedürftig. Ich senkte meinen Schätzwert für das Haus auf maximal dreihundertfünfundzwanzig.

Überall hingen Bilder mit inspirierenden Sprüchen. »Mögest du alle Tage deines Lebens leben.« Den musste ich zweimal lesen, bevor ich ihn verstand. *»Im Leben geht es nicht darum, sich selbst zu finden. Im Leben geht es darum, sich selbst zu erschaffen.«* »Das Glück ist mit den Mutigen.«

Ein Magnet mit der Aufschrift *»Carpe Diem«* klebte am Kühlschrank. Stewart öffnete den Kühlschrank und enthüllte ein Regal mit Wasserflaschen, die wie Soldaten aufgereiht waren. Er schnappte sich zwei, bevor er sich setzte.

Er schien nicht nervös zu sein, aber entweder redete er für sein Leben gern oder er bemühte sich krampfhaft, eine Verbindung zu mir aufzubauen. Ich musste den Kerl bei der Stange halten, sonst würde ich den ganzen Tag hier festsitzen.

Ich machte mir unterwegs ein paar Notizen, aber es sah so aus, als hätte sich der gute alte Phil mit einer anderen davongemacht. Ein Frauenheld, wie es schien.

Es war interessant, aber nicht überraschend, zu erfahren, dass Phil ein ziemlicher neunmalkluger Typ war. Wenn einem die Dinge etwas zu leicht fallen, werden viele Kerle übermütig, und das stößt manchen von uns sauer auf. Vielleicht hat er jemanden wirklich verärgert. Es wäre nicht das erste Mal, dass ein Romeo kaltgemacht wird, weil er mit der Julia eines anderen gespielt hat.

Ich ging im Kopf noch einmal durch, was Stewart über die Kerle gesagt hatte, denen Phils Arroganz nicht passte. Er nannte drei Namen, aber war da etwas in seiner Körpersprache, als er diesen Kerl Turnberry erwähnte?

# 4

## STEWART

*»Zu tun, was man tun will, ist einfach. Zu tun, was man tun muss, ist schwer.« – Larry Elder*

Robin schrieb mir direkt nach ihrem Treffen mit Luca, um mir mitzuteilen, dass sie einen Suchtrupp zusammengestellt hatte. Ich kann nicht behaupten, dass ich überrascht war; sie war niemand, der die Hände in den Schoß legte. Ich war froh, dass sie mir geschrieben hatte, aber auch ein wenig genervt, dass sie mir nicht im Voraus gesagt hatte, dass sie so etwas vorhatte. Wie dem auch sei, ich war bereits auf dem Weg, aber keine Frage, ein Suchtrupp fühlte sich seltsam an und ich wollte nicht mitmachen.

Robin wohnte in einer schönen Gegend von Pine Ridge Estates, wo die Grundstücke groß und die Häuser zwischen anderthalb und neun Millionen oder mehr wert waren. Mir gefiel es dort. Es hatte eine gute Lage mit einem ganz eigenen Flair. Außerdem hatte der Name einen schönen, gehobenen

Klang. Ihr Haus war über drei Millionen wert; ich hatte es nachgeschlagen.

Als ich vor dem Haus vorfuhr, war die graue Pflasterauffahrt voller Autos. Eine kleine Menschenmenge hatte sich unter dem überdachten Eingang des Hauses versammelt. Ich musterte das Haus, während ich aus dem Wagen stieg. Es war immer perfekt gepflegt und heute war das nicht anders.

Robin stand mit einem Klemmbrett in der Hand in der Tür. Ich beschleunigte meine Schritte, dämpfte mein Lächeln, nickte zur Begrüßung und drängte mich für eine kurze Umarmung an ihre Seite. Ihr Handy summte. Mann, sie roch gut.

Robin beendete den Anruf eines Freiwilligen.

»Was ist der Plan?«, fragte ich.

»Ich kann nicht auf die Polizei warten. Sie haben gesagt, sie würden ihn finden, aber der Gedanke, dass er irgendwo verletzt liegt – ich, ich könnte es einfach nicht ertragen.«

Ihr stiegen Tränen in die Augen. Ich griff nach ihrer Hand und drückte sie.

Ich sagte: »Na dann, fangen wir an zu suchen. Wohin zuerst?«

»Ich weiß nicht, wo wir zuerst suchen sollen. Es ist überwältigend.«

»Ich weiß, aber Schritt für Schritt. Wie wäre es, wenn wir uns aufteilen und mit den Parks und den bewaldeten Gebieten anfangen?«

Sie nickte. »Ja, ich habe Marty und Joe gesagt, sie sollen mit ein paar von uns zum Wiggins Pass, zum Veterans Park und zum Gordon Park fahren. Wir müssen auch bei seiner Arbeit nachsehen.«

»Gute Orte zum Suchen.«

Sie sagte: »Es gibt auch eine Menge unbebautes Land beim Tech Park an der Old Forty-One.«

Ihr Handy summte und sie sagte dem Anrufer, er solle sich ein paar andere Leute schnappen und im Big Cypress Park in den Everglades nach Phil und seinem Auto suchen. Der Park war ein riesiger Sumpf mit Zugang über Holzstege. Sie würden hundert Leute brauchen, um alles abzusuchen. Mann, das würde eine lange Nacht werden.

Ich hatte keinerlei Interesse daran, durch irgendwelche Waldgebiete zu laufen, und noch weniger, durch irgendein modriges Sumpfland zu stapfen. Mein Plan war es, bei Robin zu bleiben. Als sich die Teams zu bilden begannen, sagte ich zu Robin: »Detective Luca ist bei mir vorbeigekommen.«

»Wirklich? Das überrascht mich. Er schien nicht sonderlich interessiert zu sein. Was hatte er zu sagen?«

Nicht interessiert? Er musste doch an ihr interessiert sein.

»Nicht viel, er hat nur ein paar Fragen gestellt. Ich habe ihm so viele Informationen gegeben, wie ich konnte.«

»Was zum Beispiel?«

»Du weißt schon.«

»Wenn ich es wüsste, würde ich nicht fragen. Jetzt komm schon, Dom.«

»Ich meine, wir wissen doch beide, dass Phil gerne, du weißt schon«, ich malte Anführungszeichen in die Luft, »herumgestreunt ist. Ich habe ihm nur erzählt, was ich wusste. Das ist alles.«

Ein Freiwilliger kam herüber und sprach mit Robin.

Nachdem sie den Freiwilligen verabschiedet hatte, sagte Robin: »Okay, lass uns loslegen.«

»Was meinst du damit?«

»Mit der Suche.«

»Du gehst doch nicht mit, oder?«

»Natürlich. Ich kann nicht einfach hier rumsitzen.«

»Aber du musst hier bleiben. Weißt du, das hier ist die Kommandozentrale.«

»Meinst du?«

Bingo, sie hörte schon auf mich. »Natürlich. Du bist die perfekte Person, um von hier aus alles zu leiten.«

Sie lächelte kurz. »Wenn du meinst.«

»Absolut. Wir sollten beide hier sein.«

»Nein, nein. Du kannst nicht hierbleiben, Dom. Niemand kennt Phil so gut wie du. Du wüsstest, wo man suchen muss. Ich frage Peg, ob sie bei mir bleibt.«

Verdammt. So sehr ich es auch wollte, gegen ihre Argumentation kam ich nicht an.

Und so zog ich los mit zehn anderen Gutmenschen, die schon anfingen, Phils Namen zu rufen, bevor sie überhaupt Robins Auffahrt verlassen hatten.

———

ES WAR HÖLLISCH SCHWÜL und meine Schuhe waren mit Dreck verkrustet. Wir mussten zehn verdammte Meilen durch das Ackerland südlich der Immokalee Road und des Everglades Boulevard gelaufen sein. Warum irgendjemand dachte, Phil würde hier draußen sein, war mir ein Rätsel. Ich spielte meine Rolle, rief alle paar Minuten seinen Namen, aber ich wusste, dass es sinnlos war. Es war eine Plackerei und ich musste mich immer wieder an das Zitat von Kaplan erinnern: »*Wenn ich mit dem großen Ganzen recht habe, werde ich für meine Geduld belohnt werden.*«

Langsam bekam ich Hunger. Ich rief Robin dreimal an, während wir vorwärtstrotteten, angeblich, um zu sehen, ob es irgendwelche Neuigkeiten gab. Obwohl sie gestresst war, klang ihre Stimme immer noch wie ein Glas Zuckerwasser. Ich konnte es kaum erwarten, bis das alles vorbei war.

Die Sonne ging unter und ich schlug vor, dass wir nach rechts abbiegen und umkehren sollten. Ich war noch nie so froh, das Tageslicht in ein schmutziges Grau übergehen zu sehen, als wir wieder in unsere Autos stiegen. Verhungernd machte ich mich auf den Weg zurück zu Robin.

Alle Suchtrupps waren schon vor Stunden zurückgekehrt, aber es waren immer noch ein Dutzend Leute bei Robin zu Hause. Geht nach Hause, Leute. Seht ihr denn nicht, dass sie Zeit zum Abschalten braucht? Unglücklicherweise wohnte jetzt ihre Schwester Peggy, die aus Savannah gekommen war, bei Robin.

Geistig gesehen waren sie Zwillinge, aber Peg war äußerlich nichts Besonderes, obwohl sie etwas Geld hatte. Ich schätzte, dass sie maximal vier, fünf Tage bleiben würde, da sie einen wichtigen Job hatte und eine Krankenhauskette leitete. Robin meinte, die beiden stünden sich nicht mehr nahe, aber Blut ist eben dicker als Wasser, also musste ich mich zurückhalten.

Wir gingen früher oft zu diesem Chinesen – Robin liebte ihr Mu-Shu-Schweinefleisch. Ich wusste, dass sie sich darüber freuen würde, also bestellte ich das und noch ein paar andere Gerichte. Das Essen lockerte die angespannte Stimmung auf, aber so sehr ich es auch hasste, ich wusste, dass ich gehen musste, bevor die anderen gingen.

## 5

---

# LUCA

Auf dem Rückweg auf der US 41 knarrte das Funkgerät und vertrieb das Bild von Robins scharfer Figur aus meinem Kopf. Ein weiterer Code 38 in Golden Gate. Ein Wagen war bereits unterwegs, aber die Zentrale war sich nicht sicher, ob es sich bei diesem Fall von häuslicher Gewalt um eine Geiselnahme handelte, und bat jede Einheit in der Nähe, zu reagieren.

Die Coastland Mall war in Sicht. Ich schaltete das Blaulicht an und trat aufs Gas. Als ich auf die Überführung raste, sah ich einen Streifenwagen mit blitzendem Blaulicht auf Airport Pulling. Er holte auf und war nur eine halbe Meile hinter mir, als ich auf den Coronado Parkway abbog. Als ich rechts in den Tropical Way einbog, klebte er mir an der Stoßstange.

Ich quetschte mich vor der Tropical 16715 in eine Lücke hinter zwei anderen Streifenwagen und schätzte den Wert des Hauses schnell auf weit unter dreihundert Riesen. Als ich ausstieg, warf ich einen Blick zwischen den Häusern hindurch;

auf dem Santa Barbara Boulevard raste der Verkehr vorbei. Zwei uniformierte Beamte hatten sich an der Haustür positioniert und redeten auf den Bewohner ein, er solle öffnen.

»Yo, Luca.«

Ich drehte mich um. Es war Bill Bailey.

»Generalprobe fürs Indy 500?«

»Ich fahre nicht wie 'ne Oma, wenn meine Kollegen mich brauchen.«

Bailey war für meinen Geschmack ein etwas zu enthusiastischer Kollege.

»Ja, nun, wenn du über eine Bodenwelle gebrettert wärst oder eine echte Großmutter auf die Straße getreten wäre, hätte ich mir überlegen müssen, welchen Anzug ich zu deiner Beerdigung anziehe.«

Ein rotgesichtiger Beamter, der nicht älter als dreißig sein konnte, war von der Haustür herübergejoggt. Ich stellte mich vor, während sich die beiden Jungspunde mit einem Faustgruß begrüßten.

»Reilly.«

»Was ist los?«

Officer Reilly erklärte, dass jemand, von dem er annahm, es sei der Ehemann, die Tür geöffnet und gesagt hatte, er würde aufmachen, es aber nie getan habe. Reilly hatte verlangt, mit der Ehefrau zu sprechen, die den Notruf gewählt hatte, aber der Mann behauptete, sie sei bei den Kindern beschäftigt.

»Hat der Kerl einen Namen?«

»Oh, Verzeihung, Sir. Watkins, John. Weiß, zweiundvierzig Jahre alt.«

»Berufstätig?«

»Äh, weiß ich nicht.«

»Finden Sie es heraus. Wenn das eine Geiselnahme ist, brauchen wir so viele Daten wie möglich.« Ich ging zur Tür.

Es gab keine Seitenfenster, durch die man einen Blick erhaschen konnte, also klingelte ich. Zwanzig Sekunden später schlug ich zweimal mit dem Handballen gegen die Tür. Eine Raucherstimme antwortete: »Was wollen Sie?«

»Ich will nur sichergehen, dass alle in Ordnung sind.«

»Alles ist okay. Es gibt kein Problem.«

»Davon muss ich mich selbst überzeugen.«

»Warum? Ich möchte meine Privatsphäre.«

»Ich verstehe, Sir. Allerdings hat Ihre Frau anscheinend den Notruf gewählt und gesagt, dass sie sich bedroht fühlt.«

»Das ist Blödsinn.«

Ich hob meine Stimme um ein paar Stufen an. »Ich frage Sie ein letztes Mal. Machen Sie die Tür auf, oder ich lasse sie auframmen.«

»Lassen Sie uns in Ruhe.«

Ich wollte ihm gerade drohen, als ein stechender Schmerz durch meinen Bauch fuhr. Für eine Sekunde krümmte ich mich.

Reilly kam hinter mich. »Alles okay bei dir, Luca?«

»Ja, nur Blähungen. Muss mich von dem mexikanischen Essen fernhalten.«

Reilly teilte mir mit, dass Watkins gerade einen neuen Job bei FedEx angefangen hatte, wo er nachts arbeitete, und fragte, ob er Verstärkung rufen solle. Ich sagte ihm, er solle eine Minute warten, und hämmerte erneut gegen die Tür.

»Ich habe Ihnen gesagt, dass alles in Ordnung ist, also lassen Sie uns in Ruhe.«

»Hören Sie, machen wir daraus keine Sache, die Sie bereuen werden. Es gibt keinen Grund, FedEx wissen zu lassen, dass die Polizei bei Ihnen zu Hause ist, oder?«

»Hey, spielen Sie nicht mit meinem Job, Mann. Den brauche ich.«

»Sie haben es in der Hand. Wenn Sie aufmachen, gibt es keinen Grund, FedEx wissen zu lassen, dass Sie einen Streit mit Ihrer Frau hatten.«

Das Schloss klickte und die Tür öffnete sich einen Spaltbreit. Ich klemmte meinen Fuß hinein und hätte Watkins' nackte Zehen beinahe zerquetscht. Watkins war ein dünner Wicht. Dreitagebart und etwas, das wie eine Taube aussah, auf den Hals tätowiert.

»Sehen Sie, es ist nichts los, also warum lassen Sie uns nicht einfach in Ruhe?«

»Ich würde gerne die Gattin sehen.«

»Wozu?«

»Nun, sie hat die Beschwerde eingereicht.«

Er senkte die Stimme und öffnete die Tür weitere fünfzehn Zentimeter. »Sie übertreibt von Zeit zu Zeit ein bisschen. Wissen Sie, was ich meine?«

Während ich sagte: »Das tue ich ganz sicher«, zog ich die Tür auf.

»Treten Sie nach draußen, Mr. Watkins.«

»Das ist mein Haus. Sie können mich nicht aus meinem eigenen verdammten Haus zwingen.«

»Reilly, würden Sie und Bailey diesen Herrn wegen Nichtbefolgens einer polizeilichen Anordnung festnehmen?«

»Schon gut, schon gut. Kann ich mir erst Schuhe anziehen?«

»Nach draußen, Watkins. Sofort.«

Ich trat ins Haus ein und rief: »Mrs. Watkins? Detective Luca hier. Können wir kurz mit Ihnen sprechen?«

Die Tür zum Schlafzimmer öffnete sich langsam, und eine rothaarige Frau um die vierzig kam ins Wohnzimmer. Sie

hatte geweint. Ich folgte ihr und dachte, dass sie wahrscheinlich einen hervorragenden Apfelkuchen backen konnte. Glas-
scherben waren zu einem Haufen zusammengekehrt worden,
und ein Besen lehnte an der Couch.

»Geht es Ihnen gut?«

Sie nickte.

»Was ist mit den Kindern?«

»Sie sind beide in der Schule.«

»Was ist passiert, dass Sie den Notruf gewählt haben?«

»Ich hätte nicht anrufen sollen. Das war ein Fehler. Ich
will nicht, dass John Ärger bekommt. Er hat doch gar nichts
getan.«

Ich rieb mir den Bauch; Mann, tat der weh. »Immer mit
der Ruhe. Mal sehen, ob wir das unter uns regeln können,
okay?«

Ihre Miene hellte sich auf.

»Es war eigentlich gar nichts. John kam gegen fünf Uhr
morgens von der Arbeit. Er muss dann immer erst mal
runterkommen. Er kann nicht sofort einschlafen, es ist, als
wäre sein Rhythmus durch die Nachtschichten durch-
einander.«

Ich nickte.

»Er hat ferngesehen, wie immer, aber es war ziemlich laut,
also bin ich aufgestanden und habe ihn gebeten, leiser zu
machen.«

»Hat er?«

Sie runzelte die Stirn. »Er war boshaft und hat ihn lauter
gemacht. Da wurde ich ein bisschen wütend. Ich wollte nicht,
dass die Kinder aufwachen.«

»Was haben Sie getan?«

»Ich habe den Stecker der Kabelbox gezogen.«

»Und?«

»Na ja, er hat sich, wissen Sie, aufgeregt. Ich hätte es nicht tun sollen. Es dauert zu lange, bis der Kabelreceiver wieder hochgefahren ist.«

»Ist er Ihnen gegenüber handgreiflich geworden?«

Sie blickte auf ihre Füße. »Nein, nicht wirklich.«

»Schon gut, Sie können mir erzählen, was passiert ist. John wird nichts geschehen.«

»Es war nichts, wirklich. Er ist aufgestanden und hat den Stecker wieder eingesteckt, und ich habe versucht, ihn wieder herauszuziehen, und wir haben beide gleichzeitig nach dem Stecker gegriffen, wissen Sie, und sind zusammengestoßen, und ich habe das Gleichgewicht verloren und bin gegen den Tisch geknallt, und die Vase ist umgefallen.« Sie blickte auf den Scherbenhaufen und bekam feuchte Augen.

»Schon gut. Was geschah dann?«

Sie schniefte. »Die Vase war von meiner Mutter. Sie hat sie mir geschenkt. Es ist das Einzige, was ich von ihr habe. Als sie runterfiel, wurde ich richtig wütend, aber es ist alles meine Schuld.«

»Aber als Sie den Notruf wählten, sagten Sie, dass Sie bedroht würden und Angst um sich und die Kinder hätten.«

»Die Kinder sind aufgewacht und sie, sie haben geweint, weil wir uns gestritten haben. Also habe ich sie zurück ins Bett gebracht und bin im Zimmer meiner Tochter geblieben, bis es Zeit für sie war, zur Schule zu gehen.«

»Die Kinder gingen zur Schule, und was dann?«

»Nun, ich war wirklich wütend wegen der Vase, und er hat geschlafen, und ich weiß, es war dumm, aber ich habe den Fernseher richtig laut angemacht. Es war dumm. Ich weiß nicht, warum ich das getan habe. Es war kindisch, aber ich wollte es ihm heimzahlen.«

»Fahren Sie fort.«

»Also wachte er auf und fing an zu schreien. Er hatte ja recht, er brauchte seine Ruhe und so. Ich weiß nicht, was in mich gefahren war, aber ich habe die Lautstärke ganz aufgedreht. Er stürmte aus dem Schlafzimmer, fluchte und jagte mich. Ich rannte ins Badezimmer und er hämmerte gegen die Tür. Ich sagte ihm, ich würde die Polizei rufen, und er sagte, ich solle es nur tun.« Sie zuckte mit den Schultern. »Also habe ich es getan.«

»Hat er Sie angefasst?«

»Nein, nein.«

»Die Kinder?«

»Das würde John niemals tun.«

»Hat er Sie gegen den Tisch gestoßen?«

»Nein, wie gesagt, wir sind sozusagen zusammengestoßen.«

»Wollen Sie, dass ich ihn mit aufs Revier nehme, wissen Sie, damit er sich ein bisschen abkühlt?«

»Nein, er hat sich beruhigt. Ich meine, er war wütend, dass ich angerufen habe, und er hat recht, es war dumm, aber ich wusste nicht, was ich sonst tun sollte.«

»Der Notruf ist kein Spiel, Ma'am, aber wenn Sie das Gefühl haben, dass für Sie oder die Kinder eine Gefahr besteht, zögern Sie bitte auf keinen Fall, anzurufen.«

Sie nickte.

»Bleiben Sie einen Moment hier. Ich werde mit Ihrem Mann sprechen.«

John Watkins hatte sich eine Zigarette von Bailey geschnorrt und lehnte an der Eingangssäule.

»Was halten Sie davon, wenn Sie die Garage öffnen?«

»Die Garage öffnen? Was glauben Sie da zu finden? Leichen?«

»Wenn Sie nicht wollen, dass die Nachbarn sehen, wie Sie

in den Fond eines Polizeiwagens steigen, würde ich sagen, wir unterhalten uns ein wenig außer Sichtweite.«

Watkins tippte einen Code ein und das Garagentor hob sich und gab den Blick auf einen Rasenmäher, eine Auswahl an Fahrrädern und Plastikkindermöbeln frei.

»Also, warum erzählen Sie mir nicht, weshalb drei Beamte des Bezirks hier sind?«

Seine Geschichte wich nicht allzu sehr von der seiner Frau ab, außer als es um die Vase ging. Er sagte, er habe sie aus Versehen umgestoßen, aber ich wusste, dass er sie absichtlich zerbrochen hatte. Es war dumm und rachsüchtig, aber verdammt noch mal besser, als seine Frau zu verprügeln.

»Wissen Sie, John, ich bin nicht der Typ, der anderen Ehetipps gibt, aber eines kann ich Ihnen sagen: Es wird nicht einfacher, wenn Sie die Dinge, die Ihrer Frau am Herzen liegen, nicht respektieren. Wachen Sie auf, Sie haben das Einzige zerbrochen, was ihre Mutter ihr hinterlassen hat.«

»Nein, habe ich nicht. Es war ein Versehen.«

Als ich abwehrend die Hand hob, wurden meine Bauchschmerzen stärker.

»Hören Sie, gehen Sie da rein und vertragen Sie sich wieder mit Ihrer Frau. Kaufen Sie ihr etwas, das ihr gefällt, um die Vase zu ersetzen. Überraschen Sie sie mit irgendetwas.«

Er nickte wie ein Wackeldackel.

»Na los, vertragen Sie sich, bevor Ihre Kinder aus der Schule kommen.«

»Danke.«

Meine Schmerzen ließen nach, und als er zur Tür ging, sagte ich: »Hey, John, mögen Sie Kuchen?«

»Äh, ja, klar.«

»Was ist Ihr liebster?«

»Ich schätze, Apfel oder Blaubeere.«

»Backt Ihre Frau?«

»Oh ja, sie ist eine großartige Bäckerin.«

Ich lächelte und ging.

————

ALS ICH AUF die Goodlette-Frank Road fuhr, fiel mir ein, dass Ron Vespo, einer der Typen, dessen Namen mir Phils Kumpel Dom gegeben hatte, in Calusa Bay wohnte. Ich funkte die Zentrale an, um nach der Telefonnummer des Kerls zu fragen, und sagte Vespo, dass ich vorbeischauen würde.

Calusa Bay war eine himmelblaue Ansammlung älterer Reihenhäuser in einer erstklassigen Lage. Aufgrund der Lage dachte ich, dass die Wohnungen für mehr als die dreihundert-fünfzig- bis vierhunderttausend, für die sie gehandelt wurden, weggehen sollten. Ich hatte mit dem Gedanken gespielt, dass es sich lohnen könnte, eine als Geldanlage zu kaufen.

Vespo wohnte in einer Wohnung im zweiten Stock mit Blick auf das Clubhaus. Ich konnte Kinder im Pool »Marco Polo« spielen hören, als ich an der Tür klingelte.

Als ich durch das Seitenfenster der Tür schaute, sah ich, wie Vespo sich beim Näherkommen wie ein braver Junge das Hemd in die Hose steckte.

Ich zückte meinen Ausweis und sagte: »Danke, dass Sie sich so kurzfristig Zeit für mich nehmen.«

»Kein Problem, Officer. Alles, um Phil zu helfen. Es ist schon beängstigend, dass er einfach so verschwunden ist.«

Die Einrichtung der Wohnung war veraltet, und auf zwei Anrichten drängten sich Sporttrophäen, hauptsächlich vom Baseball.

»Wie ich höre, hat Phil das schon früher getan.«

Vespo neigte den Kopf, als ich es genauer erklärte: »Ein paar andere Kontakte sagten, dass Phil schon früher abgehauen ist und sich bei der einen oder anderen Frau eingenistet hat.«

»Oh ja, jeder wusste, dass er gerne fremdging, aber nie länger als ein paar Tage, und normalerweise erzählte er seiner Frau irgendeine Scheißgeschichte.«

»Robin?«

Er lächelte. »Sie ist ein Kunstwerk, nicht wahr?«

Ich merkte, wie ich nickte, und sagte: »Also, wie lange kennen Sie Mr. Gabelli schon, und was ist die Art Ihrer Beziehung?«

Vespo erzählte mir, dass er Phil vor etwa sieben oder acht Jahren auf der Hunderennbahn in Bonita durch einen gemeinsamen Freund, Antonio Depas, kennengelernt hatte. Vespo sagte, Phil sei regelmäßig zur Rennbahn gekommen, oft mit einem anderen Mädchen am Arm.

Das war eine Seite von Gabelli, von der ich noch nichts gehört hatte. Ich bohrte ein wenig nach. »In welcher Höhe hat Gabelli gewettet?«

Er zuckte mit den Schultern. »Nicht mehr als alle anderen, mit denen wir unterwegs waren.«

»Was ist eine normale Wette für Ihre Kreise?«

»Keine Ahnung, ungefähr hundert pro Rennen.«

»Da, wo ich herkomme, ist das eine Menge. Ein Kerl könnte an einem Tag einen Tausender verlieren.«

»Nee, bei zwölf Rennen gewinnt man schon mal was. Außerdem sind wir ziemlich gut darin.«

Ja, so gut im Zocken, dass dein Sofa älter ist als meine Großmutter.

»Wie oft war Phil auf der Rennbahn?«

»Ein paarmal pro Woche.«

»Klingt nach viel für einen Mann mit einem normalen Job.«

Vespo zuckte mit den Schultern. »Er war nicht den ganzen Tag da. Er schaute kurz vorbei, platzierte ein paar Wetten und haute wieder ab.«

»Er hat nicht zugeschaut?«

»Nur bei einem oder vielleicht zwei Rennen.«

»Klingt, als hätte er es auch einfach seinem Buchmacher durchgeben können.«

Vespos Augen verengten sich, aber er blieb stumm. Da war etwas. Ich sagte: »Hören Sie, das Letzte, womit ich mich befassen will, ist, irgendeinen Buchmacher zu jagen. Also, hatte Phil einen Buchmacher?«

»Hatte er, und vor vielleicht ein oder zwei Jahren hat er sich mit ihm in die Klemme gebracht.«

»In die Klemme?«

»Er hatte eine Pechsträhne, das ist alles.«

»Phil hat nebenher Wetten abgeschlossen und sich dabei übernommen?«

Vespo nickte.

»Wie ist er aus der Klemme gekommen?«

»Was denken Sie denn? Seine Frau hat massig Kohle.«

»Hat sich Phil irgendwie ungewöhnlich verhalten, Sie wissen schon, irgendwas Seltsames oder Heimlichtuerisches?«

»Nö, eigentlich nicht, er ist ein ziemlich gerader Typ.«

»Sind Sie sicher?«

»Ja, das einzig Komische war vor über einem Jahr. Sehen Sie, wenn wir Jungs auf der Rennbahn sind, schauen wir immer ins Rennprogramm und entscheiden, wie viel wir auf welchen Hund setzen. Dann geht einer von uns zum Schalter und kauft die Wettscheine für alle.«

Ich nickte.

»Na ja, an diesem einen Tag, es war ein Samstag, das weiß ich noch, weil er die ganze Zeit da war. Jedenfalls sagte er ständig, er müsse mal, fast vor jedem Rennen. Also haben wir ihn wegen seiner Prostata aufgezogen. Wie auch immer, vor einem Rennen sagte er, er würde mal pinkeln gehen, und ging. Aber als ich mir ein Bier holen wollte, sah ich ihn an einem der Schalter, wie er noch mehr Wetten abschloss.«

»Haben Sie ihn darauf angesprochen?«

»Das ist nicht meine Aufgabe. Ich bin nicht sein Vater.«

Wir unterhielten uns noch eine Weile, aber es gab nichts weiter, das herausstach, außer dass Phil anscheinend vom Wettfieber gepackt worden war. Ich bekam den Namen des Buchmachers, den diese Jungs benutzten – einen, den ich kannte –, sowie die Kontaktdaten von Antonio Depas, bevor ich wieder ins Auto stieg.

# 6

## STEWART

*»Erfolg ist das Ergebnis von Arbeit, die Ehrgeiz verwirklicht. – Adam Ant«*

Drei lange, anstrengende Tage, in denen Collier und Teile von Lee County durchkämmt wurden, halfen, Robin emotional auszulaugen. Es war traurig und sie tat mir irgendwie leid, dass sie so verzweifelt war, aber sie musste wieder auf den Boden der Tatsachen kommen. Eine weitere positive Entwicklung war, dass ihre Schwester endlich die Kurve kratzte. Ich wusste, die einzige Lösung war, alles so schnell wie möglich wieder in normale Bahnen zu lenken.

Zwei Tage später teilte das Büro des Sheriffs Robin mit, dass sie Spuren verfolgten, lieferte aber keinerlei Beweise dafür, dass etwas Handfestes dabei war. Obwohl das für sie anfangs deprimierend war, dachte ich, dass es half. Die Lage beruhigte sich weiter, bis Robin und ihr Freund, der Prediger, der, wie ich glaube, ein Auge auf sie geworfen hatte, eine nächtliche Mahnwache organisierten.

Ich war nicht sonderlich begeistert davon, da sie nicht mehr aufgelöst war, sondern langsam wieder Tritt fasste. Meine Sorge war, abgesehen von dem Prediger-Typen, dass sie wieder emotional werden und einen Rückschritt machen würde. Wie sollte jemals wieder alles normal werden, wenn sie ständig ein Nervenbündel war?

Ich brauchte eine gute halbe Stunde, um mich für eine dunkelgraue Hose und ein cremefarbenes Hemd zu entscheiden. Es war kein Regen vorhergesagt, also schien es sicher, meine neuen Gucci-Loafer zu tragen. Sie waren ein Luxus, den ich mir eigentlich nicht leisten konnte, aber sie sahen verdammt gut aus.

Die Mahnwache fand im Cambier Park statt, und es war viel voller, als ich erwartet hatte. Zwischen den rund hundert Leuten mit Kerzen und den vielen neugierigen Touristen war der Park mehr als halb voll. Zwei Wochen waren verflogen, seit Phil verschwunden war, also dachten die Leute vielleicht, es sei eine Art Beerdigung.

Der Ort sah unheimlich aus. Der Musikpavillon, auf dem Robin und der Prediger-Junge standen, war nicht vollständig beleuchtet. Ich sprang die Treppe zur Bühne hinauf, während der Pastor den Aufruf zu Gottes Eingreifen und Phils sicherer Rückkehr anführte. Viel Glück dabei. Ich stand etwas abseits und musterte die Menge. Alle möglichen Leute waren da draußen.

Während ich die Gesichter überflog, erkannte ich eine Handvoll vertrauter. Ich sah zu ein paar Idioten hinüber, die Campingstühle mitgebracht hatten, als wäre es ein Konzert oder so, und entdeckte Detective Luca, wie er an einem riesigen Banyanbaum lehnte.

Was machte er hier? Er hatte einen Becher mit irgendetwas in der Hand und starrte auf die Bühne, während sich das Gebet in die Länge zog. Die Schlange versuchte wahrscheinlich, an Robin heranzukommen.

Als das Gebet vorbei war, trat ein Sänger, den ich nicht kannte, ans Mikrofon und begann, die Menge bei »He's Got the Whole World in His Hands« anzuleiten.

Ich sang mit und beobachtete Luca, der nicht sang. Als sein Blick in meine Richtung wanderte, fing ich an zu weinen. Kein Heulkrampf oder so, aber plötzlich staute sich alles in mir an. Ich ging auf Robin zu – ich brauchte sie, wir brauchten einander, um das durchzustehen.

Ein Kreis von Leuten umgab Robin, die alle dringend Taschentücher brauchten. Ich kam einfach nicht in ihre Nähe. Plötzlich nahm sich der Prediger-Junge das Mikrofon und betete mit allen das Vaterunser. Ich bin kein Frömmler, aber ich kann euch sagen, die Haare auf meinem Nacken stellten sich kerzengerade auf. Ich sah zum Banyanbaum, um nach Luca zu suchen, aber er war nicht da.

Es müssen mindestens weitere fünfzehn Minuten Gesang und Gebet vergangen sein, bevor Robin das Mikrofon nahm und sich bei allen für ihr Kommen bedankte. Endlich war es vorbei; das war etwas, wofür man Gott danken konnte. Ich hatte einen Bärenhunger und hoffte, ich könnte mit Robin allein einen Happen essen gehen. Unmengen von Leuten umringten sie ständig. Sie brauchte eine Auszeit. Wir brauchten sie beide.

Ich drängte mich in die Menschentraube und gab ihr einen Kuss auf die Wange. Ich versuchte, nach ihrer Hand zu greifen, aber sie zog sie weg und sagte zum Prediger: »Paul, das ist Dom Stewart. Er und Phil waren, äh, sind gute Freunde.«

»Schön, Sie kennenzulernen, Hochwürden. Bei welcher Kirche sind Sie?«

Er hatte wirklich kleine Hände, und ich unterdrückte ein

Lachen, als er über seine Kirche an der Bonita Beach Road schwafelte.

Ich tippte Robin auf die Schulter. »Was meinst du, gehen wir Sushi essen? Nur wir beide.«

»Sushi klingt großartig, aber was ist mit allen anderen?«

»Was meinst du damit?«

»Ich kann sie nicht einfach sitzen lassen. Sie sind für mich, für Phil, gekommen.«

»Warum nicht?«

Sie funkelte mich an, und ich sagte: »War nur ein Scherz, entspann dich.«

Zu meinem Ärger schlug der Prediger-Junge vor, ins Mel's Diner zu gehen. Ich hatte kein Interesse daran, dorthin zu gehen, außer um den Prediger im Auge zu behalten, also ging ich mit, zusammen mit etwa zehn anderen.

Als ich zum Parkplatz hinter der Fifth Avenue ging, sah ich, wie sich Luca am Hintereingang des Hob Nob herumtrieb. Ich wusste nicht, was ich tun sollte. Hatte er mich gesehen? Es würde schlecht aussehen, wenn ich mich umdrehen würde, also beschloss ich, einfach weiterzugehen. Gerade als ich die Straße überquerte, steckte eine Blondine im kurzen Rock ihren Kopf aus einer Tür, und der Detective folgte ihr hinein.

## STEWART

»*Der beste Weg, die Zukunft vorauszusagen, ist, sie zu erfinden.*« – *Alan Kay*

Auf dem Heimweg musste ich ständig an Phil denken, egal wie oft ich den Radiosender wechselte. Nachdem ich Zeit mit Robin verbracht hatte, schwebte ich normalerweise auf Wolke sieben, aber jetzt war mir wieder zum Heulen zumute. Kein Blinzeln der Welt konnte das Bild seines Gesichts auslöschen, das sich in meine Netzhaut gebrannt hatte. Ich war drauf und dran, ein verdammtes Nervenbündel zu werden, und nuckelte an meinem Inhalator wie an einem Lutscher. Ich jammerte darüber, dass wir uns nicht mit all dem herumschlagen müssten, wenn Phil nur auf meinen Rat gehört hätte.

Die Erinnerung war auch nach all dieser Zeit noch lebhaft. Es war kein leichtes Thema, das ich da ansprechen wollte, aber ich hatte die Sache gut eingefädelt und eine Menge Energie darauf verwendet, die Details des Wie, Wo und Wann abzuwägen.

Trotz all seiner Fehler engagierte sich Phil ehrenamtlich sehr für Kinder. Wer weiß schon, warum? Wahrscheinlich war es das schlechte Gewissen, weil er Robin ständig betrog. Phil half bei den Pfadfindern, bei Big Brother und ging jeden Dienstagnachmittag in die Immokalee-Kindertagesstätte.

Der Plan war, uns in der Tagesstätte zu treffen, etwas essen zu gehen und dann ins Casino zu fahren, um ein bisschen Blackjack zu spielen und Frauen aufzureißen.

Der Duft von Kreuzkümmel und Knoblauch lag in der Luft, als wir es uns in einer grünen Ledernische im Mi Ranchito bequem machten. Da wir die Speisekarte kannten, bestellten wir schnell. Die Kellnerin stellte eine Schüssel mit Chips und Salsa ab und Phil fing an, von einem neuen Mädchen zu erzählen, das er bei der Arbeit kennengelernt hatte. Und einfach so hatte ich mein Stichwort.

»Hör zu, Philly, ich will dir nicht zu nahe treten oder so, aber was machst du da eigentlich, Mann?«

Phil griff nach einem Tortillachip. »Wovon redest du?«

»Komm schon, Mann, du treibst es doch ständig mit anderen.«

Er lächelte. »Ja, und was ist damit?«

»Du musst damit aufhören. Das ist nicht richtig, Mann. Du wirst Ärger bekommen, das sage ich dir.«

Er winkte ab und tunkte einen Chip in die Salsa. »Ich habe doch nur ein bisschen Spaß, Mann. Daran ist nichts Falsches. Du sagst doch immer, man muss die Gelegenheiten ergreifen.«

»Aber es ist nicht fair gegenüber Robin.«

»Mach dir mal keine Sorgen, bei ihr habe ich alles im Griff.«

»Ja? Du behandelst sie wie den letzten Dreck.« Ich beugte mich vor und senkte meine Stimme. »Sie hat etwas Besseres verdient, Mann. Anstatt sie durch die Mangel zu drehen, warum verlässt du sie nicht einfach?«

Phils Augen verengten sich. »Wer zum Teufel glaubst du, bist du? Halt dich verdammt noch mal aus meinen Angelegenheiten raus.«

Ich erstarrte. In all den Jahren, die wir uns kannten, war er noch nie so wütend auf mich gewesen.

»Ich, äh, ich meine ja nur, es wäre für uns alle am besten, wenn du, weißt du, wenn du die Ehe einfach beenden würdest.«

Er stemmte die Hände in die Hüften. »Wir alle? Was zum Teufel soll das heißen?«

»Nichts, Philly, das bedeutet gar nichts. Hör zu, vergiss es einfach, Mann. Sorry, dass ich mich eingemischt habe.«

Phil schüttelte den Kopf und rutschte aus der Nische.

»Wohin gehst du, Philly?«

Es war eine einzige Katastrophe und unsere Freundschaft hat sich davon nie wirklich erholt. Ich konnte nicht verstehen, was ich falsch gemacht hatte. Für mich ergab das alles einen Sinn. Er war ein schrecklicher Ehemann und trieb es ständig mit anderen Frauen, obwohl die Robin nicht das Wasser reichen konnten.

Es ergab keinen Sinn und die Dinge wurden nur noch schlimmer.

Er war nicht nur stinksauer, sondern setzte noch einen drauf, indem er es Robin erzählte, die daraufhin mit mir auf Kriegspfad ging. Ich verstand nicht, warum Robin nicht erkennen konnte, dass ich nur auf sie aufpasste. Sie war höllisch wütend und beschuldigte mich, ich würde versuchen, ihre Ehe zu zerstören. Da dachte ich, ich hätte einen grandiosen Plan, um alle glücklich zu machen, und dann ist er mir um die Ohren geflogen.

Nach dieser Episode, obwohl sie ihn etliche Male beim Fremdgehen erwischte, schien es zwischen uns nie wieder so gut zu sein wie früher. Ich war verblüfft.

In letzter Zeit hatten wir uns nicht mehr so oft gesehen, und ich dachte, das würde viel besser werden, wenn Phil weg wäre, aber das tat es nicht. Eine Leere trennte uns, an der ich würde arbeiten müssen. Im Moment war alles chaotisch, aber ich wusste, dass es sich regeln würde. Ich fuhr vor meinem Haus vor und ermahnte mich, Detective Luca am Morgen anzurufen. Es gab etwas, das ich ihm sagen musste.

# LUCA

STEWART WAR ENTWEDER SCHLAUER, ALS ER AUSSAH, ODER ER hielt sich für schlauer, als er war. Irgendetwas war einfach faul. Die Frage war nur, ob die Sache nur ein klein wenig faul war oder meilenweit.

Als ich ihn fragte, warum er nie erwähnt hatte, dass Phil gerne zockte, meinte er, er hätte es nicht für wichtig gehalten. Als ich dann entgegnete, dass er sich damit hätte übernehmen und in ernsthafte Schwierigkeiten geraten können, sagte Stewart, auf keinen Fall. Sie hätten genug Geld und wenn er mal viel verloren hätte, sei das keine große Sache gewesen.

Es schien, als würde er die Zockereskapaden seines Freundes vertuschen. Laut Vespo war sein Kumpel Phil mehrmals die Woche auf der Rennbahn, und Stewart erwähnt das mit keinem Wort? Stewart sagte nur, dass sie ab und zu ins Casino in Immokalee gingen, aber er meinte auch, Phil hätte nie hohe Einsätze gemacht und sich mehr für die Kellnerinnen als für die Spieltische interessiert.

Das passte alles nicht zusammen, und jetzt war die Frage, ob das etwas zu bedeuten hatte oder nicht. Wenn Phil durchs

Zocken in Schwierigkeiten geraten war, verstand ich nicht, warum Stewart das vertuschen sollte. Hatte ich irgendetwas übersehen?

Oder wollte Stewart einfach nur clever sein und eine wichtige Tatsache verbergen, von der er wusste, dass sie uns interessieren würde? Aber was hätte ihm das gebracht? Es ergab einfach keinen Sinn.

Ich hoffte, Phils Buchmacher würde etwas Klarheit in den Schlamassel auf meinem Schreibtisch bringen.

Ich nahm eine Strafakte zur Hand. Als ich Butch Turnberrys Akte durchging, schien er nicht mehr als ein Schläger zu sein, dessen beste Tage in der Highschool lagen. Turnberry, ein Sportass, das im Football brilliert hatte, war nach dem Abschluss von Job zu Job gehüpft und hatte nebenbei eine Handvoll Anzeigen wegen Körperverletzung gesammelt.

Stewart hatte mir seinen Namen gegeben, aber ich konnte mir nicht vorstellen, dass ein kleiner Ganove zu etwas Finstererem übergehen würde. Da Vargas im Urlaub war, musste ich Prioritäten setzen. Konnte ich Turnberry auf Eis legen? Ich war unschlüssig, denn bei einer der Körperverletzungen war ein Schläger im Spiel gewesen. Er galt nicht als tödliche Waffe, aber oben in New Jersey hatte ich meinen Teil an eingeschlagenen Schädeln gesehen.

Ich starrte auf Turnberrys Fahndungsfoto und flehte es an, zu mir zu sprechen. Nichts.

Ich griff nach einer Flasche Tums aus meiner Schublade, ließ drei herausfallen und kaute nachdenklich auf den kalkhaltigen Tabletten. Phil Gabellis Arbeitsplatz musste ich immer noch einen Besuch abstatten, aber als ich mir das Foto des Schlägers noch einmal ansah, beschloss ich, dass das warten musste, bis ich diesen Halunken aufgesucht hatte.

———

Turnberry lebte in einer Gegend, die als Naples Park bekannt war. Für mich war die Gegend das ultimative Immobilienrätsel. Eingebettet an der Vanderbilt Beach Road, westlich der 41, gab es in Naples Park eine bunte Mischung aus Häusern. Die Lage war eine Zehn von Zehn, aber es gab eine Epidemie von Bungalows, vor denen so viele Autos parkten, dass sie wie Gebrauchtwagenplätze aussahen.

Es gab Straßenzüge, in denen die Häuser komplett saniert worden waren, aber sie konnten direkt neben einer ungepflegten Hütte stehen. Ich hatte immer gedacht, die Gegend hätte Potenzial, und wollte dort investieren. Als ich das erste Mal nach Naples zog, dachte ich, es könnte das nächste Park Shore werden, wurde aber von einem befreundeten Immobilienmakler gewarnt, die Finger davon zu lassen.

Wie ich vermutet hatte, wohnte Turnberry in einer abscheulich blauen Behausung mit acht auf dem Rasen verstreuten Autos. Zwei davon waren aufgebockt und ein weiteres mit einer Plane abgedeckt. Ich bemitleidete die Leute, die in dem gepflegten Haus links wohnten, und ging zur Tür.

Ein Teenager mit nacktem Oberkörper kam an die Tür und grinste verächtlich, als ich meinen Ausweis vorzeigte und nach Turnberry fragte. Er drehte mir den Rücken zu und rief nach meinem Ziel, während er verschwand.

Turnberry war ein V-förmiger Granitblock von rund einem Meter achtzig mit breiten Schultern und nur einem Hauch von einem Bierbauch. Ich hielt meine Marke hoch, als er näher kam. Er beäugte mich misstrauisch und öffnete die Fliegengittertür nicht.

»Was wollen Sie?«

»Kennen Sie einen Mann namens Phil Gabelli?«

»Wen?«

Ich machte das schon so lange, dass ich wusste, dass die ersten Fragen immer zu einem Dementi führten. Ich hielt ein Bild an das Gitter. »Ohne das Gitter dazwischen wäre es einfacher zu sehen.«

Die Tür quietschte auf und gab den Blick auf ein Paar Turnschuhe frei, die ihre eigene Postleitzahl hatten, sowie auf eine krakelige Narbe an einem Knie. Er beugte sich zum Bild und schüttelte den Kopf.

»Keine Ahnung, von wem Sie da reden.«

Das war Dementi Nummer zwei. Normalerweise gab es drei oder vier, bevor das »Ach ja, jetzt erinnere ich mich« kam.

»Wie sieht es mit Dom Stewart aus? Kennen Sie ihn?«

Ich konnte sehen, wie er nachdachte. Er war mit allen Wassern gewaschen. Manchmal war es ein kleines Tänzchen.

»Der Name kommt mir irgendwie bekannt vor, aber worum geht es hier eigentlich?«

»Dom und Phil sind beste Freunde.«

»Schön für sie.«

»Stewart sagte, Sie kannten Gabelli.«

»Wer zum Teufel kann sich schon an jeden erinnern, den er mal getroffen hat?«

Wie bestellt begann sich die kriminelle Auster zu öffnen.

»Stewart sagte, er hätte mit Ihnen Football gespielt. Wäre in Ihrem Team gewesen.«

»Schwachsinn. Er hat nie gespielt. Sehen Sie, auf dem Spielfeld weiß man nach dem Münzwurf nie, was passieren wird. Stewart kam mit so was nicht klar, er brauchte immer einen Vorteil.«

Ich wusste, dass er nicht mit Turnberry gespielt hatte, aber die Sache mit dem Vorteil war neu.

»Was meinen Sie damit, dass er einen Vorteil suchte?«

»Kommen Sie schon, Mann, Sie wissen, was ich meine. Diese Typen, die nicht gerne fair und ehrlich spielen.«

Eine Moralpredigt von einem Schläger? Das hatte ich auch noch nicht. Ich speicherte die Information ab und kam wieder zur Sache.

»Ich weiß, was Sie über Stewart sagen. Jedenfalls meinte er, Sie würden Gabelli kennen.« Ich hielt ihm das Bild erneut hin, und seine Amnesie ließ nach.

»Ja, ich habe ihn ab und zu mit Stewart gesehen.«

»Wo?«

»Unten im Casino.«

»Spielen Sie viel?«

Er schüttelte den Kopf. »Nur Deppen zocken.«

Man musste den Kerl bewundern. Er war im Knast gewesen, hauste in einem Rattenloch, aber er war ein Quell der Weisheit. Vielleicht könnte ihn die philosophische Fakultät der Gulf Coast University gebrauchen.

»Sie haben also gespielt?«

»Ein bisschen gespielt, getrunken und die Weiber ausgecheckt. Ein reiner Männerabend eben.«

»Hat einer von beiden jemals um Geld gebeten?«

Er lachte. »Da sind Sie an der falschen Adresse, wenn Sie Geld suchen. Ich verleihe niemals Geld. Das bringt immer nur Ärger, glauben Sie mir.«

Noch ein Ratschlag vom Weisen des Lebens.

»Ich habe gehört, Sie sind nicht gut mit Gabelli ausgekommen. Worum ging der Streit?«

»Streit? Wer hat das gesagt?«

»Ihr Kumpel Stewart.«

»Der ist kein Kumpel von mir, nur ein Typ, den ich kenne.«

»Nun, dieser Typ, den Sie kennen, sagte, ich solle bei Ihnen nachhaken, was mit Phil Gabelli passiert ist.«

»Was meinen Sie mit ›was passiert ist‹? Was zum Teufel soll das heißen?«

»Er sagte, Sie mochten Gabelli nicht, und, wer weiß, Sie sind ja dafür bekannt, Leute anzugreifen. Wer weiß, vielleicht haben Sie ihm eine Abreibung verpasst.«

Er machte den kleinsten Schritt nach vorn, und ich beugte mich als Warnung zu ihm.

»Ich weiß nicht, was für einem Scheiß Sie da nachjagen, Mister. Aber ich weiß nicht, wovon Sie reden. Dieser Gabelli-Typ hatte eine große Klappe, er dachte, wer zum Teufel er wäre.«

»Mussten Sie ihn in seine Schranken weisen?«

»Ich habe ihn nicht mit einem Finger angerührt. Hätte ihn liebend gern von seinem hohen Ross geholt, aber ich übe mich heutzutage in Zurückhaltung. Meditiere sogar.«

Meditieren. Ich würde dafür bezahlen, diesen Schläger summend im Schneidersitz auf dem Boden zu sehen.

»Ich schätze, Sie müssen sich ein neues Mantra suchen. Wurden Sie nicht vor etwa zehn Tagen bei einer Schlägerei im Rusty's aufgegriffen?«

»Hören Sie, das war nicht meine Schuld. Dieser Punk hat mich provoziert. Hat ständig die weiße Kugel verschoben. Ich habe ihm gesagt, er soll den Mist lassen, aber er hat nicht gehört. Ich musste was tun; alle haben zugeschaut. Ich hab einen Ruf, wissen Sie, den muss ich aufrechterhalten.«

Wow, er strebte also doch nicht danach, der Dalai Lama zu werden.

»Hat Gabelli Sie provoziert?«

»Sie kapieren das völlig falsch, Mann.«

»Tu ich das?«

»Lassen Sie mich Ihnen sagen, er war ein Besserwisser, keine Frage, aber er hat mich nicht bedroht oder mich verarscht wie dieses Arschloch im Rusty's. Am nächsten kam er dem, als er mich ständig nervte, weil er mit mir wetten wollte, dass er diese Frau am Blackjacktisch klarmachen könnte.«

Frauen und Phil Gabelli, eine perfekte Kombination. »Haben Sie mit ihm gewettet?«

»Ich hab Ihnen doch gesagt, dass ich nicht zocke. Außerdem hasse ich es, es zuzugeben, aber er hatte echt ein Händchen für Frauen.«

»So habe ich das auch gehört.«

Turnberry war eine Sackgasse, das wurde mir langsam klar. Ich würde noch ein bisschen herumstochern, aber die Frage, die mir im Kopf herumging, war, warum Stewart ausgerechnet ihn als jemanden genannt hatte, mit dem ich reden sollte.

»Kommen Sie gut mit Stewart aus?«

»Hören Sie, ich habe keinen der beiden Typen angefasst.«

»Das behaupte ich ja auch nicht. Ich versuche nur zu verstehen, was ich hier bei Ihnen eigentlich mache.«

»Das müssen Sie Stewart fragen.«

Endlich ein Ratschlag, den ich gebrauchen konnte.

## 9

---

## STEWART

»*DER ERFOLG EINES JEDEN TAGES SOLLTE AN DEN SAMEN gemessen werden, die man sät, nicht an der Ernte, die man einholt.*«
– *John C. Maxwell*

»HALLO, Detective Luca?«, sagte ich.

»Ja, das bin ich. Mit wem spreche ich?«

»Dom Stewart, wissen Sie, der Freund von Robin und, äh, Phil.«

»Was kann ich für Sie tun?«

Nicht mal ein verdammtes Hallo?

»Also, ich musste an Phil und seine Frauengeschichten denken und da ist mir eingefallen, dass es da dieses Mädchen von den Inseln gab, mit dem er was am Laufen hatte.«

»Inseln?«

»Ja, ich glaube, es war Martinique oder vielleicht St. Maarten, eine dieser französischen Inseln in der Karibik.«

»Erzählen Sie weiter.«

»Wissen Sie, ich bin mir zu neunundneunzig Prozent sicher, dass es Martinique war. Tja, Phil stand eine Weile auf sie, ich meine, er war richtig verknallt in sie, total. Er hat sie oft getroffen und sie waren tagelang wie vom Erdboden verschluckt.«

»Wann war das?«

»Vor ungefähr drei Jahren.«

»Er ist nach Martinique geflogen, um sie zu sehen?«

»Manchmal, aber sie kam oft hierher. Sie hat für eine Fluggesellschaft gearbeitet. Ich glaube, es war American.«

»Wie heißt sie?«

»Nicht sicher, ihr Vorname war aber Nicole. Der Nachname war so was wie Pasteur, Passor …«

»Das war vor drei Jahren, sagen Sie?«

»Vielleicht etwas länger.«

»Und wie lange ging das dann?«

»Ich weiß es nicht genau, aber ich würde sagen, fast ein ganzes Jahr.«

»Und wissen Sie, ob sie es wieder aufgewärmt haben?«

Ich musste zugeben, das war eine gute Frage, an die ich nicht gedacht hatte.

»Nicht, dass ich wüsste.«

»Okay, wir werden dem nachgehen, aber es klingt wie ein Schuss ins Blaue.«

»Nein, Sie müssen das prüfen, Detective.«

»Warum denn?«

»Er und sie hatten ein gemeinsames Kind.«

»Ein Kind?«

»Ja, einen kleinen Jungen.«

»Weiß Robin davon?«

Schon wieder nannte er sie Robin. »Nein, Robin hätte ihn umgebracht. Robin wollte wie verrückt Kinder, aber Phil nicht, sagte, das würde seinen Lebensstil einschränken. Ich glaube sogar, aber da bin ich mir nicht hundertprozentig sicher, dass er sie zu einer Abtreibung gezwungen hat.«

»Robin?«

»Ja, es ist wirklich traurig. Sie will einfach nur Mutter sein. Jede Frau sollte das können.«

»Glauben Sie, Robin hat es irgendwie herausgefunden und Phil im Zorn getötet?«

»Ich weiß nicht. Ich glaube nicht, aber man weiß ja nie, oder?«

»Ich verstehe etwas nicht, Mr. Stewart.«

Mr. Stewart? »Was denn, Detective?«

»Diese Beziehung ist Ihnen gerade erst wieder eingefallen?«

»Ja, Philly hatte viele Eisen im Feuer.«

»Hatte er mit einer von ihnen Kinder?«

»Äh, nein.«

»Kam eine von ihnen von einer Insel?«

»Nein.«

»Es scheint, als würden sich die meisten Leute an solche Dinge erinnern, Mr. Stewart.«

Scheiße, ich hätte nicht so dick auftragen sollen. Ich wollte auflegen.

»Ich schätze, ich habe einfach nicht gedacht, dass er zu ihr zurückgehen würde.«

»Verstehe. Übrigens, ich war bei Turnberry, und er sagte, er hätte keine Ahnung, warum Sie mir seinen Namen gegeben haben. Sagte, er kenne euch kaum.«

»Das ist völliger Blödsinn. Wir kennen ihn aus der Schule.«

»Aber Sie und Phil haben ihn in letzter Zeit nicht oft gesehen, richtig?«

»Hier und da. Er wurde ein paarmal verhaftet, war im Gefängnis. Ich dachte, das wäre jemand, den Sie sich ansehen sollten, das ist alles. Ich versuche nur zu helfen.«

»Okay, Mr. Stewart. Wir werden uns ansehen, was Sie uns erzählt haben.«

# 10

## LUCA

Je länger ich mit Stewart redete, desto unwohler wurde mir. Irgendetwas stimmte mit ihm nicht. Ich konnte den Finger nicht darauf legen und hatte es seiner etwas seltsamen Art zugeschrieben, aber jetzt kam er mit dieser Geschichte über eine langjährige Beziehung zu einer Inselbewohnerin, mit der Phil ein Kind hatte, zu mir. Und das nach der sinnlosen Jagd mit Turnberry?

Er hätte schon am ersten Tag mit der Sprache herausrücken sollen. Das war wichtig. Ein weiterer stechender Schmerz traf meinen Unterleib und raubte mir fast den Atem. Das ging schon zu lange so. Ich musste das von einem Arzt untersuchen lassen. Als der Schmerz nachließ, dachte ich, dass Stewart vielleicht nur seinen Kumpel schützen wollte und nicht, dass Robin davon erfuhr. Stewart war ihr gegenüber auf jeden Fall sehr beschützerisch, ein bisschen zu sehr, wenn man mich fragt.

Mann, was für eine Blamage wäre das, wenn Phil die ganze Zeit mit seiner Insel-Familie an einem Strand säße, während Robin Suchtrupps organisierte. Das wäre wochenlang die Top-Nachricht.

Mir fehlte es, diesen Fall nicht mit meinem alten Partner, J. J. Cremora, durchkauen zu können. Wir spielten uns mehr Bälle zu als auf einem Squash-Court. Er war ein guter Polizist und hielt mich die meiste Zeit davon ab, ein Korinthenkacker zu sein. Ich konnte immer noch nicht glauben, dass er tot war. Ihn zu verlieren war das Schwerste, was ich je durchgemacht habe. Die Scheidung, größtenteils meine Schuld, war nichts im Vergleich zu seinem Tod. Der einzige Trost war, dass sein Ableben mich nach Naples gebracht hatte.

Wir hatten so viel zusammen durchgemacht; ich schwöre, ohne ihn hätte ich mich nie von dem Barrow-Fall erholt. Das Bild des Jungen, der an den Rohren in seiner Zelle hing, schoss mir wieder durch den Kopf.

Ich stand auf. Die Sonne schien durch die Fenster, aber mir fiel die Decke auf den Kopf. Ich ging ins Bad, um mir kaltes Wasser ins Gesicht zu spritzen. Egal wie oft ich meinem Spiegelbild sagte, es solle diese trübe Stimmung abschütteln, es funktionierte nicht. Ich brauchte eine Dosis von Südwestfloridas Elixier, und da es fast Mittagszeit war, fuhr ich direkt zum Turtle Club, um sie mir zu holen.

Es war noch nicht ganz Mittag, aber die Strandterrasse des Restaurants war fast voll. Ich ergatterte einen Tisch und war von dem ruhigen Golf fasziniert, bis eine Frau in einem Strandkleid zu dem Tisch neben mir geführt wurde. Sie sah umwerfend aus, und ich sagte: »Schöner Tag.«

Sie lächelte. »Die ganze Woche war schon schön.«

»Ich weiß, was du meinst. Wir brauchen hier unten nicht mal einen Wetterkanal.«

»Wohnst du hier?«

»Jep, ich sitze im Paradies fest.«

»Das muss schön sein.«

Ich nickte. »Woher kommst du?«

Ihr Name war Kayla und sie war aus Chicago für einen Marketing-Workshop hier. Was mich betraf, brauchte sie keine Hilfe beim Verkaufen; ich hätte ihr alles abgekauft, was sie anpries. Der Workshop war zu Ende, und dieses Juwel genoss ein paar Urlaubstage, die sie an die Reise drangehängt hatte.

Sie sagte: »Ich bin zum ersten Mal im Turtle Club. Ich habe es gestern schon versucht, aber da war es brechend voll.«

»Hier ist immer viel los. Was hältst du davon, wenn wir ihnen helfen? Ich kann mich an deinen Tisch setzen und einen Tisch für ein paar glückliche Seelen freimachen.«

Sie war einverstanden, und ich lächelte bei dem Gedanken, dass mein Kumpel JJ oben im Himmel die Fäden zog und wieder einmal für mich gesorgt hatte.

––––––

ZURÜCK VOM MITTAGESSEN loggte ich mich in das internationale Portal ein und füllte zwei Anfragen bei Interpol aus, eine für jeden der möglichen Nachnamen dieser Inselbewohnerin. Normalerweise dauerte es drei bis vier Tage, bis eine Antwort von den Europäern kam, aber wer wusste schon, wie lange es dauern würde oder ob sie die Dinge in der Karibik überhaupt nachverfolgten?

Als ich die Zentrale von American Airlines in Fort Worth anrief, wurde ich von einem Labyrinth aus Mailbox-Ansagen begrüßt. Beim dritten Menü hatte ich mich verirrt und musste erneut anrufen.

Die Frau in der Personalabteilung war nett, sagte aber, dass die Fluggesellschaft Mitarbeiterakten als vertraulich betrachte. Ich erklärte, dass es sich um eine polizeiliche Angelegenheit handele und ich nur wissen wolle, ob eine bestimmte Person für sie arbeite und wie man sie kontaktieren könne.

Sie ließ mich eine Minute in der Warteschleife, bevor sie mir sagte, ich müsse die Anfrage schriftlich einreichen. Als ich fragte, wie lange es dauern würde, nachdem sie meine Anfrage erhalten hätten, bekam ich irgendein Konzerngeschwafel über die Prüfung durch ihre Rechts- und Personalabteilungen zu hören.

Ich tippte die Anfrage schnell ab und dachte gerade über mein Date mit Kayla nach, als mein Telefon klingelte. Der Anruf lieferte eine unerwartete Information, die den Fall Phil Gabelli verkomplizierte.

## 11

---

## STEWART

*»Ein Edelstein kann nicht ohne Reibung poliert werden, ebenso wenig ein Mensch ohne Prüfungen.«* – Konfuzius

Drei Tage, nachdem ich Luca von Phils altem karibischen Feger erzählt hatte, rief der Detective an und bat mich, in sein Büro zu kommen. Ich war mir sicher, dass er jemanden gefunden hatte, der auf die Beschreibung meines Inselmädchens passte, und suchte für den Anlass eine schöne weiße Hose heraus. Aufgeregt, aber mit Grauen vor der Fahrt durch den Verkehr zum städtischen Gebäudekomplex, fuhr ich mir mit dem Elektrorasierer übers Gesicht und zog ein anderes Hemd an, bevor ich ins Auto sprang.

Ich bog vom Tamiami Trail ab und fuhr auf einen Parkplatz im Parkhaus. Es war nicht heiß und die Luftfeuchtigkeit war niedrig, aber mein Hemd wurde dunkler, als ich für die Sicherheitskontrolle meine Taschen leerte. Leise wiederholte ich den Spruch »Verleih deinem Stress Flügel und lass ihn davonfliegen«, während ich im Wartezimmer Platz nahm.

Luca kam heraus, bevor ich auch nur eine Seite der *Men's Health* lesen konnte. Er war nicht freundlich, und ich war noch mehr auf der Hut, als er mich in sein enges Büro führte. Lucas Schreibtisch und seine Anrichte waren mit Akten vollgestapelt, aber es gab kein einziges Bild von Familie oder Freunden.

»Nehmen Sie Platz. Möchten Sie etwas zu trinken?«

Das war schon besser.

»Nee, danke, alles gut. Weswegen wollten Sie mich sehen? Haben Sie eine Spur zu Phil?«

»Nein, aber wenn wir eine haben, wird Robin informiert.«

Robin. Als wären sie alte Freunde. Ich hatte von Anfang an das Gefühl, dass dieser aalglatte Typ versuchen würde, sich an sie heranzumachen. Ich fragte mich, was sie von ihm hielt. Von allen Detectives auf der Welt musste ich ausgerechnet den erwischen, der wie George Clooney aussah. Kein Zweifel, er war verdammt gut aussehend. Ich würde Robin einfach zur Rede stellen und sie fragen müssen, was sie von ihm hielt.

Luca beugte sich vor und sagte: »Warum haben Sie mir nie erzählt, dass Sie und Frau Gabelli eine Affäre hatten?«

Wow. Wer zum Teufel hatte ihm das erzählt? Doch nicht etwa Robin? Niemals. Meine Brust wurde eng, als ich sagte: »Das hat mit gar nichts zu tun.«

»Für mich aber sehr wohl.«

»Wie haben Sie das herausgefunden?«

»Das Wie spielt keine Rolle. Ich will wissen, was es damit auf sich hatte.«

Ich kramte meinen Inhalator hervor.

»Das geht Sie nichts an. Verdammt, Sie schnüffeln im Privatleben von Leuten herum. Das ist Bullshit, wenn Sie mich fragen.«

»Zur Kenntnis genommen. Nun, Ihr Freund wird vermisst

und Sie haben mit seiner Frau geschlafen. Klingt das nicht nach einem Zufall, würden Sie nicht auch sagen?«

»Was jetzt, bin ich ein Verdächtiger?«

»Wir nehmen jeden unter die Lupe, besonders diejenigen, die Herrn Gabelli nahestehen. Ihre, sagen wir mal, Beziehung zu seiner Frau ist ein interessanter Aspekt.«

»Also, ich hatte nichts damit zu tun, was mit Phil passiert ist.«

Luca lehnte sich zurück. »Was genau ist denn mit ihm passiert?«

»Ich weiß es nicht. Er ist verschwunden, das ist alles.«

Luca verzog das Gesicht und rieb sich die Seite. »Sind Sie sich da sicher?«

Was zum Teufel meinte er damit?

»Hören Sie, ich habe es Ihnen gesagt, Phil hat es geliebt, jeden Rock zu jagen, den er in die Finger kriegen konnte. Wahrscheinlich lässt er sich gerade in diesem Moment von einer flachlegen.«

Luca lehnte sich zurück und legte einen Fuß auf eine Ecke seines Schreibtisches. »Wollen Sie noch etwas Interessantes wissen?«

Der Klang seiner Stimme gefiel mir nicht, also zuckte ich nur mit den Schultern.

»Es scheint, Sie haben Robin geraten, Phil zu verlassen. Stimmt das?«

Woher zum Teufel wusste er das? Ich meine, Robin, um Himmels willen, was machst du da?

»Schauen Sie, ich habe Ihnen doch schon gesagt, Phil hat Robin ständig betrogen. Es war eine missbräuchliche Beziehung. Sie wurde, um Himmels willen, zum Gespött gemacht!«

»Sind Sie jetzt Eheberater?«

»Hey, Robin und ich sind gute Freunde.«

»Freunde? Ich würde sagen, es war sehr viel mehr als das.«

»Worauf wollen Sie hinaus? Haben Sie mehr gegen mich in der Hand als eine alte Affäre?«

Luca legte den Kopf schief und lächelte. Er war ein selbstgefälliger Mistkerl.

Ich sagte: »Vergessen Sie nicht, Herr Detective, dass das schon ein paar Jahre her ist.«

Luca fasste sich plötzlich an den Bauch und biss die Zähne zusammen. Dann krümmte er sich für eine Sekunde. Er sah nicht so aus, als ob er sich besonders gut fühlte, also stand ich auf.

»Wenn Sie nichts weiter haben, gehe ich.«

## 12

---

## LUCA

Der Schmerz hielt länger an als sonst. Ich hätte Stewart nicht gehen lassen sollen, aber es fühlte sich an, als würde er nie wieder vergehen. Stewart war eine Schlange. Er hat die Frau seines besten Freundes gevögelt. Wie tief kann man nur sinken?

Wenigstens hat er nicht auch noch gelogen. Mann, was hätte ich dafür gegeben, ihn deswegen dranzukriegen. Stewart hätte etwas über die Affäre sagen sollen. Und Robin übrigens auch. Die Leute denken, sie könnten düstere Geheimnisse für sich behalten, aber wenn du mich fragst, können zwei Menschen nur dann ein Geheimnis bewahren, wenn einer von ihnen tot ist.

Die Affäre war hochexplosiv. Sie eröffnete alle möglichen neuen Szenarien. Stewart könnte seinen Kumpel aus dem Weg geräumt haben, um eine neue Chance bei Robin zu bekommen, oder beide spielten die Hauptrollen in einer Verschwörung, um Phil zu erledigen. Es bestand die Möglichkeit, dass Robin es allein getan hatte, obwohl ich mir das nicht vorstellen konnte. Alles war wieder offen, jetzt, wo ich wusste, dass sie nicht die treue Ehefrau war, als die sie sich ausgegeben hatte.

Ich machte mir eine gedankliche Notiz, zu überprüfen, ob es irgendwelche Versicherungspolicen gab, von denen Robin profitieren könnte, während ich ins Bad ging.

Ein Hauch von Rot in meinem Urin alarmierte mich. Kein Warten mehr; wenn ich für morgen keinen Termin bei meinem Arzt bekommen würde, würde ich in die Notfallpraxis auf der Vanderbilt gehen. Kurz überlegte ich, sofort in die Notaufnahme zu fahren, aber ich wollte mir auf keinen Fall mein Date mit Kayla verderben lassen.

Obwohl ich meinen alten Partner JJ total vermisste, schien mir das Alleinarbeiten die meiste Zeit zu liegen. Aber bei einem Fall, der jeden Tag komplizierter zu werden schien, freute ich mich darauf, dass Mary Ann Vargas aus dem Urlaub zurückkam. Sie war meine erste weibliche Partnerin, und obwohl sie es mir ab und zu schwer machte und auf Astrologie stand, war sie eine der Besten. Außerdem hatte sie etwas an sich, das ich nicht recht fassen konnte. Manchmal sah sie zuckersüß aus und manchmal so gewöhnlich wie Toastbrot. So oder so, ich hielt mich von ihr fern, oder hoffte es zumindest.

Morgen würden wir die Aufgaben aufteilen. Ich würde bei Robin wegen der Affäre nachhaken, Stewart genauer unter die Lupe nehmen und vielleicht sogar seinem Arbeitsplatz einen Besuch abstatten. Währenddessen würde Mary Ann den Buchmacher aufspüren, bei dem Phil Schulden hatte, und herausfinden, was sie über die Finanzen von Robin und Phil in Erfahrung bringen konnte.

Mein Handy erinnerte mich daran, dass ich um zwei Uhr vor Gericht sein musste. Gott sei Dank für die Erinnerung. Ich hatte ganz vergessen, dass ich in einem Fall von Autodiebstahl aussagen musste. Ein Ableger der russischen Mafia hatte sich in Miami niedergelassen und mit einer ziemlich cleveren Masche Kasse gemacht. Die Russen arbeiteten mit einer Gruppe haitianischer Krimineller in Collier County zusammen, die bestimmte, von den Russen angeforderte Luxusautos stahlen.

In Naples gab es einen Haufen reicher Schnösel mit teuren Autos, die sie kaum fuhren. Viele der Besitzer waren wochenlang verreist, und die Russen verfügten über eine Menge Informationen darüber, wer wann wo war. Die Haitianer schnappten sich die Autos und brachten sie in Anhängern mit FedEx-Logo nach Miami.

Dort angekommen, verluden die Russen sie in Container und verschifften sie nach Osteuropa. Die meisten Autos waren bereits außer Landes, bevor sie als gestohlen gemeldet wurden. Es war eine perfekte Masche, bis sie gierig wurden und anfingen, sich Autos zu schnappen, deren Besitzer merkten, dass sie fehlten, und sie als gestohlen meldeten.

Die Russen benutzten gefälschte Fahrgestellnummern, um die heiße Ware durch die Exportkontrolle zu schleusen, eine Spiegelung derselben Masche, die sie auch beim Verkauf echter Sozialversicherungsnummern an Illegale anwendeten. Es war eine so einfache Idee in einer so komplizierten Welt, dass sie viel zu lange unter dem Radar flog.

Ich lächelte auf dem Weg zum Gericht und dachte mir, dass alle guten Dinge ein Ende haben müssen.

---

ICH WAR ÜBERAUS ERLEICHTERT, als ich Kayla im Baleen warten sah. Sie sah genauso gut aus, nein, besser sogar, als beim ersten Mal, als ich sie gesehen hatte. Ich hatte über die Jahre so manche Frau schöngesoffen, immer im Dunst des Alkohols, aber dieses Mädchen war echt. Kayla war aufreizend gekleidet. Mann, war ich froh, geduscht und mich umgezogen zu haben.

Mir gefiel, dass sie nicht an der Bar, sondern in der Lobby des La Playa stand. Trotz der offenen Art, wie wir uns kennengelernt hatten, fühlte sie sich offensichtlich nicht wohl dabei, allein in einer fremden Bar zu sein.

Sie gab mir einen Kuss auf die Wange zur Begrüßung, und wir gingen durch eine Menschenmenge, die dort war, um den Sonnenuntergang zu sehen. Ich hatte mir Sorgen gemacht, dass es keinen guten Tisch geben würde, um zu beobachten, wie die Sonne im Golf versank, aber mein Kumpel an der Bar hatte seinen Teil für mich getan.

Wir ließen uns an einem Tisch auf der Terrasse nieder und ich bestellte eine Flasche Viognier. Ich konnte nicht widerstehen, eine wenig bekannte Rebsorte zu bestellen, um sie zu beeindrucken.

»Wow, du musst ja gute Beziehungen haben. Sieh dir das an. Es ist wunderschön hier draußen.«

»Einer der Vorteile, wenn man hier wohnt.«

»Nun, es war süß von dir, mich hierherzubringen. Es ist ein wirklich schöner Ort.«

»Gern geschehen. Das hast du verdient.«

Ich glaube, sie wurde rot. Diese Frau war vielleicht zu gut, um wahr zu sein.

»Also, wie war dein Tag heute? Irgendwelche Gauner geschnappt?«

»Zum Glück gibt es hier unten nicht so viel Kriminalität wie oben in Jersey. Aber heute habe ich den größten Teil des Tages vor Gericht verbracht, oder sollte ich sagen, verschwendet.«

»Was ist passiert?«

»Ich sollte in einem Fall von Luxusautodiebstahl aussagen, den wir hochgenommen haben, aber der Richter hat die Verhandlung vertagt.«

»Also sind sie davongekommen?«

»Nein, nein. Eine Vertagung ist wie eine Auszeit. Die Verteidiger haben eine Reihe von Anträgen gestellt, meiner Meinung nach jeder einzelne davon haltlos, und mich so daran gehindert, in den Zeugenstand zu treten. Das war nur eine weitere Zeitverschwendung in einem System, das in zu vielen juristischen Winkelzügen versinkt.«

»Das tut mir leid. Das muss frustrierend sein.«

Sie hatte Verständnis? Womit hatte ich das nur verdient?

Ich nickte. »Manchmal, aber egal. Was haben Sie heute so gemacht?«

Sie fing gerade an zu erzählen, dass sie an einem Strand in der Innenstadt gewesen war, um sich das Flair von Old Naples anzusehen, als das stechende Gefühl in meinem Bauch wieder einsetzte. Ich entschuldigte mich, um auf die Herrentoilette zu gehen, da ich das Gefühl hatte, ich würde mir gleich in die Hose machen.

Als ich die Tür aufstieß, wurde mir schwindelig und ich stieß mit einem Mann zusammen, der gerade einem Kind am Waschbecken half, sich die Hände zu waschen. Ich stolperte zum Pissoir, traute mich kaum hinzusehen, und als ich es dann doch tat, sah ich nur ein Meer aus Rot.

»Scheiße!«

»Hey, Kumpel, achten Sie mal auf Ihre Wortwahl.«

»Ich, ich …«

Der Raum begann sich zu drehen und meine Knie gaben nach.

# 13

## LUCA

Ich kam in der Notaufnahme des NCH wieder zu Bewusstsein und wusste nicht, was schlimmer war: das Stechen in meinem Bauch oder die pochenden Kopfschmerzen, die meine Sicht verschwimmen ließen. Ein Wald aus Infusionsständern hielt Beutel, von denen Schläuche zu jedem meiner Arme führten. Während ich mich abmühte, mich zu erinnern, was passiert war, betrat ein Paar in weißen Kitteln die Kabine, die ich mein Zuhause nannte.

»Mr. Luca, ich bin Dr. Mancino und das ist Schwester Mary.«

Ich nickte. »Was ist mit mir passiert?«

»Sie haben innere Blutungen. Der Blutverlust hat Ihren Hämoglobinwert absinken lassen, wodurch Sie das Bewusstsein verloren haben.«

»Blutungen?«

»Wir haben ein paar Tumore in Ihrer Blase entdeckt, die bluten.«

Oh nein, Tumore? Bitte sagen Sie mir nicht, dass es Krebs ist.

»Wir verabreichen Ihnen ein Medikament, um die Blutung zu stillen, aber wir werden weitere Tests durchführen und eine Biopsie machen müssen.«

Ich hörte mich fragen: »Habe ich Krebs?«

»Wir werden eine vollständige Beurteilung vornehmen, bevor wir irgendwelche Prognosen stellen.«

»Ich weiß, es ist noch früh, aber was denken Sie Ihrer Erfahrung nach, Doc?«

»Es ist wahrscheinlich Krebs, aber selbst wenn, scheint er die Blasenwand nicht durchbrochen zu haben. Machen Sie sich also zu diesem Zeitpunkt keine allzu großen Sorgen.«

»Keine Sorgen machen? Sie sagen mir, ich habe Krebs und pisse Blut, verdammt noch mal.«

»Ich verstehe, Mr. Luca. Es ist ganz natürlich, beunruhigt zu sein, aber das Medikament, das Sie bekommen, wird die Blutung unter Kontrolle bringen. Nun, bevor wir gehen, haben Sie noch weitere Fragen?«

Anstatt zu fragen, wie lange ich noch hätte, sagte ich: »Mein Kopf tut höllisch weh.«

»Das glaube ich Ihnen. Anscheinend haben Sie sich den Kopf gestoßen, als Sie das Bewusstsein verloren haben. Es ist nichts Ernstes. Das wird in ein, zwei Tagen nachlassen. Ich werde Ihnen eine intravenöse Bolusdosis Tylenol anordnen, das wird helfen.«

Am Morgen kam ein Onkologe namens Murray zu mir, kurz bevor ich in einen Operationssaal gerollt wurde. Sie wollten eine Biopsie durchführen, um mehr Informationen über meine Tumore zu bekommen. Es war höllisch beängstigend, aber Dr. Murray versicherte mir, dass die Scans zeigten, die Tumore könnten bei einer Operation entfernt werden. Er sagte, ich wäre in ein paar Monaten wieder so gut wie neu.

Bevor sie mich in Narkose versetzten, kam ich ins

Grübeln. Abgesehen von meinen Kopfschmerzen, die ein klein wenig besser geworden waren, waren die Schmerzen in meinem Bauch verschwunden, aber nur dort zu liegen, machte mich wütend. Wie zum Teufel war das passiert? Ich war gerade erst vierzig geworden und zu jung dafür.

In Kürze würden sie mit dem ersten Eingriff beginnen, dann würde ich operiert werden und wer weiß, was danach kommt. Die Dinge waren zu gut gelaufen, jetzt sah es so aus, als wäre ich zu spät ins Paradies gezogen. Zu wissen, dass ich jetzt durch die Hölle gehen musste, fühlte sich nicht gut an. Ich hatte Angst und hoffte wie verrückt, dass Murray recht hatte, als er sagte, ich würde wieder gesund werden.

———

MEIN PARTNER VARGAS HATTE GEHÖRT, was passiert war, und rief mich zum zweiten Mal von irgendeiner karibischen Insel aus an. Nachdem ich aufgelegt hatte, kamen ein paar Jungs vom Revier vorbei, um nach mir zu sehen. Ich stand noch unter dem Einfluss der Narkose und nickte ein, während sie im Zimmer herumstanden. Da ich auf keine verdammte Gesellschaft in Stimmung war, machte ich kein Geheimnis daraus. Ich döste weg und als ich aufwachte, waren sie weg. Ich widmete meine Aufmerksamkeit der Glotze, als wäre sie ein Werk von Michelangelo.

Obwohl ich benommen war, spürte ich das Erscheinen von Dr. Murray mit noch einem Weißkittel, bevor sie mein Zimmer betraten, was kein gutes Zeichen war.

»Wie fühlen Sie sich, Mr. Luca?«

»Ich schätze, so gut, wie es meine Situation eben zulässt. Wie ist alles gelaufen?«

Die Ärzte warfen sich einen Blick zu und Murray sagte: »Das ist Dr. Lino. Er ist ein rekonstruktiver Chirurg.«

Langsam nickend, ließ ich mir das Wort ›rekonstruktiv‹ durch den Kopf gehen.

Dr. Lino sagte: »Mr. Luca, die Dinge sind komplizierter als ursprünglich angenommen. Obwohl die Biopsie eine nicht besonders aggressive Form von Krebs ergeben hat, zeigen die zusätzlichen Scans, die wir gemacht haben, Hinweise darauf, dass die Tumore die Blasenwand durchbrochen haben.«

Ich sah zu Dr. Murray, der die Lippen eingezogen hatte.

»Was bedeutet das alles, Doc?«

Dr. Murray sagte: »In Anbetracht des Durchbruchs müssen wir äußerst vorsichtig sein, um sicherzustellen, dass sich der Krebs nicht ausbreitet. Ich fürchte, wir werden Ihre Blase entfernen müssen.«

Konnte ich ohne Blase überleben? Ich vermutete schon, wenn sie davon redeten, sie herauszunehmen. Wie würde ich pissen? Mein Kopfkino lief auf Hochtouren.

»Mr. Luca?«

»Tut mir leid, ich kann das alles einfach nicht verarbeiten.«

»Wir wissen, dass das eine Menge ist, worüber man nachdenken muss. Das ist völlig normal.«

»Was wird mit mir passieren? Werde ich es schaffen?«

»Ja, ja. Solange sich der Krebs nicht ausgebreitet hat, und es gibt absolut keinen Grund zu der Annahme, dass er das hat, werden Sie wieder gesund.«

Das kam von demselben Kerl, der ursprünglich gesagt hatte, er hätte die Wand nicht durchbrochen, also tröstete mich das, was er von sich gab, kein bisschen.

»Sie sagten, Sie müssten meine Blase herausnehmen. Brauche ich die nicht? Wie soll ich ohne Blase leben?«

»Nun, es gibt ein paar Optionen.« Murray wandte sich an Lino.

»Optimalerweise könnten wir Ihnen aus Ihrem Dickdarm eine Ersatzblase formen. Wir würden ein Stück davon abtrennen und den Harntrakt umleiten.«

Das hörte sich an, als wäre ich dann ziemlich normal.

»Was ist der Haken, Doc?«

»Nicht viel, solange es machbar ist. Das Einzige ist, Sie verlieren die Nervenenden, die Ihnen melden, dass Sie sich erleichtern müssen. Mit anderen Worten, Sie werden den Harndrang nicht mehr spüren.«

»Soll das heißen, ich muss eine verdammte Windel tragen?«

»Nein, nein. Wir empfehlen, dass Sie sich an einen Zeitplan halten und etwa alle zwei Stunden auf die Toilette gehen.«

Ich atmete aus. »Okay, okay. Das kriege ich hin.«

»Eine andere Sache ist, Sie müssen sich auf die Schüssel setzen und den Urin sozusagen herauspressen.«

Ich musste also sitzen wie ein Mädchen. Okay, damit konnte ich leben, immer noch um Längen besser, als Windeln für Erwachsene zu tragen.

»Natürlich gibt es keine Garantie, dass wir eine Blase konstruieren können. Wenn uns das nicht gelingt, sind die anderen Optionen, ein inneres Reservoir anzulegen, das Sie dann entleeren müssten.«

»Was? Wie soll die Pisse denn da rauskommen?«

»Sie hätten eine Öffnung. Die wäre verschlossen und Sie würden einen Schlauch einführen, um die Flüssigkeit zu entfernen.«

Ich schüttelte den Kopf. »Das ist doch verrückt.«

»Alternativ könnten wir einen externen Beutel anbringen,

der den Urin sammelt, und Sie würden dessen Inhalt dann ausleeren.«

Ein Beutel Pisse, der an mir hing? Das käme bei den Ladys sicher super an. Ich war erledigt. Den Gedanken, wieder zu heiraten und ein Kind zu bekommen, musste ich wohl vergessen. Die Ärzte redeten weiter und ich versank immer tiefer. Ich hörte, wie sie sich verabschiedeten, und wurde mit der Grübelei zurückgelassen, ob ich gerade in eine endlose Tretmühle von Arztbesuchen geraten war.

## 14

## STEWART

*»Alle unsere Träume konnen wahr werden, wenn wir den Mut haben, sie zu verfolgen.«* – Walt Disney

Ich drehte das Radio lauter und grölte: »Oh, we can beat them. Then we can be heroes, if only for a day. We can be heroes.« Ich sang diese Bowie-Nummer für mein Leben gern. Es ist mein absolutes Lieblingslied. Es sagt einfach alles. Mann, es tat so gut, das zu hören, während ich auf der 75 fuhr.

Luca war mir jetzt seit ein paar Tagen nicht mehr auf die Pelle gerückt. Er musste wohl in der Affäre mit Robin herumgestochert und nichts gefunden haben, woran er sich festbeißen konnte. Auch wenn er mich in Ruhe ließ, wurde ich einfach das Gefühl nicht los, dass er bald mit irgendeinem Colombo-Mist um die Ecke kommen würde.

Auf der 75 war die Hölle los und es ging nur im Schneckentempo voran. Mann, hatte ich es satt, jeden Tag nach North Ft.

Myers zu fahren. Was die Sache noch schlimmer machte, war, dass es für einen Job war, den ich hasste. Auf keinen Fall würde ich das noch viel länger mitmachen. Das Leben ist viel zu kurz, und bald wäre ich vierzig und dann fünfzig, und na ja, wer weiß schon, was dann passiert? Das Leben vergeht mit Lichtgeschwindigkeit, und es ist vorbei, bevor du es merkst. Warum trotteten die meisten Menschen einfach wie Zombies durchs Leben? Ich nicht, ich würde eine Stunde im Sonnenschein gegen zehn Jahre an irgendeinem trostlosen Ort eintauschen.

Vielleicht wäre Robin für einen schönen Urlaub zu haben, wenn sich die Lage beruhigt hätte und wir wieder zueinanderfinden würden. Wir waren uns ähnlich; sie würde diesen Albtraum abschütteln und erkennen, dass sie weitermachen musste. Wir sagten immer, die einzige Art zu leben sei, den Moment zu genießen, wann und wo immer man konnte. Die Dinge ändern sich im Handumdrehen; jetzt wusste sie das besser als jeder andere. Ich wettete, dass sie bald zur Vernunft kommen würde.

Robin gab gern Geld aus, nicht um es zu verschwenden, sondern um es zu genießen. Sie pflegte zu sagen, man solle etwas sparen, sich aber nicht das vorenthalten, was man jetzt wollte, da man ja nicht wisse, ob man später überhaupt noch da sei. Das war ein großartiges Zitat, und sie hatte recht. Verdammt recht. Für mich gab es keinen Zweifel: Es ist meilenweit besser, ein paar großartige Jahre zu leben, als dreißig beschissene Jahre, in denen man sich abmüht. Über die Zukunft mache ich mir Sorgen, wenn und falls sie jemals eintritt.

Ein State Trooper raste auf dem Mittelstreifen heran. Es war schon nach neun und ich war wieder zu spät. Ich würde mir wieder irgendeinen Mist von Greely anhören müssen.

Ich griff nach meinem Handy und wählte Robins Nummer.

»Hey, Robin. Wie geht es dir?«

»Okay. Was ist los?«

»Nichts, alles gut. Ich wollte nur mal hören, wie es dir geht, ich bin auf dem Weg zur Arbeit.«

»Oh, danke.«

Ich fragte: »Was machst du heute?«

»Ich weiß nicht. Ich habe überlegt, eine Runde ins Büro zu fahren.«

Das ist mein Mädchen, dachte ich, sagte aber: »Bist du sicher? Es ist eine gute Idee und so, aber ...«

»Ich kann nicht mehr hier rumsitzen. Es ist einfach zu deprimierend.«

»Es wird mit der Zeit besser werden. Du wirst sehen.«

»Ich weiß nicht, Dom. Ich weiß gar nichts mehr.«

»Du musst dir Zeit lassen. Alles wird gut werden. Das Leben geht einfach weiter, wie eine Rolltreppe, ob du draufstehst oder nicht.« Ich zuckte zusammen, Rolltreppe, hatte ich das wirklich gesagt?

»Ich weiß nicht, was ich ohne ihn machen soll.«

»Es ist schwer, ich weiß, aber gib die Hoffnung nicht auf.«

»Danke, aber ich denke die ganze Zeit, es hat keinen Zweck zu hoffen, dass er wieder auftaucht.«

»Man weiß ja nie. Es gab schon viele seltsame Fälle, und dieser könnte einer davon sein.«

»Ich hoffe, du hast recht.«

»Hör zu, warum gehst du nicht ins Büro? Das wird dich auf andere Gedanken bringen.«

»Du hast recht. Ich glaube, das mache ich. Hab einen schönen Tag.«

»Oh, Robin, hast du etwas von diesem Detective Luca gehört?«

»Seit ein paar Tagen nicht. Ich glaube, das ist es, was mich so runterzieht.«

Und mich aufbaut, dachte ich.

»Ich bin sicher, sie sind an dem Fall dran.«

»Ich weiß nicht, ich verliere das Vertrauen in sie.«

»Du bist nur deprimiert. Du musst mal für eine Weile raus. Mach eine Pause.«

»Ich weiß nicht so recht.«

»Es wird dir guttun. Vielleicht könnten wir zusammen fahren.«

»Das fühlt sich nicht richtig an.«

Ich war immer noch auf der 75, sagte aber: »Denk einfach darüber nach. Hey, tut mir leid, aber ich bin gerade am Büro angekommen. Ich rufe dich später an.«

# 15

---

## LUCA

Heute war der Tag. Obwohl man mir Zeit zum Nachdenken gegeben hatte, wollte ich den Krebs aus mir heraushaben, bevor er sich ausbreiten konnte. Nur fünf Tage waren vergangen, seit ich zusammengebrochen war, und die Operation war für heute angesetzt.

Gegen Mittag wollten sie mich runter in den OP bringen. Meine Brust schnürte sich zu, während ich den Gedanken hin und her wälzte, ob ich eine zweite Meinung einholen sollte. Die Ärzte schienen zu wissen, was sie taten, und sie sagten, sie hätten diesen Eingriff schon fast hundertmal durchgeführt. In meinen Augen war das eine Menge Erfahrung. Dann kam mir der Gedanke: Ich wusste nicht, ob all diese Eingriffe hier im NCH durchgeführt worden waren. Danach hätte ich fragen sollen. Oder nicht? Wenn jemand aus dem Krankenhaus Mist bauen würde, könnte das mein Ende sein.

Es war schwierig, sich nicht dumm vorzukommen. Ich hatte immer darüber doziert, dass wir uns mit unserer eigenen Sterblichkeit abfinden müssten und dass unsere

Kultur in Verleugnung lebte, aber seit meiner Diagnose hatte ich nicht mehr ohne Narkotika geschlafen. Ich konnte einfach nichts dagegen tun. Es war irrational und widersprach der Art und Weise, wie ich lebte. Die Leute redeten immer gerne darüber, was jemand anderem passiert war, aber ich wusste, dass es nicht darum ging, *ob* einem etwas zustoßen würde, sondern nur darum, *wann*.

Das war die wahrste Aussage, die je gemacht wurde, aber jetzt, da ich mit dem Wann konfrontiert war, konnte ich mich des Gefühls nicht erwehren, bis aufs Hemd ausgeraubt worden zu sein. Ich suhlte mich noch weitere zehn Minuten in meinem Kummer, bis eine süße Krankenschwester mich aus meinem Tief riss. Nachdem sie gegangen war, gelang es mir einigermaßen, mich davon zu überzeugen, dass alles gut werden würde.

Die Tür schwang auf und meine Partnerin erschien mit einem Teddybär-Ballon in der Hand. Mir lief ein Schauer über den Rücken. Was machte sie hier? Vargas sollte erst in zwei Tagen zurück sein. Oh nein, wenn sie früher zurückkam, musste sie etwas wissen.

»Vargas, endlich aus dem Urlaub zurück?«

»Hi, Frankie. Wie fühlst du dich?«

»Mir geht's gut.«

»Sicher?«

»Ja. Wieso, sehe ich nicht gut aus?«

»Ich sehe, deine Eitelkeit ist noch intakt.« Sie legte den Ballon auf den Nachttisch.

»Sehr witzig.«

»Im Ernst, Frank, was ist los? Ich mache mir wirklich Sorgen um dich.«

Ich atmete aus. »Blasenkrebs.«

Vargas wich alle Farbe aus dem Gesicht und sie stützte ihre Hand auf dem Nachttisch ab. »Oh mein Gott.«

»Dreh nicht durch. Ich werde es überleben.«

»Aber wie? Ich meine, einfach so?«

»Wer weiß? Ich hatte die letzten paar Tage etwas Blut im Pipi und ein paar Bauchschmerzen, aber das war's.«

»Ich erinnere mich, dass du schon vor Wochen gesagt hast, dass du Bauchschmerzen hast. Ich habe dir mindestens fünfmal gesagt, du sollst zum Arzt gehen.«

»Das hätte auch nichts geändert, Mami.«

»Was werden sie tun? Chemo?«

Ich schüttelte den Kopf. »Operation. In ein paar Stunden.«

Vargas lehnte sich gegen das Bett. »Heute?«

Sie machte sich wirklich Sorgen. Mein Hals schnürte sich zu und alles, was ich tun konnte, war zu nicken.

»Was sagen die Ärzte?«

»Sie werden die Tumore und einen Teil der Blase entfernen, aber sie müssen sehen, was sie vorfinden, wenn sie erst einmal drin sind.«

»Das tut mir so leid, Frank.« Vargas tätschelte meine Hand.

Ich schluckte. »Keine Sorge, ich schaffe das schon.«

»Ich bete für dich, Frank. Ich habe auf dem Rückflug mindestens hundert Ave-Marias gebetet.«

Sie war so aufrichtig, dass ich beinahe losgeheult hätte. Ich brachte ein Danke hervor.

»Wie lange ist die Genesungszeit nach der Operation?«

»Das haben sie nicht wirklich gesagt.« Und ich habe auch nie wirklich gefragt. »Aber ein paar Monate, schätze ich, bis ich deinem lateinamerikanischen Hintern wieder auf die Nerven gehen kann.«

Sie lächelte. »Ich kann's kaum erwarten.«

»Was ist bei der Arbeit los?«

»Nicht viel, alles beim Alten.«

»Gibt es was Neues im Fall Gabelli?«

»Komm schon, Frank, du musst dich darauf konzentrieren, auf dich aufzupassen.«

»Weißt du, an diesem Stewart-Typen ist irgendetwas, das mir nicht ganz geheuer ist.«

»Aber die sind doch beste Kumpel.«

»So ein Kumpel, dass Stewart mit der Frau seines Freundes in der Kiste war.«

»Das war vor ein paar Jahren. Gabelli ist schon öfter mal abgehauen. Vielleicht kommt er diesmal einfach nicht zurück.«

»Was hast du über seinen Buchmacher herausgefunden?«

»Ich kam nicht an Tommy Serra heran. Ich warte auf einen Kontakt, der mich reinbringt.«

»Sei vorsichtig mit diesen Typen. Weißt du, warum sie ihn Tommy Thumbs nennen?«

Vargas schüttelte den Kopf. »Nein.«

»Als Tommy sich hocharbeitete, war er ein Geldeintreiber für die Bigiottis, und wenn jemand nicht zahlte, zertrümmerte er ihm die Daumen mit einem Hammer.«

»Toll, wirklich toll. Meinst du, der Kerl ist der Typ, der einen Schuldner umlegt?«

»Kann ich mir nicht vorstellen. Es macht keinen Sinn, jemanden zu töten, der einem etwas schuldet. So würde man sein Geld ja nie wiedersehen. Aber man weiß ja nie, vielleicht ist die Sache aus dem Ruder gelaufen.«

»Oder sie mussten an jemandem ein Exempel statuieren.«

»Jetzt denkst du mit, Vargas. Der Urlaub hat dir gutgetan.

Hey, wenn du die Gelegenheit hast, sieh dir mal an, wo Stewart arbeitet. Wer weiß, was wir dabei herausfinden.«

Ein paar Krankenschwestern kamen herein, um mich für die Operation vorzubereiten, und Vargas drückte mir einen Rosenkranz in die Hand. Ich versuchte tapfer, die Tränen wegzublinzeln, als sie sich verabschiedete.

## STEWART

»*Manche sorgen dafür, dass Dinge geschehen, manche schauen zu, wie sie geschehen, und manche fragen sich: ,Was ist passiert?'«* – *Anonym*

MEIN HANDY KLINGELTE. Sie war's. Geil.

»Na, Sonnenschein, was gibt's Neues?«

Robin sagte: »Ich habe wegen Detective Luca angerufen, aber er ist krankgeschrieben.«

Ich reckte die Faust in die Luft. »Oh. Ich frage mich ja, was ihm passiert ist.«

»Jetzt sucht niemand mehr nach Phil.«

Das ging ja schon wieder los. Manchmal kann sie so dramatisch sein. »Ich bin mir sicher, dass die in Teams arbeiten. Keine Panik, Robin.«

»Ich gerate nicht in Panik, Dom! Mit jedem Tag, den Phil weg ist, wird es wahrscheinlicher, dass er nie wieder zurückkommt. Ich spüre es, dass ihm etwas passiert ist, und dir scheint das egal zu sein.«

»Natürlich ist es mir nicht egal. Er war mein bester Freund.«

»Na ja, du tust aber nicht viel, um ihm zu helfen.«

»Das ist nicht fair, Robin. Hör zu, ich weiß, es sieht nicht gut aus, aber man weiß ja nie. Er könnte von irgendwelchen Wahnsinnigen entführt worden sein oder so.«

»Ihm ist etwas Schlimmes zugestoßen. Ich hatte letzte Nacht einen furchtbaren Traum.«

Das war's also, ein Traum hatte sie aus der Fassung gebracht. Ich beruhigte sie und sagte ihr, ich würde die Polizei kontaktieren und herausfinden, wer den Fall von Luca übernahm.

Mein Anruf wegen Luca wurde zu einer Frau namens Mary Ann Vargas durchgestellt. Sie klang am Telefon nett. Ich fragte mich, wie sie wohl aussah.

»Ich wollte eigentlich Detective Luca sprechen.«

»Er ist beurlaubt. Ich bin seine Partnerin. Was kann ich für Sie tun?«

»Oh, ich hoffe, es geht ihm gut.«

»Es wird ihm wieder gut gehen.«

»Gut, wissen Sie, er hat einen Fall von einer vermissten Person bearbeitet, und wir fragen uns, wie da der Stand der Dinge ist.«

»Um welche Person handelt es sich?«

»Haben Sie mehr als eine?«

»Der Name?«

Die war ja auch ein richtiger Spaßvogel.

»Gabelli, Phil Gabelli. Wissen Sie da irgendwas drüber?«

»Selbstverständlich. Wie ich schon sagte, ich bin die Partnerin von Detective Luca.«

»Aber von Ihnen haben wir nie etwas gehört.«

»Womit kann ich Ihnen helfen?«

»Wissen Sie, was los ist?«

»Ich habe die Fallakte. Darf ich fragen, warum Sie sich melden und nicht Mrs. Gabelli?«

»Robin meinte, sie hätte angerufen, aber keine Auskunft bekommen.«

»Es gibt nichts Neues zu berichten.«

»Oh. Sucht niemand nach Phil?«

»Dies ist eine laufende Ermittlung, und wir verfolgen ein paar Spuren.«

Spuren? Was meinte sie damit? »Oh, da ist also was im Busch?«

»Ich bin nicht befugt, den Fall zu besprechen, aber Sie können Mrs. Gabelli versichern, dass wir weiterhin daran arbeiten, den Aufenthaltsort ihres Mannes zu ermitteln.«

»Sie glauben also, er hat sich irgendwo abgesetzt.«

»Das habe ich nicht gesagt.«

»Nicht direkt, aber Sie sagten Aufenthaltsort, und das bedeutet irgendwie...«

»Tut mir leid, aber ich muss los. Sie können Mrs. Gabelli ausrichten, dass wir uns melden, sobald es Entwicklungen gibt.«

Entwicklungen? Das klang, als hätten sie etwas. Die Frage war nur, was.

Ich dankte ihr und verabschiedete mich. Dann dachte ich eine Minute lang nach, bevor ich Robin eine SMS schrieb.

## LUCA

Ich wachte im Aufwachraum auf und fühlte mich, als hätte ein Sumo-Ringer meinen Bauch als Trampolin benutzt. Mein Mund war strohtrocken. Ein Haufen Schläuche steckte in mir und machte mir eine Heidenangst. Warum so viele Schläuche? Davon hatten sie mir nichts erzählt. Ist etwas schiefgegangen?

Am schlimmsten war der Schlauch in meiner Nase; der ging mir höllisch auf die Nerven. Ich war benebelt und wollte ihn herausreißen, konnte aber kaum meinen Arm heben.

Mein Herz raste. Das war viel schlimmer, als ich erwartet hatte. Es sah für mich so aus, als hätten die Ärzte mir keine Blase machen können. Als sie mich aufgeschnitten hatten, sahen sie wahrscheinlich, dass der Krebs gestreut hatte. Überallhin. Verdammt, Luca, was auch immer du an Glück hattest, es hat sich gerade in Rauch aufgelöst. Ich war erledigt. Es hatte keinen Sinn, gegen die Benommenheit anzukämpfen, also ließ ich mich einfach von ihr davontragen.

Ein Räuspern weckte mich. Dr. Murray kam, um nach mir zu sehen, aber er schien allein zu sein. Ich versuchte zu erkennen, ob jemand hinter ihm stand. Niemand. Dr. Lino war nirgends zu sehen. Meine schlimmsten Befürchtungen sollten sich gleich bestätigen.

»Wie fühlen Sie sich, Mr. Luca?«

»Als wäre ich überfahren worden.«

»Sie haben viel durchgemacht, aber ich bin sicher, dass Sie schnell wieder auf die Beine kommen.«

»Wenn Sie es normal nennen, mit einem Beutel Pisse herumzulaufen.«

Murray stand nur eine Sekunde lang da, bevor er stotterte: »Ich, ich ...«

»Schon gut, Doc, ich weiß, dass Sie keine Blase machen konnten.«

»Nein, nein, das haben wir.«

»Was? Wo ist Dr. Lino?«

»Er wurde zu einer Notoperation gerufen.«

»Also, er, Sie, konnten mir eine neue Blase machen?«

Murray lächelte. »Ja, es war schwierig, aber erfolgreich.«

»Ich, als ich Dr. Lino nicht sah, dachte ich ...«

»Oh, jetzt verstehe ich.«

Er fing an zu lachen und ich stimmte mit ein, aber mein Bauch fing an zu meckern. Murray gab mir einen Überblick darüber, was sie getan hatten. Er behauptete, zuversichtlich zu sein, dass sie den gesamten Krebs entfernt hatten, und sagte, er habe nicht auf die Lymphknoten oder sonst wohin gestreut. Hätte ich aufstehen können, hätte ich ihm am liebsten einen dicken Kuss aufgedrückt. Er verabschiedete sich mit den Worten, er würde mit Lino zurückkommen, sobald ich aus dem Aufwachraum verlegt sei.

―――

AM NÄCHSTEN MORGEN ließen sie mich aufstehen und die Flure entlanggehen, obwohl ich an eine Reihe von Beuteln und Schläuchen angeschlossen war. Es ging langsam und war schmerzhaft. Nach dem Frühstück fühlte ich mich etwas besser und es ging richtig bergauf, als sie mir am späten Nachmittag den Katheter entfernten.

Vargas tauchte direkt nach dem Abendessen mit einer Karte und einer weißen Orchidee auf.

»Wie geht's dir, Frankie?«

»Besser, als ich erwartet hatte. Das ist sicher.«

»Das ist wunderbar. Ich habe mir Sorgen um dich gemacht, Partner.« Sie setzte sich auf einen blauen Plastikstuhl.

»Ich hab dir doch gesagt, dass alles gut wird.«

»Ich weiß, aber du hast mir neulich einen Schrecken eingejagt. Du warst nicht du selbst.«

»Wovon redest du?«

»Komm schon, Luca, wir sind zwar schon ewig keine Partner mehr, aber wir kennen uns. Oder?«

»Ja, ich schätze, du hast recht. Ich war nervös.«

»Das ist völlig normal. Also, was sagen die Ärzte?«

»Sie sind sich ziemlich sicher, dass sie alles erwischt haben.« Sie musste nichts von meiner neuen Blase wissen.

»Gott sei Dank, Gott sei Dank. Siehst du, beten hilft.«

»Du machst noch eine Gläubige aus mir, Vargas.«

»Du bist mein Spezialprojekt, Frank. Wenn ich dich bekehren kann, stehen mir die Pforten des Himmels weit offen.«

»Sehr witzig. Hey, was ist mit Tommy Thumbs passiert?«

»Das ist ein freundschaftlicher Besuch, Frank.«

»Ach, komm schon, ich bin eine Woche hier und drehe schon durch.«

»Nennen wir es einfach mal interessant.«

»Spiel keine Spielchen mit mir, Vargas. Was ist los?«

»Wie ich schon sagte, es ist ein freundschaftlicher Besuch und du musst dich ausruhen. Wir reden, vielleicht morgen.«

Bevor ich protestieren konnte, ging Vargas zur Tür. Sie zog sie auf und drehte sich um.

»Oh, ich hätte es fast vergessen, dir zu sagen.« Sie grinste von einem Ohr zum anderen.

»Was? Spuck's schon aus.«

»Eine nette junge Dame, na ja, sie wirkte jung, hat nach dir gefragt.«

Hätte es Kayla sein können? »Wer war es?«

»Sie sagte, ihr Name sei Kayla. Sie hat sich Sorgen um dich gemacht. Sagte, sie war mit dir unterwegs, als du den Abgang gemacht hast.«

Kayla. Ich musste zugeben, dass ich ein paar Mal an sie gedacht hatte, aber da sich die medizinischen Dinge in rasantem Tempo entwickelten, schien es angesichts der Art meines Problems kein guter Zeitpunkt für ein Gespräch zu sein. Jetzt schien ich aus dem Schneider zu sein und wollte, ja, brauchte es fast, mit ihr zu reden.

Vargas ging, und eine Minute später kam eine Krankenschwester herein.

»Wie geht es Ihnen, Frank?«

»Ganz gut. Wissen Sie, wo mein Handy ist?«

»Äh, nein. Ich frage im Schwesternzimmer nach, sobald wir hier fertig sind.«

»Was wollen Sie machen? Wieder Blut abnehmen?«

Sie schüttelte den Kopf. »Sie müssen sich erleichtern.«

»Ich habe nicht das Gefühl, dass ich muss.«

»Ich weiß. Das liegt daran, dass Sie das Nervensystem nicht mehr haben, das Ihnen signalisiert, wann es Zeit ist.«

»Ach ja. Das hatte ich vergessen.«

Die Krankenschwester half mir aufzustehen und schob den Infusionsständer mit mir ins Badezimmer. Ich kehrte ihr an der Schüssel den Rücken zu und sie sagte: »Sie müssen sich hinsetzen, Frank.«

Ich schüttelte den Kopf.

Sie trat einen Schritt zurück und sagte: »Versuchen Sie zu drücken.«

Ich hatte nicht das Gefühl, dass ich musste. Es kam nichts, obwohl ich drückte.

»Ich kann nicht. Es kommt nichts.«

»Es hilft, wenn Sie die Knie anheben. Versuchen Sie mal, auf die Zehenspitzen zu gehen. Reiben oder kitzeln Sie auch quasi Ihren Bauch. Aber seien Sie vorsichtig mit der Wunde.«

Ich tat, was sie sagte, und nachdem ich etwa fünf Minuten lang die gelben Fliesen an der Wand gezählt hatte, tröpfelte endlich ein Rinnsal Urin heraus. Toll, ich pinkelte im Morsecode.

»Gut, Frank. Wenn Sie fertig sind, versuchen Sie mal, ob Sie einen Unterschied in Ihrem Bauch spüren können. Ich weiß, da unten ist alles wund, aber viele Patienten lernen, einen leichten Druck zu erkennen, wenn sie wirklich müssen. Darauf können Sie sich konzentrieren.«

»Okay, ich versuch's.«

Sie wollte, dass ich die Gänge entlangging, bevor ich wieder ins Bett stieg. Ich hatte keine Wahl; mein Anruf musste warten.

Nachdem wir den Flur zweimal umrundet hatten, gingen wir wieder ins Zimmer. Es war anstrengend. Die Kranken-schwester kramte mein Handy aus dem Spind des Zimmers, und natürlich musste es aufgeladen werden. Ich hatte kein

Ladegerät. Die Krankenschwester sagte, sie würde mir eines besorgen, und ging.

Sie kam mit einem baumelnden Kabel in der Hand und einem strahlenden Lächeln im Gesicht zurück.

»Bitte sehr.«

Ich nahm das Ladegerät und warf es auf den Nachttisch.

»Was ist los? Ich dachte, Sie wollten telefonieren.«

»Ich habe es mir anders überlegt.« Tatsache war, mir fiel ein, dass ich Kaylas Nummer gar nicht hatte. Ich versuchte, mich an ihren Nachnamen zu erinnern, war aber so erschöpft, dass ich einnickte.

## 18

---

## STEWART

*»WARTE NICHT. ES WIRD NIE DEN PERFEKTEN ZEITPUNKT GEBEN.«*
*– Napoleon Hill*

WAS WILL SIE DENN? Phil kommt nicht zurück, also soll sie endlich weitermachen. Ich konnte nicht verstehen, warum Robin sich so an ihr altes Leben klammerte. Das war Vergangenheit. Was, hat sie etwa nur Scheiße gelabert, als sie immer sagte, man müsse nach vorne schauen?

Ich war unruhig. Konnte es sein, dass ich etwas zu schnell vorpreschte? Sie waren zehn Jahre verheiratet gewesen. Ich schätze, das ist eine lange Zeit. Aber Philly war ja kein hingebungsvoller Ehemann. Vielleicht zog sie für alle auch nur eine Show ab und tat das, was die meisten Leute tun. So, wie es von einem erwartet wird. Der ganze Trauer-Scheiß, während die Wochen und Monate ins Land zogen. Idioten, das sind sie. Wer will schon Jahre seines Lebens damit verschwenden, sich zu verkriechen und auf armes Opfer zu machen?

Die Seelenklempner sagen alle, man müsse der Sache Zeit

geben. Die Zeit heilt alle Wunden, blablabla. Währenddessen tickt die Uhr und dein Leben rinnt dir durch die Finger. Das ist doch total bescheuert. Wenn man sich sowieso irgendwann erholt, warum dann nicht die Genesung einfach beschleunigen?

Mentale Stärke. Die Gefühle ausblenden. Das ist alles, was es braucht. Wissen, was der Plan ist, und den ganzen anderen Scheiß abschalten.

Ich wünschte, ich hätte das schon vor Jahren kapiert. Aber zurückzublicken bringt niemandem etwas. Robin muss sich auf das Heute und vielleicht das Morgen konzentrieren. Sie kann nicht noch mehr von ihrer Zeit verschwenden. Oder von meiner.

Ich musste einen Weg finden, sie aufzuwecken. Ich brauchte Verstärkung, stand auf, um mir das neue Buch mit inspirierenden Zitaten zu holen, das ich gekauft hatte, und da fiel mir ein, dass Robins Geburtstag bald war.

Ich müsste etwas Schönes für sie tun. Etwas anderes. An einen neuen Ort gehen, ohne Erinnerungen an Phil. Vielleicht in das neue Lokal am Wasser in Marco. Ich kann mich nicht erinnern, ob sie schon mal dort war. Das Essen ist einen Tick besser als okay, aber die Kulisse ist ziemlich geil. Ein paar Cocktails bei Sonnenuntergang und man ist entspannt wie sonst was. Ich muss sie fragen, ob sie schon dort war, ohne dass sie Verdacht schöpft.

Ich setzte mich mit dem Buch auf die Veranda und schlug eine zufällige Seite auf. Unglaublich, eines meiner Lieblingszitate:

»Alle Menschen träumen, aber nicht in gleicher Weise. Die, die nachts in den staubigen Winkeln ihres Geistes träumen, erwachen am Tage und stellen fest, dass es Nichtigkeit war. Aber die Träumer des Tages sind gefährliche Menschen, denn sie können ihren Traum mit offenen Augen ausleben, um ihn zu verwirklichen.«

Dieser Kerl, T. E. Lawrence, war ein Genie.

————

WAS ZUM TEUFEL? Ich konnte kaum glauben, was ich da hörte: Irgendeine Kriminalbeamtin war ins Büro gekommen und hatte nach mir gefragt. Das musste Lucas Partnerin gewesen sein, diese Detective Vargas. Und jetzt musste ich mir auch noch Greelys Geschwafel darüber anhören? Vielleicht sollte ich einfach kündigen, ihnen sagen, sie sollen mich am Arsch lecken.

Außer Tony hat niemand etwas gesagt, aber an der Art, wie mich alle ansahen, merkte ich, dass sie wussten, dass die Polizei da gewesen war. Ich wollte dieser Schlampe an der Rezeption ins Gesicht schlagen, als sie sagte, Mr. Greely wolle mich sprechen. Ihre Stimme triefte vor Verachtung, als wäre ich irgendein dahergelaufener Straßenschläger. Die alte Schachtel konnte mich noch nie leiden.

Was bilden sich diese Bullen eigentlich ein? Hätten sie mir nicht sagen sollen, dass sie kommen? Ist es denen scheißegal, ob sie jemandem den Job versauen? Mir war der Job zwar schnuppe, aber wenn ich gehe, dann zu meinen Bedingungen.

Was konnte Greely der Polizei schon sagen? Er hatte nichts in der Hand. Was denn? Dass ich ab und zu zu spät komme. Dass mir hier und da ein paar Fehler unterlaufen. Die Bullen verschwenden ihre Zeit, und wisst ihr was? Das ist gut so, was mich betrifft. Sollen sie doch ihrem eigenen Schwanz nachjagen und bei meiner Arbeit nachforschen. Da werden sie nichts finden.

# 19

## LUCA

Ein Augustschauer bei Sonnenschein brach herein, und ich joggte, nein, schwebte förmlich ins Revier. Ich war so glücklich, hier zu sein, wie an meinem ersten Tag als Polizist in Middletown, New Jersey.

Ich stürmte durch die Tür und traute meinen Augen nicht; alle standen und klatschten. Diese Leute und die meisten, denen ich hier unten in Südwest-Florida begegnet war, waren immer *unglaublich* nett. Aber stehende Ovationen dafür zu bekommen, dass man im Krankenhaus war?

Ich schüttelte ein paar Hände und bedankte mich bei allen, während ich zu meinem kleinen Stückchen Reich gelangte. Es war mir unangenehm, aber ich war froh, nach fast drei Monaten Abwesenheit wieder in meinem Büro zu sein.

Vargas saß hinter ihrem Schreibtisch und sah so gut aus wie eh und je. Sie hatte ein Lächeln so breit wie der Golf von Mexiko.

»Schön, dich wieder hier zu haben, Frankie.«

»Aber nicht schön genug für stehende Ovationen wie bei allen anderen?«

Sie bewarf mich mit einem Papierknäuel.

»Machen die das hier jedes Mal, wenn jemand krank wird?«

»Du warst nicht einfach nur krank, du Pappnase, du hattest Krebs und hast ihn besiegt.«

Ich hasste es immer noch, das K-Wort zu hören. »Das wird sich noch zeigen.«

»Werd mir jetzt nicht schwermütig, Luca. Mein Horoskop sagt, dass es ein überraschend guter Tag wird.«

Ich winkte ab und fragte: »Wie wär's, wenn du mich über unsere Fälle auf den neuesten Stand bringst?«

Vargas informierte mich über vier Drogenfälle, zwei bewaffnete Raubüberfälle und einen tätlichen Angriff, bevor sie zum Fall Gabelli kam. Es war praktisch der einzige Fall, an den ich während meiner Genesung gedacht hatte.

Ich fragte: »Was hast du eigentlich über den Buchmacher, Tommy Thumbs, herausgefunden?«

Sie griff nach einer Akte und öffnete sie.

»Er war sehr zugeknöpft, aber es besteht kein Zweifel, dass Gabelli tief bei ihm in der Kreide stand.«

»Wie tief?«

Sie verzog das Gesicht. »Er wollte nicht genau sagen, wie viel, aber er meinte, es sei eine Menge und dass er wegen der Schulden besorgt, aber nicht beunruhigt sei.«

»Besorgt, aber nicht beunruhigt? Ist Gabelli regelmäßig in die Bredouille geraten?«

Vargas nickte. »Tommy sagte, es habe eine Handvoll Male gegeben, bei denen Gabelli eine Pechsträhne hatte.«

»Haben wir irgendwelche Zeiträume?«

»Er sagte, er führe keine Aufzeichnungen, aber es sei in den letzten zwei Jahren oder so gewesen. Sagte, es täte ihm leid, einen so guten Kunden zu verlieren.«

»Was war dein Eindruck von ihm?«

»Er ist unheimlich. Mir gefiel nicht, dass er wusste, dass Gabelli vermisst wurde. Als ich nachhakte, sagte er, Gabelli schulde ihm Geld und er sei losgezogen, um es einzutreiben.«

»Das ergibt Sinn. Von einem toten Mann kann man nichts eintreiben.«

»Warum bist du so scharf auf das, was Tommy Thumbs zu sagen hatte?«

»Es gibt mir einen besseren Überblick über die ganze Sache. Wenn Gabelli bei Thumbs dick in der Kreide stand, dann ist die Wahrscheinlichkeit hoch, dass er auch bei ein oder zwei anderen Buchmachern über beide Ohren verschuldet war. Außerdem gehen diese Kerle beim Eintreiben nicht zimperlich vor, und manchmal geraten die Dinge außer Kontrolle und jemand endet tot.«

»Es könnte zeigen, dass Gabelli verzweifelt war, wenn er bei ein paar Leuten Schulden hatte …«

»Bingo, Vargas, du lernst dazu.«

»Und verzweifelte Männer tun verzweifelte Dinge.«

Sie warf mir einen meiner Lieblingssätze zurück. Und ich fand, er klang verdammt gut.

»Was nun? Wie willst du weiter vorgehen?«

Ich sagte: »Warum gehst du nicht zu Stewart? Frag ihn noch einmal, warum er nie etwas über die Spielsucht seines Kumpels Phil gesagt hat. Vielleicht verbirgt er etwas, und ich besuche die Gattin und schaue bei Gabellis Büro vorbei.«

———

DAS GABELLI-HAUS HATTE EINEN NEUEN, küstennahen und modernen Look. Es war cremefarben mit dunklen Bahama-Fensterläden und hatte modern aussehende Garagentore mit matten Fenstern. Alles hatte gerade Linien und eine schlichte Eleganz an sich. Als ich diesen neuen Stil zum ersten Mal sah, kam er mir zu modern vor, aber ich gewöhnte mich schnell daran, und dieses Haus war wirklich schön. Mir gefiel die Art, wie die Pflastersteine im Fischgrätmuster verlegt waren. Ich schätzte den Wert des Hauses auf mindestens zweieinhalb bis drei Millionen, als ich klingelte.

Ich war nicht sicher, was mich erwartete, aber Robins strahlendes Lächeln und ihr warmer Händedruck brachten mich aus dem Konzept.

»Wie fühlen Sie sich? Ich habe gehört, Sie wurden operiert.«

»Ich bin so gut wie neu.«

»Das ist großartig zu hören. Ich habe mir Sorgen um Sie gemacht.«

Um mich? Sie hatte sich Sorgen um mich gemacht. »Wie gesagt, ich habe ein paar Fragen an Sie.«

»Sicher, kommen Sie herein.«

Sie trug ein rotes, seidiges Kleid. Trug sie das nur für meinen Besuch? Das Kleid schmiegte sich an sie und zeichnete eine Figur nach, die jedes Männermagazin zieren würde. Nirgendwo eine gerade Linie, dachte ich, als Robin mich in ein zweistöckiges Wohnzimmer führte.

»Kann ich Ihnen etwas zu trinken anbieten, Detective?«

Ich nahm in einem hellblauen Sessel Platz. »Nein, danke, ich bin versorgt.«

Sie strich das Kleid an der Stelle glatt, wo es auf ihren Hintern traf, und setzte sich in einen Drehsessel mit schwarzen Kedern.

Robin lächelte. »Ich bin so froh, dass es Ihnen besser geht, Frank.«

Sie war in einer Nanosekunde von Detective zu Frank gewechselt.

»Danke.« Ich bewegte mich unruhig auf meinem Stuhl. »Ich habe gehört, dass Mr. Stewart und Sie eine Affäre hatten. Was können Sie mir darüber erzählen?«

Sie verschränkte die Arme. »Da gibt es nicht viel zu sagen. Es ist etwas, das ich bereue, und es war in einem Wimpernschlag wieder vorbei.«

»Die Affäre hat also nicht lange gedauert?«

»Nein, hat sie nicht, und ich würde es auch keine Affäre nennen; es war eine einmalige Sache.«

»Wusste Ihr Mann davon?«

»Sind Sie verrückt? Es würde Phil umbringen, wenn er es wüsste.«

»Als dieses, sagen wir mal, Intermezzo endete, normalisierte sich alles wieder?«

Sie lächelte. »Wo kein Kläger, da kein Richter.«

Nur war weit und breit kein Richter zu sehen. »Das ist eine ungewöhnliche Art, es auszudrücken.«

»Hören Sie, es war dumm von mir. Ich hätte es nicht tun sollen, aber ich war sauer auf ihn und dann ist die Situation einfach außer Kontrolle geraten, verstehen Sie, was ich meine?« Sie schlug ein Bein über das andere und enthüllte einen Oberschenkel, für den Frank Perdue einen Mord begehen würde.

Da ich selbst schon einige solcher Begegnungen hatte, wusste ich nur zu gut, wie Dinge aus dem Ruder laufen können, aber ich sagte: »Beziehen Sie sich auf die Affären, die Ihr Mann hatte?«

»Das war es nicht, oder vielleicht doch ein bisschen davon, schätze ich. Aber Phil war wie verrückt auf Reisen. Er war nie zu Hause, und Dom, nun ja, Dom war da und wir verbrachten viel Zeit miteinander. Ich war einsam.«

Sie drehte sich nach links und entblößte ein wenig mehr von ihrem feinen Porzellan, bevor sie zurückschwang. Der Schmollmund auf ihrem Gesicht und ihr Verhalten waren das genaue Gegenteil der zielstrebigen Typ-A-Frau, die sie sonst war. Mir kam der Gedanke, dass sie vielleicht nur ein Spiel mit mir spielte.

»War es eine gegenseitige Entscheidung, es zu beenden?«

Sie runzelte die Stirn und zeigte die erste Falte, die ich an ihr gesehen hatte.

»Nicht wirklich.«

»Ich nehme an, Mr. Stewart wollte weitermachen?«

Sie nickte. »Zweifellos. Er bedrängte mich ständig, der Sache noch eine Chance zu geben.«

»Bedrängt?«

Sie schlug die Beine auseinander und beugte sich vor. »Hören Sie, ich habe ihm unmissverständlich klargemacht, dass es eine einmalige Sache war. Ich habe ihm gesagt, dass es aus und vorbei ist, und damit hatte sich die Sache erledigt.«

Ich war froh, dass die Typ-A-Persönlichkeit wieder zum Vorschein kam. So sehr ich mich auch bemühte, ich traute mir nicht wirklich zu, ihr zu widerstehen, sollte sich die Gelegenheit ergeben.

»Und Mr. Stewart hat sich zurückgezogen?«

»Größtenteils.«

»Möchten Sie das näher erläutern?«

»Es ist nur so, dass da immer etwas ist, wissen Sie, was ich meine?«

Und ob ich das wusste. Ich wich der Frage aus. Ich sagte: »Sie sagen das so, als hätten Sie einige Erfahrung in dem, äh, Bereich?«

Klimperte sie da gerade mit den Wimpern? Sie schlug die Beine wieder übereinander und sagte: »Ich bin kein Engel, aber ich liebe meinen Mann und treibe es nicht mit anderen.«

Ja, genau. Das war interessant und machte Spaß. Ich war froh, wieder im Sattel zu sitzen. Ich vertiefte das Thema Untreue noch eine Weile, aber ich hatte nicht das Gefühl, dass ihre anderen Verfehlungen viel mit dem Fall zu tun hatten, also beendete ich das Gespräch und machte mich auf den Weg zu einem McDonald's, um die Toilette zu benutzen. Auf keinen Fall würde ich ihr Badezimmer benutzen.

———

VERDAMMT. Jemand war auf dem Klo. Es war gut vier Stunden her, seit ich das letzte Mal gepinkelt hatte. Ich spürte den Druck in meinem Unterleib, und das war ein absolutes Tabu. Die Ärzte hatten mir gesagt, ich solle die Zeit zwischen dem Wasserlassen nicht zu lange hinauszögern, da dies die inneren Nähte reißen lassen könnte.

Nachdem ich ein oder zwei Minuten herumgehüpft war, hämmerte ich an die Tür.

»Beeil dich da drin.«

»Lass mich in Ruhe, du Idiot.«

»Ich muss verdammt dringend, Mann.«

»Pech gehabt.«

Ich wollte die Tür eintreten und diesem Kerl eine reinhauen, aber ich hatte Angst, dass ich mir dabei in die Hose pinkeln würde, und ging stattdessen zur Tür hinaus. Ich sah mich nach beiden Seiten um, huschte in die Damentoilette und setzte mich auf einen ihrer Throne. So schnell hatte ich noch nie einen Strahl zustande gebracht, und es fühlte sich gut an.

Der Gedanke an Sex zog mich runter. Da unten stimmte etwas nicht. Die Ärzte sagten, es würde Zeit brauchen, aber es schien, als wäre die Verbindung irgendwo zwischen meinem Kopf und dem kleinen Luca gekappt.

Die Tür öffnete sich und ich zog die Füße ein. Nach den Turnschuhen zu urteilen, musste es ein junges Mädchen sein. Sie ging in die nächste Kabine und ließ sich Zeit. Ich fragte mich, ob man den Atem eines Mannes von dem einer Frau unterscheiden konnte. Nachdem sie ihr Geschäft erledigt hatte, sah ich ihre Füße am Waschbecken. Sie wusch sich die Hände, Gott sei Dank, aber rührte sich nicht von der Stelle. Was zum Teufel tat sie da? Bewunderte sie sich im Spiegel?

Endlich entfernten sich ihre Füße vom Waschbecken, und die Tür schwang auf. Ich rappelte mich auf, zog meinen Reißverschluss hoch und öffnete die Kabinentür einen Spalt. Ich griff nach der Toilettentür und riss sie auf, zur Überraschung einer älteren Dame, die gerade hereinkam.

Ich sagte: »Entschuldigung, ich dachte, das wäre die Herrentoilette.«

Sie beäugte mich misstrauisch, also musste ich für eine Weile in die Herrentoilette huschen und eine Spülung vortäuschen, bevor ich mich auf den Weg zum Parkplatz machte.

# 20

# STEWART

»*ERWARTE DAS BESTE. BEREITE DICH AUF DAS SCHLIMMSTE VOR. Mach aus dem, was kommt, das Beste.*« – *Zig Ziglar*

ES WAR ROBIN. »Sie haben Phils Auto gefunden.«

Verdammt. Der Valentinstag stand vor der Tür, und das würde mir einen Strich durch die Rechnung machen.

»Phils Auto? Wo?«

»In Lehigh Acres. Es wurde irgendwo am Jaguar Boulevard ausgeschlachtet.«

»Oh. Haben sie gesagt, ob sie eine Spur zu Phil haben?«

»Nein, sie sagten, es war an einem Ort, wo lokale Gangs die von ihnen gestohlenen Autos hinbringen.«

»Haben sie irgendwas daran gefunden, wie Fingerabdrücke?«

»Das haben sie nicht gesagt, aber das ist die erste gute Nachricht, seit Phil verschwunden ist.«

»Das sind keine guten Nachrichten, Robin.«

»Wovon redest du, Dominick?«

Ich hasste es, wenn sie mich Dominick nannte. Das war so unpersönlich, wie eine Aufsichtsperson in der Schule oder so.

»Es könnte bedeuten, dass Phil nicht zurückkommt.«

Sie schnappte nach Luft. »Oh nein. Meinst du das wirklich?«

»Na ja, ich will nicht spekulieren, aber wenn er sein Auto zurückgelassen hat …«

»Es wurde gestohlen und ausgeschlachtet, das hat die Polizei gesagt.«

»Schon klar, aber es ist möglich, dass er es irgendwo abgestellt hat, vielleicht an einem Flughafen oder so. Wenn er zurückkommen würde, hätte er es doch sicher aufbewahrt oder so. Ich weiß nicht, vielleicht sogar verkauft.«

»Wie zum Teufel sollte der Verkauf ein Zeichen dafür sein, dass er zurückkommen will?«

»Oh, ich weiß nicht. Verdammt, ich weiß nicht mehr, was ich denken soll. Weißt du, ich vermisse ihn genauso wie du.«

»Das ist ein böser Traum, ein Albtraum.«

»Ich weiß, es ist verrückt. Hey, willst du später was essen gehen?«

»Was? Wie kannst du in einem Moment wie diesem ans Essen denken?«

Ich hätte warten oder sie später zurückrufen sollen.

»Ich weiß nicht, ich wollte nur nicht, dass du allein bist, nachdem du das mit dem Auto und allem gehört hast.«

»Tut mir leid, ich weiß, du versuchst nur zu helfen.«

Mann! Das war eine verdammt gute Rettung. Vielleicht ließ sich der Valentinstag ja doch noch retten.

———

Gegen fünf Uhr vibrierte mein Handy. Sie war es! Wahrscheinlich wollte sie was essen gehen!

»Na, wie geht's, Robin?«

»Die Bullen müssen denken, dass Phil tot ist.« Ihre Stimme brach.

Ich schätze, ich würde heute Abend allein essen, und den Valentinstag konnte ich vergessen.

»Wovon redest du?«

»Detective Luca kam mit einem Forensikteam hierher.«

»Was? Warum?«

»Um Phils DNA zu sammeln.«

»Oh, natürlich. Das ist wahrscheinlich Routine. Mich wundert, dass sie nicht schon früher gefragt haben.«

»Glaubst du?«

»Natürlich. Bei *CSI* machen die das ständig. Was haben sie mitgenommen, eine Haarbürste, eine Zahnbürste?«

»Ja, sie haben seine Zahnbürste mitgenommen. Haben seinen Schrank durchsucht und den Teppich auf seiner Bettseite durchgekämmt. Sie haben sogar seine Flipflops mitgenommen.«

»Macht Sinn. Man sagt ja, DNA ist überall.«

»Was glaubst du, bedeutet das?«

Ich hatte keine Ahnung, aber ich konnte nicht ausschließen, dass sie vielleicht etwas hatten. »Keine Panik, Rob. Ich glaube wirklich, dass das Routine ist.«

»Ich hoffe, du hast recht.«

»Hör zu, nimm mir das nicht übel, aber ich verhungere. Willst du mit mir was essen gehen?«

»Nein. Mir ist nicht nach Essen zumute.«

## 21

---

## LUCA

Als ich an meinen Schreibtisch zurückkam, lag der Bericht, auf den ich gewartet hatte, in meinem Posteingang. Ich hatte die DNA aus Gabellis Auto mit der Datenbank bekannter Krimineller in Florida abgleichen lassen und hoffte auf einen Durchbruch in dem Fall.

Ich riss den braunen Umschlag auf. Volltreffer. Es gab zwei Übereinstimmungen. Ich fragte mich, wie sie früher überhaupt jemanden erwischt hatten. Das Problem war, dass die Kriminellen uns selbst mit den Mitteln, die wir heute hatten, einen Schritt voraus waren.

Ich las das erste Vorstrafenregister.

Der sechsundzwanzigjährige Diego Bosque hatte zweimal hinter Gittern gesessen, beide Male wegen schweren Autodiebstahls. Er war wegen mehrerer geringfügiger Diebstähle verhaftet worden, aber nichts deutete darauf hin, dass Bosque gewalttätig war. Es war nicht überraschend, ihn mit dem Diebstahl des Wagens in Verbindung zu bringen, aber der Wagen war mir scheißegal, es sei denn, er führte zu dem, was mit Gabelli passiert war. Ich bezweifelte, dass Diego etwas mit dem Verschwinden zu tun hatte, aber wir mussten ihn über-prüfen. Langfinger Bosque wohnte in Fort Myers und würde einen Besuch bekommen. Ich klickte auf das Druckersymbol und machte weiter.

Es fühlte sich seltsam an, aber als die Akte von Jamil Johnson auftauchte, spürte ich einen Anflug von Optimismus. Jamil war zweiunddreißig und hatte ein Vorstrafenregister, das länger war als *Der alte Mann und das Meer*. Über und über mit Knast-Tattoos bedeckt, war Jamil ein übler Motherfucker, der zu Gewalt neigte. Der Schläger war Teil einer Drogen-gang aus Orlando und hatte sein ganzes Erwachsenenleben lang immer wieder im Knast gesessen. Mit all den Körperver-letzungen, viele davon mit einer tödlichen Waffe, schien er ein Vollstrecker der Gang zu sein.

Die Sache mit der Gang aus Orlando war jedoch verwir-rend. Wir hatten noch nie eine Auseinandersetzung oder auch nur eine Meldung über Bandenaktivitäten von anderswo als aus Miami gehabt. Es ergab keinen Sinn, aber dieser Gabelli-Typ war kompliziert. Wer weiß, in was für einen Mist er sich da reingeritten hatte?

Ich überprüfte die Daten und bestätigte, dass Jamil auf freiem Fuß war, als Gabelli verschwand. Auch wenn diese Spur die Sache etwas aufklärte, war dieser Kretin gute vier Stunden entfernt.

Ich hatte nicht wirklich Lust, im Auto zu sitzen, zu hoffen, dass meine Blase nicht platzt, und wieder mit leeren Händen dazustehen. Außerdem war Vinny Colavito, ein alter Kumpel von der Akademie, seit zehn Jahren bei der Polizei in Orlando.

Obwohl wir unser Versprechen, uns nach meinem Umzug ins Paradies zu treffen, nie eingelöst hatten, wurden Colavito und ich sofort wieder in unsere Zeit im Wohnheim zurückversetzt. Colavito arbeitete nicht in der Abteilung für Bandenkriminalität, aber er würde Jamil Johnson verhören lassen und ihn, falls etwas dran war, festhalten.

---

Zu einem Junggesellenabschied ins Baleen zu gehen, hatte mich wirklich aus der Bahn geworfen. Ich war überrascht, wie sehr es mich mitnahm. Es musste offensichtlich gewesen sein, denn ein paar Jungs von der Wache fragten mich, ob alles in Ordnung sei. Ich hielt inne, bevor ich auf die Toilette ging. Dort hatte alles angefangen.

Eine Nacht voller, nein, überfließender Verheißungen wurde in kürzerer Zeit auf den Kopf gestellt, als ein Taschentuch braucht, um zu verbrennen. Tatsache war, dass ich keine Erinnerung daran brauchte, wie zerbrechlich das Leben war. Ich hatte schon vor Jahren gelernt, es zu genießen, solange man konnte. Aber die Realität war, dass ich nie erwartet hätte, in so jungen Jahren in die Falle zu tappen.

Mir war klar, dass früher oder später jeder in diesem Leben sein Päckchen Elend zu tragen bekommt. Ich dachte, ich hätte mich mit meinem Tod abgefunden, aber ich war nicht besser darauf vorbereitet als jeder andere, der in Verleugnung herumläuft. Es war peinlich; ich war ein ausgesprochener Befürworter davon gewesen, seine eigene Beerdigung zu planen, sogar den eigenen Sarg auszusuchen, als Erinnerung daran, dass wir sterben werden. Es stellte sich heraus, dass wir, wie bei den meisten Ratschlägen, den Worten keine Taten folgen lassen wollten. Blamiert bis auf die Knochen? Das war gar kein Ausdruck.

Was mich noch mehr runterzog, war die Erinnerung an Kayla. Niemand musste mir sagen, dass es erst der Anfang war, aber es stand außer Frage, dass die Chemie zwischen uns stimmte. Ich hatte das Gefühl, dass aus uns etwas werden könnte. Sie schien genauso interessiert zu sein wie ich. Sie hatte sich gemeldet, als ich zusammengebrochen war, also war ich ihr nicht egal. Ich hätte sie ausfindig machen sollen, aber da bei mir untenrum nichts funktionierte, schien es zwecklos. Ich weiß nicht, warum ich mich nicht bei ihr gemeldet habe. Mein Arzt sagte, mein körperliches Problem könne zu Depressionen führen. Vielleicht war es das.

Ich hatte Spritzen bekommen, um das Narbengewebe zu reduzieren. Die Ärzte sagten, dass eine Ansammlung von Narbengewebe für die abgestumpften Nervenenden verant-wortlich sei, die dazu beitrugen, dass ich keine Erektion bekommen konnte. Ich hoffte, er hatte recht und sie hatten da unten nicht noch etwas anderes durchtrennt.

Er sagte, er sei sich hundertprozentig sicher, dass Viagra mein Problem lösen würde, aber da Blasenschmerzen und vermehrter Harndrang mögliche Nebenwirkungen waren, wollte er zuerst die Spritzen ausprobieren. Das ergab Sinn, aber er war ja auch nicht der Typ, der keinen Harten mehr bekam.

Meine Denkweise war nichts als dumm und unreif. Wenn sie die Richtige für mich wäre, würde sie mir da durchhelfen und damit klarkommen, dass ich eine Pille nehmen musste, um meinen Saft wieder fließen zu lassen.

Vergeude die Gelegenheit nicht, Luca. Finde einen Weg, sie zu erreichen.

————

Ich legte auf.

»Wieder eine Sackgasse, Vargas.«

»Wer war das?«

»Dieser alte Freund von mir aus Orlando. Jamil Johnson und Diego kennen sich. Sie haben beide reingeholt und sie in die Mangel genommen. Aber es sieht so aus, als hätte Jamil ausnahmsweise mal die Wahrheit gesagt. Jamil hat seine Cousine besucht und Diego hat ihn mitgenommen. Er sagte, er würde Diego quer durch Lee County den Arsch versohlen, weil er ihm nicht gesagt hat, dass er in einem heißen Wagen mitfährt. So einen Mist kann man sich nicht ausdenken.«

»Nun, wenigstens war Gabelli nicht in irgendeine Drogengeschichte verwickelt.«

»Ich werde Diego deswegen hochnehmen lassen.«

»Aber wir haben versprochen, dass wir es nicht tun würden, wenn er redet.«

»Wir können nicht wegsehen. Dieser Kerl ist zu dreist. Wir müssen ihn ein paar Stufen runterholen.«

»Ich weiß nicht, vielleicht brauchen wir ihn eines Tages noch.«

»Bei seiner Vorgeschichte werden wir immer genug Köder haben.«

## 22

---

# LUCA

Simmons Construction belegte drei Stockwerke in einem gläsernen Büroturm an der 41, südlich von Park Shore. Für eine große, internationale Baufirma waren die Büros unscheinbar und grenzten ans Schäbige. Der Stuhl, auf dem ich saß, schrie förmlich danach, neu bezogen zu werden, und der Couchtisch war voller Macken. Einziger Lichtblick war die Aussicht. Ich konzentrierte mich auf einen schmalen Streifen des Golfs, der in der Ferne glänzte, bis eine wohlgeformte junge Dame mich bat, ihr zu folgen.

Ich folgte ihrem schwingenden Hinterteil, während sie mich zum Eckbüro von John Conner, Gabellis Chef, eskortierte. Das Büro war voller Gebäudemodelle und gerahmter Architekturzeichnungen. Es sah nach einem schicken Arbeitsplatz aus, nur war es mir zu kalt. Der Frühling war nur noch wenige Wochen entfernt und trotzdem lief bei ihnen die Klimaanlage auf Hochtouren.

Conner war Brite, aber sein Akzent hatte sich in den fünfzehn Jahren, die er hier war, erheblich abgeschwächt. Er war einer dieser Typen, die sich für eine Glatze entschieden hatten, um ihre beginnende Kahlheit zu verbergen. Conner trug eine Hornbrille und einen Oberlippenbart. Er sah aus, als würde er Wein sammeln. Nichts Großes, aber es wäre gut, so jemanden zu kennen, sollte ich Recht haben.

»Wie lange hat Mr. Gabelli hier gearbeitet?«

»Phil fing ein paar Jahre, nachdem ich hierhergekommen war, an, also würde ich sagen, etwa ein Dutzend Jahre. Ich lasse Ihnen das genaue Datum von der Personalabteilung geben.«

»Was waren seine Aufgaben?«

»Er war, äh, ist einer unserer Projektmanager.«

»Was hat er geleitet, als er verschwand?«

»Phil war am Sweet-Bay-Projekt dran.«

»Was für eine Art von Projekt ist das?«

»Ein gemischt genutztes Bauvorhaben, ein wenig Einzelhandel, Büros und ein Anteil Wohnimmobilien. Das ist der Großteil dessen, was wir hier bei Simmons machen.«

»Wo ist dieses Sweet Bay?«

»Unten in Santiago, Chile.«

»Ich habe gehört, Mr. Gabelli ist ziemlich viel gereist.«

»Gereist? Nein, Phil hat die Baustellen nicht besucht. Das ist die Aufgabe des Bauleiters.«

»Ist Mr. Gabelli nie geschäftlich gereist?«

»Ich sage ungern nie, aber es ist wahrscheinlich schon zehn Jahre her, dass wir das getrennt haben. Wenn er also gereist ist, dann war das vor langer Zeit.«

»Das ist interessant. Seine Frau sagte, er sei viel gereist.«

»Ich weiß nicht, woher sie diesen Eindruck hat. Vielleicht wollte Phil etwas vor ihr verbergen.«

»Genau das versuche ich herauszufinden.«

»Ich hoffe, das gelingt Ihnen.«

Ich nickte und sagte: »Apropos, mögen Sie Wein?«

Seine Augen leuchteten auf. »Und wie. Sie auch?«

————

ICH STAND an der Ampel an der Kreuzung Vanderbilt und Airport, als mir klar wurde, dass ich vielleicht meine Zeit verschwendete. Es sah so aus, als hätte Gabelli sich aus dem Staub gemacht. Er hatte schon früher die Angewohnheit gehabt, für ein paar Tage zu verschwinden und sich normalerweise mit verschiedenen Frauen zu verkriechen. Vielleicht hatte er eine neue Flamme gefunden, genau zu der Zeit, als er Spielschulden angehäuft hatte, und beschlossen, für immer abzuhauen. Die Kombination schien ein ziemlich guter Ansporn zu sein.

Wir jagten dem schon zu lange hinterher; vielleicht war es an der Zeit, den Fall Gabelli auf Eis zu legen. Besonders jetzt, wo wir an anderer Stelle gebraucht werden konnten.

Die Abteilung leistete energischen Widerstand, um die Banden aus Miami davon abzuhalten, auch nur daran zu denken, die Alligator Alley zu überqueren. Die Bemühungen waren erfolgreich, aber sie zogen eine Menge Beamte von ihren regulären Aufgaben ab. Wegen der Personalverschiebung war bisher nichts schiefgegangen und die Führungsetage wollte sicherstellen, dass das so blieb. Daher bat sie uns nun, keine Zeit mehr mit Fällen zu verschwenden, die wirklich in einer Sackgasse steckten. Der Fall Gabelli schien diese Bedingung zu erfüllen.

————

ICH WARTETE DARAUF, dass Vargas aus einer Besprechung kam, um die Sache mit ihr durchzusprechen. Sofern sie nicht komplett anderer Meinung war, würde ich den Fall Gabelli auf Eis legen. Ich las gerade meine E-Mails, als Sally, die für die Hinweis-Hotline zuständig war, ihren Rotschopf zur Tür hereinsteckte.

»Hey, Frank, es kam ein Anruf zum Fall Gabelli rein.«

»Willst du mich auf den Arm nehmen?«

Sie schüttelte den Kopf. »Irgendein Typ, der anonym bleiben wollte, sagte, die Ehefrau stünde kurz davor, eine Auszahlung von ein paar Millionen Dollar aus einer Police auf ihren Mann zu erhalten.«

»Und woher wusste er das?«

»Er sagte, er arbeite beim Versicherer, der Lincoln Life Insurance.«

»Wow.«

»Und jetzt kommt der beste Teil: Er sagte, die Police sei weniger als zwei Jahre in Kraft gewesen.«

»Ich frage mich, ob es eine Möglichkeit gibt, das zu überprüfen.«

»Du bräuchtest wahrscheinlich einen Gerichtsbeschluss, um Lincoln dazu zu bringen, seine Bücher zu öffnen.«

»Tu mir einen Gefallen, Sally, und sag Vargas, dass ich in ein oder zwei Stunden zurück bin.«

———

Ich bemühte mich, meinen Blick von Robins tiefem Ausschnitt abzuwenden, als ich sie begrüßte. Mann, mir gefiel, wie sie sich in der Werbebranche kleideten.

Sie blitzte mich mit ihren perfekten Zähnen an. Die mussten gebleicht sein. Robin sah noch frischer aus, als ich sie in Erinnerung hatte. War es ein bisschen Botox? Ich versuchte, ihr Parfüm zuzuordnen, als ich an ihr vorbeiging; es erinnerte mich an etwas, das meine Ex-Frau früher trug.

Wir saßen uns in einem eiskalten Konferenzraum gegenüber. Die Wände waren voller bunter Drucke von Leroy Neiman – ein Versuch, die Tatsache zu kaschieren, dass der Raum fensterlos war.

»Entschuldigen Sie den Raum, aber dieser Ort ist voller neugieriger Nasen.«

»Mir soll's recht sein.«

»Weswegen wollten Sie mich sehen?« Sie neigte den Kopf.

»Lincoln Life?«

»Was?«

»Mir ist zu Ohren gekommen, dass Sie im Begriff sind, ein paar Millionen aus der Lebensversicherung Ihres Mannes zu kassieren.«

»Und was ist damit?«

»Warum haben Sie das nie erwähnt?«

»Sie haben nie gefragt, und ehrlich gesagt geht Sie das auch nichts an.«

»Hören Sie, als Sie die Vermisstenanzeige aufgegeben haben, haben Sie alles, was mit Ihrem Mann zu tun hat, zu meiner Angelegenheit gemacht.«

»Was hat das denn damit zu tun?«

»Ein paar Millionen Dollar sind ein ziemlich starkes Motiv.«

»Wollen Sie damit sagen, ich hätte meinen Mann aus dem Weg geräumt, um an das Versicherungsgeld zu kommen?«

Ihre Wortwahl, ›aus dem Weg geräumt‹ statt ›getötet‹, war interessant. Hatte sie unbewusst ihre Taten verharmlost?

»Ich sage gar nichts. Ich versuche nur zu verstehen, warum das nach fast zehn Monaten seines Verschwindens nie zur Sprache kam.«

»Kam es eben nicht.«

»War diese Police schon lange in Kraft?«

Nach einem Sekundenbruchteil des Zögerns sagte sie: »Ein paar Jahre.«

Ich hatte erwartet, dass sie ungenau bleiben würde, wollte sie aber diesbezüglich nicht unter Druck setzen.

»Haben Sie eine Lebensversicherung?«

»Sie meinen auf mich?«

Ich sagte: »Ja.«

»Nein.«

»Das erscheint etwas ungewöhnlich, eine Police auf Ihren Mann zu haben, aber nicht auf sich selbst, obwohl Sie, so wie ich das verstanden habe, mehr verdienen als er.«

»Das stimmt.«

»Können Sie mir das erklären?«

»Ich sollte eigentlich auch versichert werden, aber ich war nie bei der ärztlichen Untersuchung und der Antrag ist verfallen.«

Das ergab nicht nur Sinn, sondern war etwas, das ich selbst schon getan hatte, trotz des Drängens des Versicherungsvertreters. Ich machte weiter.

»Was hat Sie dazu bewogen, die Auszahlung jetzt zu beantragen, während eine aktive Ermittlung läuft?«

Zorn blitzte über ihr Gesicht. »Aktiv? Wollen Sie mich auf den Arm nehmen?«

Ich war von dem Ausbruch überrascht; er schien echt zu sein.

»Was hat Sie dazu bewogen, den Antrag zu stellen?«

»Eine Freundin von mir hat mich darauf gebracht. Sie sagte, dass eine Versicherungsgesellschaft nach einem Jahr zahlen muss und dass ich den Antrag neunzig Tage vor Ablauf des Jahres stellen kann. Warum sollte ich den Erlös nicht bekommen, sobald ich dazu berechtigt bin? Die hatten auch kein Problem damit, meine Prämien zu kassieren.«

»War diese Freundin zufällig Dom Stewart?«

Sie kniff die Augen zusammen. »Nein.«

»Haben Sie irgendwelche Pläne für das Geld?«

»Sie scheinen sich sehr mit Geld zu beschäftigen, Detective.«

Sie wich dem Köder aus, also sagte ich: »In meinem Geschäft lernt man ziemlich schnell, dass mehr Menschen wegen Geldes als aus Lust ermordet werden.«

Sie lächelte. »Gier ist mächtig.«

»Ich hoffe, Sie haben nichts dagegen, wenn ich frage, aber wie hoch genau war die Versicherungssumme für Mr. Gabelli? Zwei, drei Millionen?«

»Drei.«

»Wow. Drei Millionen Dollar. Mann, da, wo ich herkomme, ist das eine Menge Geld.«

Sie zuckte mit den Schultern.

»Das war eine nette Provision für den Verkäufer.«

»Das nehme ich an.«

»Wie lautet der Name des Verkäufers?«

»Warum wollen Sie den wissen?«

Ich hörte einen Anflug von Panik in ihrer Stimme, also sagte ich: »Routine. Nichts Bestimmtes. Ich brauche ihn nicht.«

»Es ist keine große Sache. Ich kann versuchen, ihn für Sie herauszusuchen.«

Heraussuchen? Man würde sich doch direkt an den Verkäufer wenden, um so etwas zu kassieren. Warum versuchen, sich allein durch eine riesige Versicherungsgesellschaft zu navigieren?

»Okay, danke. Ich nehme an, es ist derselbe Typ, bei dem Sie Ihren Antrag eingereicht haben.«

»Äh, ich, äh. Wissen Sie was? Ich habe einen anderen Vertreter als Phil genommen.«

»Wirklich? Warum das?«

»Der Freund eines Freundes hatte ein Kind, das gerade anfing, und ich wollte ihm ein Geschäft zuschanzen. Sie wissen ja, wie das ist.«

Der Freund eines Freundes? »Das war nett von Ihnen.«

»Ich versuche zu helfen, wo ich kann.«

»Das einzige Problem ist, dass Sie es nie durchgezogen haben, also hat der Junge keinen Cent verdient.«

Sie konnte den Anflug von Wut, der über ihr Gesicht huschte, nicht verbergen. »Nun, ich habe es versucht. Das ist mehr, als die meisten Leute tun.«

Ich stand auf. »Danke für Ihre Zeit, Mrs. Gabelli. Wenn Sie können, hätte ich gerne die Namen beider Versicherungsvertreter.«

Ich wusste nicht, was ich von diesem Hin und Her halten sollte. Es ging um drei Millionen Dollar, und sie hatte es nie erwähnt? Ihre Antworten bezüglich ihrer Versicherung gefielen mir nicht; sie verbarg etwas. Und doch schien sie wirklich sauer zu sein, dass wir nicht herausfinden konnten, was mit ihrem Mann passiert war. Sie war klug, und es gab keinen Zweifel, dass sie ein Miststück sein konnte, aber eine Mörderin?

## 23

## LUCA

Ich war auf dem Golden Gate Parkway unterwegs zu einem weiteren Arzttermin, als mein Funkgerät knisterte:

»Fordere Beamte in der Nähe von Golden Gates auf, zu einem möglichen Einundsiebziger im Tropical Way 16715 zu fahren.«

Die Adresse kam mir vage bekannt vor. »Hier ist Detective Luca. Zehn-Einundfünfzig. Voraussichtliche Ankunftszeit in fünf Minuten. Was können Sie mir sagen?«

»Alles, was wir wissen, ist, dass ein kleiner Junge anrief und sagte, seine Mutter würde verprügelt. Es scheint echt zu sein, aber seien Sie wie immer auf einen Hinterhalt gefasst.«

Als ich den Hörer wieder einhängte, machte sich ein ungutes Gefühl in meiner Magengegend breit, und das hatte nichts mit meiner Blase zu tun. Ich versuchte, meine aufsteigende Angst zu unterdrücken, als ich auf den Santa Barbara Boulevard abbog. Die Gegend war mir verdammt bekannt, und ich betete um das Beste, als ich vorfuhr, obwohl ich wusste, dass es keine Falle war.

Die Haustür stand einen Spalt offen, und ich wappnete

mich, als ich den Gehweg hinaufeilte und meine Hand bereithielt, meine Waffe zu ziehen. Beruhigt durch das Schluchzen einer Frau, von der ich wusste, dass sie rothaarig sein musste, betrat ich das Haus und gab mich als Polizist zu erkennen. Kein noch so inständiger Wunsch, es wäre nur ein Déjà-vu, konnte die Tatsachen ändern. Ich war schon einmal hier gewesen.

Irgendwo lief ein Fernseher, aber das Wohnzimmer war leer. Ich stieg über zwei umgestoßene Stühle und ging dem Weinen nach.

Sie waren im Schlafzimmer. Zwei kleine Kinder wimmerten in einer Ecke nahe ihrer schwer verprügelten Mutter, die ausgestreckt auf dem Boden lag. Ich winkte den Kindern zu und kniete mich neben die Frau. Aus einer üblen Schnittwunde an ihrer Wange sickerte Blut, und sie hatte eine Prellung auf der Stirn.

»Ma'am, ich bin Polizist und hier, um Ihnen zu helfen.«

Sie nickte, als ich ihren Puls fühlte.

»Gut. Alles wird gut. Ich werde einen Krankenwagen rufen.«

Ich funkte die Anforderung durch und sagte den Kindern, dass ich gleich zurück sei. Ich schloss die Tür hinter mir, zog meine Pistole und ging den Flur entlang. Tief und fest schlafend, in einem braunen Cordsessel, saß der Frauenschläger. Ich suchte den Raum nach möglichen Aufnahmegeräten ab, aber es schien keine zu geben.

Leise trat ich auf ihn zu und widerstand kaum dem Drang, ihm sein feiges Gesicht einzuschlagen. Also tat ich das Nächstbeste. Ich rammte den Griff meiner Waffe in die Kniescheibe des mickrigen Mistkerls. Er schreckte hoch und schrie vor Schmerz. Dann verpasste ich seinem anderen Knie einen Schlag.

Ich hielt meine Waffe hoch. »Halten Sie den Mund, oder ich verpasse Ihnen eine Kugel.«

»Ich, ich …«

»Ich habe Ihnen gesagt, Sie sollen den Mund halten.« Ich schaltete den Fernseher aus und sagte zu ihm: »Wenn Sie sich aus diesem Zimmer bewegen, fangen Sie sich eine Kugel von mir ein. Haben Sie verstanden?«

Der Feigling nickte. Ich schloss die Tür hinter mir und ging zurück ins Schlafzimmer, als das Sanitäter-Team ins Haus stürmte. Während sie begannen, die Frau zu versorgen, trafen zwei uniformierte Beamte ein. Das Schlafzimmer war überfüllt, also bat ich die Kinder, in den Flur zu treten.

»Ihr könnt von da drüben zusehen. Wir müssen diesen Leuten nur etwas Platz geben, damit sie eurer Mutter helfen können.«

Dann hockte ich mich neben sie. »Ma'am, wir sind alle hier, um zu helfen. Ich muss nur wissen, ob es Ihr Mann war, der Ihnen das angetan hat.«

Sie drehte den Kopf weg.

»Hören Sie, ich war vor ein paar Monaten schon einmal hier. Erinnern Sie sich, als er die Vase Ihrer Mutter zerbrochen hat?«

Sie fing an zu weinen. »Er wird mich umbringen, mich und die Kinder, wenn ich etwas sage.«

»Nein, wird er nicht. Wir sind hier, um Sie und Ihre Kinder zu schützen. Haben Sie Familie, die sich um die Kinder kümmern kann, während Sie ins Krankenhaus gehen?«

Sie schüttelte den Kopf. »Nein, die sind oben in New Hampshire, und ich gehe in kein Krankenhaus.«

»Das müssen Sie, Sie bluten und müssen untersucht werden.«

Ein Sanitäter sagte: »Soll ich das Jugendamt anrufen?«

»Ich will nicht, dass meine Kinder Mündel des Staates werden! Ich kann mich um meine eigenen Kinder kümmern!«

Ich sagte: »Keine Sorge, Ma'am. Ich lasse nicht zu, dass Ihre Kinder irgendwo hinkommen. Gibt es eine Nachbarin, bei der sie sich wohlfühlen und bleiben können, während wir sicherstellen, dass es Ihnen gut geht?«

»Mrs. Hannity liebt die Kinder, aber sie arbeitet bis fünf.«

Ich schaute auf meine Uhr; es war kurz vor eins. Ich ging auf die Kinder zu, lächelte so breit wie möglich und sagte: »Mein Name ist Detective Luca. Mami geht zu den Ärzten, um sicherzustellen, dass es ihr gut geht. Da Mrs. Hannity arbeitet, dachte ich, wir könnten zusammen etwas zu Mittag essen gehen, okay?«

Der Ältere sagte: »Können wir nicht bei Papi bleiben?«

»Ich fürchte nicht. Seht ihr, wir werden seine Hilfe eine Weile für eure Mutter brauchen. Hey, ich habe eine gute Idee, was haltet ihr davon, wenn wir nach dem Essen in den Zoo gehen?«

————

Es war schwer, die Fassade aufrechtzuerhalten, während ich mit den Kindern zusammen war. Was für ein Schlamassel, und ich hatte dazu beigetragen. Nein, ich war für die heutige Katastrophe verantwortlich. Diese armen Kinder, wahrscheinlich war ihr Vater jetzt Persona non grata, und das sollte er auch sein. Aber Kinder, was wissen die schon? Außerdem ist Familie eben Familie, und wir alle verteidigen sie, egal wie verrückt es manchmal auch scheinen mag.

Die Scheiße türmte sich bei mir auf. Warum hatte ich diese

Bestie davonkommen lassen, obwohl ich ihren Arsch hätte einbuchten können, nein, sollen?

Als der erste 911-Anruf einging, begann es, körperlich bergab zu gehen, und jetzt war der Beweis erbracht, auch mental. War ich überhaupt noch diensttauglich?

Ich dachte an jenen Tag zurück. Wie hatte ich diesen Rohling nur davonkommen lassen? Ich erinnerte mich an das gelegentliche Stechen im Bauch, aber ich kann mich nicht entsinnen, dass das der Grund gewesen wäre. Es war ja nicht so, dass ich mich wegen der starken Schmerzen aus dem Staub gemacht hätte.

Was hatte ich übersehen? Als ich alles noch einmal durchging, konnte ich wirklich nichts finden. Tatsache war, selbst wenn ich seinen armseligen Arsch mitgeschleppt hätte, wäre er in wenigen Tagen wieder auf freiem Fuß gewesen. Und solange seine Frau keine einstweilige Verfügung erwirkt hätte, wäre dies ohnehin passiert. Sie war nicht der Typ, der aufsteht und einen Gerichtsbeschluss erwirkt.

Moment mal, Luca, was machst du da? Willst du dich selbst aus der Verantwortung stehlen?

Ich fühlte mich ein kleines bisschen besser bei dem Gedanken an die Dutzenden und Aberdutzenden solcher Fälle, die ich schon durchgemacht hatte. Die deprimierende Tatsache war, dass es einer schweren Prügelattacke wie dieser bedurfte, um eine Frau zu motivieren, rechtlichen Schutz zu suchen. Noch verrückter waren die zahllosen Frauen, die den Abschaum, der sie misshandelte, verteidigten und sich unserem Rat widersetzten. Was in aller Welt war nötig, um sie an einen sicheren Ort zu bringen?

Mann, ich brauchte dringend etwas, das mich aus meinem Tief holte, eine Gelegenheit zum Nachdenken und Entspannen. Vanderbilt Beach, ich komme.

# 24

# LUCA

»MR. EAGLETON, HIER SPRICHT DETECTIVE LUCA VOM COLLIER County Sheriff. Ich würde Ihnen gerne ein paar Fragen zu einer Police stellen, die Sie für Lincoln Life für Phil Gabelli ausgestellt haben.«

»Oh, Robin meinte, Sie würden anrufen.«

»Mrs. Gabelli hat Ihnen gesagt, dass ich anrufen würde?«

»Ja, sie sagte, sie wollte nicht, dass ich überrascht werde, und meinte, es wäre Routine. Es ist doch Routine, oder?«

»Darüber kann ich mich nicht wirklich äußern, aber wir versuchen, so viel wie möglich über Mr. Gabelli herauszufinden.«

»Natürlich. Es ist aber auch eine verdammte Schande mit ihm. Er war ein netter Kerl. Und dazu noch gesund.«

»Was die Police betrifft, die er hatte: Wenn ich das richtig verstanden habe, betrug die Todesfallleistung drei Millionen. Stimmt das?«

»Ja.«

»Wie sind sie auf diese Summe gekommen?«

»Wenn ich mich recht erinnere, war ursprünglich von einer Million die Rede, aber Robin wollte mehr. Ihr schwebten fünf Millionen vor, aber die Prämien waren teuer. Ich habe vorgeschlagen, eine Police auf den zweiten Todesfall abzuschließen. Da sie so jung waren, hätten sie für die gleiche Prämie eine Deckung von fünf oder vielleicht sogar sechs Millionen bekommen können.«

»Auf den zweiten Todesfall?«

»Das ist eine Police, bei der die Auszahlung erst nach dem Tod beider Versicherter erfolgt. Wenn eine Person stirbt, wird nichts ausgezahlt, erst, wenn die zweite Person stirbt. Viele Ehepaare nutzen diese Art von Police.«

»Das haben Sie ihnen vorgeschlagen?«

»Ja. Sie wollte eine höhere Todesfallleistung, und es war eine Möglichkeit, eine höhere Deckungssumme für ungefähr die gleichen Prämienkosten zu erhalten.«

»Gab es einen Grund, warum sie Ihren Vorschlag nicht angenommen haben?«

»Ich habe die Vorteile dieser Art von Police erklärt, aber Mrs. Gabelli meinte, da sie keine Kinder hätten, würde das keinen Sinn ergeben.«

»Und, tat es das?«

»Es stimmt, dass viele Paare sie nutzen, um die Leistung an ihre Erben weiterzugeben. Aber ich habe es vorgeschlagen, weil dies nicht Teil einer Nachlassplanung war.«

»Fanden Sie es ungewöhnlich, dass Mrs. Gabelli sich nicht versichern ließ?«

»Als ich das erste Mal mit ihnen sprach, ging es um eine typische Absicherung für Mann und Frau. Aber als es dann an die Anträge ging, sagte Mrs. Gabelli, sie würde keinen stellen.«

»Sie hat nicht einmal einen Antrag eingereicht?«

»Nein, jedenfalls nicht bei mir.«

»War Mr. Gabelli ein gutes Risiko? Ich vergesse, wie Sie das nennen, aber bei guter Gesundheit und so?«

»Ja, er qualifizierte sich für die niedrigste Prämie, weshalb es überraschend war, dass sie auf die Unfalltod-Zusatzversicherung verzichteten.«

»Was ist das?«

»Es ist ziemlich typisch, besonders bei jüngeren, gesunden Antragstellern, dass sie eine Zusatzversicherung oder eine zusätzliche Deckung für einen Unfalltod abschließen, sagen wir einen tödlichen Autounfall. Die Todesfallleistung verdoppelt sich, wenn eine versicherte Person durch einen Unfall ums Leben kommt. In ihrem Fall wäre die Auszahlung von drei auf sechs Millionen gestiegen.«

»Und die Gabellis haben darauf verzichtet?«

»Ja. Das war überraschend, weil sie nicht teuer war.«

———

VARGAS TRUG eine puderblaue Bluse und die Fischgrätenhose, die ich mochte. Aber irgendetwas an ihr sah anders aus, besser.

»Hast du eine neue Frisur, Vargas?«

»Frisur? Frankie, du verrätst dein Alter.«

Wenn sie nur wüsste, dass ich kurz davor stand, um ein Rezept für kleine blaue Pillen zu bitten, um den kleinen Luca aufzuwecken, der in letzter Zeit so viel Rückgrat hatte wie eine leere Socke.

»Mensch, ich wollte dir nur ein Kompliment machen.«

»Wirklich? Dann wäre es nett, wenn du es auch einfach sagst.«

Ich fühlte mich wie ein Idiot und wechselte das Thema.

»Nach dem Gespräch mit dem Verkäufer von Lincoln Life ist die Sache gerade ein bisschen komplizierter geworden.«

»Was hat er denn gesagt?«

»Zuerst einmal war es Robin, die die Versicherung von einer Million auf drei erhöht hat. Aber halt dich fest, eigentlich wollte sie fünf.«

»Warum hat sie sich dann mit dreien zufriedengegeben?«

»Zu hohe Prämien.«

»Das ist lächerlich. Wenn sie vorhatte, ihn umzulegen und abzukassieren, was hätte es dann für eine Rolle gespielt, wie hoch die Prämien waren?«

»Guter Punkt, aber vielleicht hatte sie nicht die nötige Liquidität. Aber zwei andere seltsame Dinge sind aufgetaucht. Zum einen haben sie auf eine Unfalltodleistung verzichtet. Das ist für mich ein Warnsignal. Das kostet fast nichts und die Todesfallleistung wird verdoppelt. Warum zum Teufel sollten sie darauf verzichten?«

»Hmm, ich weiß nicht. Du sagtest, es gab noch etwas.«

»Eagleton hat ihnen eine andere Möglichkeit geboten, die Todesfallsumme in die Höhe zu treiben und gleichzeitig die Prämien niedrig zu halten, mit etwas, das sich ›auf den zweiten Todesfall‹ nennt. Dabei müssen beide Personen sterben, bevor es eine Auszahlung gibt.«

»Ich weiß nicht, was das bedeuten soll, Frank. Darüber müsste ich nachdenken, aber sie haben keine Kinder, also wer würde das Geld bekommen, wenn sie beide tot wären?«

»Guter Punkt, aber die Sache mit dem Unfall ist beunruhigend. Zwischen dem Zeitpunkt der Versicherung, der Summe und dem Verzicht auf die Unfalltodleistung fangen die Dinge an, sich zu summieren. Und alles deutet auf sie hin.«

»Das sind alles nur Indizien. Aber warum fragen wir sie nicht einfach, mal sehen, was sie sagt?«

»Sie sollte besser nicht versuchen, uns abzublocken, so wie sie es mit dem Glücksspiel ihres Mannes getan hat.«

# 25

## STEWART

*»DIE GANZE WELT TRITT FÜR DEN MANN ZUR SEITE, DER WEIß, wohin er geht.« – Unbekannt*

ES TAT GUT, dass endlich mal etwas funktionierte. Nach meinem Anruf bei der Hotline dauerte es nicht einmal einen Tag, bis Robin in Panik geriet und bei mir Trost suchte. Manchmal ist sie so berechenbar. Ich wusste, dass sie sie ins Visier nehmen würden, und das sollten sie auch. Drei Millionen Dollar sind drei Millionen Dollar. Soweit ich das beurteilen kann, kann man sich damit eine Menge Glück kaufen.

Es war allerdings seltsam, dass sie auf die Sache mit dem Unfalltod verzichtet hatte. Sie meinte, da er in einem Büro arbeite und weder gefährliche Sportarten betreibe noch Motorrad fahre, würde es sich nicht lohnen.

Das klang zwar logisch, aber als ich es googelte, hatten die fünf häufigsten Ursachen nichts mit Arbeit oder Sport zu tun. Es war nicht überraschend, dass Autounfälle die Todesursache Nummer eins waren, aber wer hätte gedacht, dass Ersticken, Brände, Vergiftungen und Stürze die Top Fünf vervollständigen würden. Komisch, wenn man mich fragt.

Die Bullen müssten bei der Unfallsache genauer nachhaken, da Robins Begründung in meinen Augen nicht stichhaltig war. Nicht nur, dass sie von den drei Millionen profitieren würde, sie war auch manipulativ. Robin würde jetzt unter die Lupe genommen. Soweit es mich betraf, hatte sie es an diesem Punkt verdient, in die Mangel genommen zu werden.

Alles in allem war ich mit meinem Timing zufrieden. Ihr Geburtstag stand direkt vor der Tür, und wir würden mit Sicherheit zum Feiern ausgehen. Es wäre schön, wenn die Sache bis dahin ein bisschen mehr in Schwung käme. Vielleicht war es an der Zeit, diesem hochnäsigen Detective noch etwas zuzustecken.

Und obendrein könnte ich die Sache noch anheizen, indem ich sie eifersüchtig mache. Das ist ein todsicherer Weg, eine Frau zu motivieren. Es hat in der Vergangenheit funktioniert, und obwohl sie anders ist, unterscheidet sich Robin nicht so sehr von den anderen.

Ich erinnere mich an die Zeit, als ich Marilyn dazu brachte, achttausend Dollar lockerzumachen, um mich aus meinen Kreditkartenschulden zu befreien. Wir waren schon über ein Jahr zusammen, aber obwohl ich sie mindestens zehnmal um das Geld gebeten hatte, war ich auf Granit gestoßen. Sie wollte, dass ich die Sache selbst kläre, zu einem dieser Schuldenberater gehe und mir von denen helfen lasse, einen Tilgungsplan aufzustellen.

Auf gar keinen Fall würde ich das tun. Selbst wenn sie einen niedrigeren Zinssatz für meine Schulden ausgehandelt hätten, hätte es Jahre gedauert, sie abzubezahlen. In der Zwischenzeit würde ich wie ein Bettler leben. Es machte mich wahnsinnig wütend, dass sie sich weigerte zu helfen, und behauptete, ihre Ersparnisse seien nicht liquide. Dagegen konnte ich nichts einwenden, wenn es stimmte.

Als sie am nächsten Tag zur Arbeit ging, warf ich heimlich einen Blick auf ihre Kontoauszüge, aus denen hervorging, dass sie über fünfunddreißigtausend an Ersparnissen hatte, davon zwölftausend in bar. Als sie nach Hause kam, bat ich sie erneut um ein Darlehen. Als sie sich weigerte, zettelte ich einen Streit an.

Nach dem Abendessen verschwand ich, sagte ihr, ich würde mich mit einem Freund treffen, und kam erst weit nach Mitternacht nach Hause. Sie war stinksauer. Ich kritzelte eine Telefonnummer und einen Namen auf die Rückseite einer Visitenkarte, stopfte sie in meine Hosentasche und legte die Jeans in den Wäschekorb.

Am folgenden Abend begann Marilyn, mich mit Fragen darüber zu löchern, mit wem ich ausgegangen war. Ich spielte mit ihren Ängsten, indem ich vage blieb. Es machte Spaß, sie an der Nase herumzuführen. Was sie aber wirklich auf die Palme brachte, war, dass ich zweimal den Klingelton meines Handys auslöste. Jedes Mal schaute ich auf den Bildschirm, stand von der Couch auf und flüsterte. Als sie mich nach den Anrufen fragte, sagte ich, es sei nur ein Freund von der Arbeit.

Marilyn war nervös, und die Distanz, die ich seit unserem Streit über das Geld zu ihr hielt, zeigte die gewünschte Wirkung, aber was den Ausschlag gab, war die Quittung für ein Dutzend Rosen, die ich auf der Theke hatte liegen lassen. Sie stellte mich zur Rede, und als ich eine Liaison bestätigte, brach sie zusammen.

Sie wollte wissen warum, und ich machte die Geldsache zu einer Vertrauensfrage. Es lief wie am Schnürchen und bevor wir ins Bett gingen, hatte sie mir einen Scheck ausgestellt.

———

ICH LIEF STÄNDIG von der Veranda zur Vorderseite des Hauses und zurück. Ich rief Robin an und schrieb ihr, aber die Schlampe antwortete nicht. Es war so eine schöne Nacht, es wäre eine Schande, sie zu vergeuden. Der Himmel war von lila und rosafarbenen Tönen durchzogen, als das Tageslicht schwand. Perfekt für eine Spritztour. Nachdem ich mich umgezogen hatte, sprang ich in mein Auto, fuhr auf die 41 und in Richtung Venetian Village, in der Hoffnung, dass es nicht zu touristisch sein würde.

Als ich die Pine Ridge Road überquerte, machte ich eine Kehrtwende. Ich war gut gekleidet und so nah dran, da konnte ich auch gleich bei Robin vorbeifahren – man weiß ja nie. Ich bog in ihre Straße ein. Was war das, ein BMW in der Einfahrt? Wer zum Teufel hatte einen weißen BMW?

Ich parkte auf der gegenüberliegenden Straßenseite und starrte auf ihr Haus. Wer auch immer mit ihr dort war, befand sich im Wohnzimmer, denn die Lichter waren an. Als mir klar wurde, dass der Fernseher nicht lief, stieg ich aus und tat so, als würde ich die Straße entlang spazieren, um mir das Ganze genauer anzusehen. Eine Gestalt ging am großen Doppelfenster vorbei. Es sah aus wie ein Mann, aber sicher war ich mir nicht.

Dann kam mir eine Idee. Ich sprang zurück in mein Auto und fuhr zu dem Thai-Sushi-Laden an der 41, direkt bei Vanderbilt. Ich holte eine scharfe Thunfischrolle und eine Portion Pad Thai – Robin liebte die Kombination aus Nudeln und zerstoßenen Erdnüssen – und fuhr zurück zu ihrem Haus.

Ich weiß nicht, was mich mehr auf die Palme brachte: das

sexy schwarze Kleid, das sie trug, oder ihr finsterer Blick. Von da an ging es bergab.

»Dom, was machst du hier?«

»Ich wollte mir beim Thai etwas zu essen holen und dachte, ich bringe dir eine Thunfischrolle und das Nudelgericht, das du so liebst, vorbei.« Ich öffnete die Tüte und der Duft der Erdnusssauce stieg auf.

»Wir haben schon gegessen.«

Nicht einmal ein Danke? Und wer war wir?

»Oh, ich wusste nicht, dass du Besuch hast.« Ich reckte den Hals, um hineinzusehen.

Eine männliche Stimme rief: »Rob, alles in Ordnung?«

Rob? Am liebsten hätte ich geschrien, dass ganz sicher nichts in Ordnung war, aber Robin drehte sich zum Eingangsbereich und sagte: »Ich bin gleich da.« Dann sagte sie zu mir: »Hör zu, das ist etwas unangenehm. Ich habe Besuch und es tut mir leid, aber ich muss dich bitten, zu gehen.«

»Gehen? Wirklich? Gestern heulst du dich noch bei mir aus, weil die Bullen dir wegen der Versicherungskohle auf den Sack gehen, und jetzt bin ich persona non grata?«

»So ist das nicht.«

»Ach ja? Wie ist es denn dann?«

»Ich habe doch gesagt, ich habe Besuch.«

»Wer ist da?«

»Ein Freund von der Arbeit.«

»Hat dieser Freund auch einen Namen?«

»Bitte, Dom, hör auf mit dem Scheiß. Ich muss dir keine Rechenschaft ablegen.«

»Ich versuche, eine gute Tat zu vollbringen, und das ist der Dank dafür?«

»Niemand hat dich darum gebeten.«

Ich kochte vor Wut, und es muss der Dampf gewesen sein, der mir quasi aus den Ohren kam, der sie dazu veranlasste, zu sagen: »Was du getan hast, war sehr lieb von dir, Dom. Ich weiß die Geste zu schätzen, aber heute Abend passt es mir einfach nicht.«

Aber für Herrn Bürohengst passte es.

»Und, wann passt es dir denn dann?«

»Komm schon, Dom. Ruf mich doch morgen an, okay?«

Und damit schlug sie mir die Tür vor der Nase zu. Am liebsten hätte ich die Tüte gegen die Tür geschmissen, aber stattdessen ließ ich sie direkt auf der Veranda stehen. Die Gewissheit, dass sie in zwanzig Minuten oder weniger von Ungeziefer wimmeln würde, verschaffte mir eine winzige Dosis Rache.

Ich saß in meinem Wagen und stieß mehr Abgase aus als ein zwanzig Jahre alter Dieselmotor, während ich darauf wartete, dass der Clown verschwand. Als es halb zehn wurde, versetzte mich der Gedanke, dass dieser Kerl über Nacht bleiben könnte, in Panik. Ich hupte dreimal, doch das Einzige, was zum Vorschein kam, war ein Nachbar, der drohte, die Bullen zu rufen.

Auf dem Heimweg rief ich viermal auf ihrem Handy an, aber jedes Mal ging sofort die Mailbox ran. Scheiß drauf, ich wählte Melissas Nummer.

## 26

# LUCA

Ich legte auf und schüttelte den Kopf. Hatte ich das übersehen? Verdammt noch mal. Das war eine grundlegende Sache, du Dummkopf, und du hast sie nicht einmal in Betracht gezogen? Wie konnte ich das übersehen haben? Die Hinweise lagen offen zutage. Du wusstest, dass die Frau eine Perfektionistin erster Güte war. Der Ehemann verschwindet spurlos und du vergisst, nach einer Lebensversicherung zu fragen? Fehler Nummer eins. War das mein Chemo-Hirn?

Es brauchte einen Tipp von Stewart über die Kohle, die Robin kassieren sollte. Die Quelle gefiel mir nicht, aber Informationen sind Informationen. Jetzt stand sie im Fadenkreuz. Das war der Weg nach Lehrbuch, den man einschlagen musste.

Ich dachte über die Ermittlungen bezüglich des Abschlusses und der Leistungen der Versicherung nach. Es gab Warnsignale, keine roten, aber rosafarbene. Wie konnte ich so auf sie fixiert sein, dass ich nicht einmal eine andere Möglichkeit in Betracht gezogen hatte?

Verlor ich meinen Biss? War es das Chemo-Hirn?

Obwohl ich mich gut fühlte, trotz all dem Scheiß, den ich durchgemacht hatte und immer noch durchmachte, besonders mit meinem Intimbereich, wusste ich tief im Inneren, dass die Krankheit mich verändert hatte. Wie hätte sie das auch nicht tun sollen? Komischerweise sah ich die Dinge nicht mehr schwarz-weiß; heutzutage gab es im Leben auch Grautöne. Und doch hatte ich im Fall Gabelli die Dinge als Entweder-oder betrachtet.

Ich fuhr in meinem Stuhl hoch. Wie zum Teufel hatte ich übersehen, in Betracht zu ziehen, dass die Gabellis das gemeinsam geplant hatten? Als ich darüber nachdachte, erblühte die Möglichkeit, dass sie sich zusammen verschworen hatten. Eine solche Verschwörung konnte verschiedene Formen annehmen:

Phil würde verschwinden und Robin die Versicherungssumme kassieren. Dann, nach einer gewissen Zeit, würde Robin verschwinden und sich Phil anschließen, wo auch immer er war. Oder Robin würde kassieren, bleiben, aber das Geld mit Phil teilen. Vielleicht wollte Phil abhauen und beruhigte sein schlechtes Gewissen mit dem Geld, das Robin bekommen würde. Oder, wer weiß, vielleicht war das ganze Gerede über Eheprobleme nichts weiter als ein klassisches Ablenkungsmanöver.

Wenn sich die Seitensprünge als Quatsch herausstellten, müsste ich darüber nachdenken, meine Marke abzugeben. Vielleicht einen Schreibtischjob im Innendienst annehmen, damit ich meine Pension sicher hatte. Die Gewerkschaft würde mir helfen. Ich würde die Krankheitskarte ausspielen. Es wäre einfach, wenn ich meinen Stolz herunterschlucken könnte.

Eine Verschwörung beantwortete sicherlich die Fragen, warum es nur eine Police auf Phil gab und warum sie auf die

Klausel zur Verdopplung bei Unfalltod verzichtet hatten, ganz zu schweigen von der Option auf den zweiten Todesfall. Aber ich war nicht davon überzeugt, dass es das Verbrechen aufklärte. Verschwörungen sind im Allgemeinen schwer durchzuziehen, aber wenn es um eine sogenannte vermisste Person geht, wird es um ein Zigfaches schwieriger. Wo kann man sich heute noch wirklich verstecken, besonders mit drei Millionen Dollar und einem Lebensstil der oberen Zehntausend? In der heutigen Welt konnte man nicht in der Nase bohren, ohne dass es auf Facebook landete.

All das zu wissen, verschaffte mir kein besseres Gefühl. Es war die Tatsache, dass ich es nicht einmal in Betracht gezogen hatte, die mich bis ins Mark erschütterte. Was mich noch mehr aus dem Gleichgewicht brachte, war die Tatsache, dass der neue Hinweis von niemand anderem als Dom Stewart kam.

Trieb dieser Kerl ein Spiel mit mir? Er war derjenige, der den Tipp über die Versicherungsauszahlung von drei Millionen Dollar gegeben hatte. Warum hatte er die Tipp-Hotline angerufen? Warum hat er uns nicht früher erzählt, dass Phil den Versicherungsplan ihm gegenüber erwähnt hatte? War Stewart irgendein kranker Spinner, der zusah, wie sich die Ermittlungen entwickelten? Hatte er ein Auge auf Robin geworfen und würde sie mit reinreißen, wenn er nicht seinen Willen bekam? Wenn er davon wusste, dann wäre er ein Mitverschwörer. Langsam, langsam, Luca, jetzt gehen die Gäule mit dir durch.

Sie hatten eine Affäre, ein Techtelmechtel, was auch immer. Er wollte wieder bei ihr landen, laut Robin. Das passierte nur, wenn sie ihren Mann verließ oder der Ehemann aus dem Spiel war. Von einem Versicherungsbetrug, bei dem sich Robin und Phil die Kohle teilten, hatte er nichts. Stewart konnte nicht involviert sein, aber warum kamen die Informationen nur tröpfchenweise? Selbst von diesem Mädchen unten in der Karibik, warum hat er gewartet, um uns von ihr zu erzählen?

Könnte sein, dass der Typ eben so tickte. Er war eng mit Gabelli befreundet und tat sich schwer, den richtigen Mittelweg zu finden. Ich konnte mit ihm mitfühlen, da ich meinen Kumpels immer den Rücken freigehalten hatte. Ich würde nie ein Verbrechen vertuschen, aber ich hätte die Rumhurerei von Gabelli gedeckt, wenn er mein Kumpel wie JJ gewesen wäre.

Ich fragte mich, was JJ zu all dem zu sagen hätte. Ich konnte mir nicht vorstellen, dass mein Ex-Partner und ich das nicht untersucht hätten. Wir haben immer dafür gesorgt, jeden Stein umzudrehen.

Wieso hatte Vargas diese Möglichkeit nie angesprochen? Sie war eine gute Polizistin, aber nicht halb so gut wie JJ. Partner passten aufeinander auf; wir glichen die fehlenden Teile des anderen aus. Verdammt, Vargas, warum konntest du nichts sagen?

Als wollte sie ihre Integrität verteidigen, schwang die Tür auf und es war Vargas. Ich freute mich nicht darauf, meiner Partnerin das Neueste zu erzählen.

Vargas war über die Entwicklung nicht verärgert. Sie sagte, es sei ein Fortschritt und müsse weiterverfolgt werden. Vielleicht lag es an meiner Reaktion oder an meinem Gesichtsausdruck, aber sie überraschte mich, indem sie sagte, es sei albern und kontraproduktiv, sich deswegen fertigzumachen. Natürlich hatte sie recht, aber es gefiel mir verdammt noch mal kein bisschen.

Wir debattierten, ob wir Robin für eine Befragung auf unser Revier vorladen sollten, gegenüber den Vorzügen, sie zu Hause zu überraschen. Vargas schlug vor, sie in Robins Büro ins Kreuzverhör zu nehmen. Ich versuchte zu verbergen, dass ich sauer war, weil ich nicht auf die Idee gekommen war. War das ein weiterer Beweis dafür, dass ich nachließ? Hatte die Chemo mein Gehirn geschädigt?

## 27

## LUCA

D<small>IE</small> E<small>MPFANGSDAME</small> <small>SPIELTE</small> <small>GERADE</small> S<small>OLITÄR</small> <small>UND</small> <small>KLAPPTE</small> ihren Laptop zu, als wir unsere Dienstmarken zeigten. Wir sagten ihr, dass wir wegen Robin Gabelli da wären, und noch bevor sie anrufen konnte, kam Robin mit dem Toilettenschlüssel in der Hand in die Lobby.

Sie sah aus, als hätte sie einen Horrorfilm gesehen, schüttelte aber kurz den Kopf und fasste sich wieder. Sie war gut.

Ihr Lächeln wurde breiter als der Mond, als sie sagte: »Was für eine nette Überraschung, Sie zu sehen. Womit kann ich Ihnen helfen?«

Wäre dies unsere erste Begegnung gewesen, hätte ich ihr ihren Südstaaten-Charme abgekauft.

»Wir haben ein paar Dinge, bei deren Klärung wir Ihre Hilfe benötigen.«

»Ich helfe Ihnen gerne. Gehen wir in mein Büro.«

Robin führte uns in ein Büro mit einem riesigen Fenster, das auf einen Innenhof mit einem Brunnen blickte. Auf ihrer Anrichte standen ein paar Auszeichnungen und ein einziges Foto von ihr und Phil. Auf ihrem krankenhaussterilen

Schreibtisch standen ein Posteingangsfach aus Plexiglas und ein einzelner Stift, sonst nichts.

Sie fuhr ihre Gastfreundschaft zurück. »Was wollten Sie wissen?«

Ich sagte: »Wir würden gerne die Versicherungssache durchgehen.«

»Aber ich dachte, ich hätte all Ihre Fragen beantwortet. Glauben Sie mir, ich weiß, wie es aussieht, aber trotzdem ist alles rechtens.«

Vargas sagte: »Wir haben erfahren, dass Sie die Versicherungssumme erhalten haben.«

»Nun, ja. Sie haben die Leistung gemäß der Police ausgezahlt.«

Vargas fragte: »Und was haben Sie mit dem Geld gemacht?«

»Ich glaube nicht, dass ich das beantworten muss, das geht Sie wirklich nichts an. Aber ich möchte mit Ihnen kooperieren. Der Erlös wurde auf der Bank eingezahlt.«

Ich mischte mich ein: »Ein Gemeinschaftskonto?«

»Wie meinen Sie das?«

Ich hakte nach: »Ein Konto, das Sie mit Ihrem Mann hatten, oder nur Sie allein?«

Vargas fügte hinzu: »Oder ein Konto mit einer anderen Person.«

»Ich verstehe nicht, warum Sie das fragen. Das geht Sie wirklich nichts an.«

Ich sagte: »Ich werde einen Gerichtsbeschluss erwirken und es zu meiner Angelegenheit machen, Mrs. Gabelli.«

Robin warf mir einen Blick zu, an dem sich Eiszapfen bildeten. Ich wusste nicht, ob es am Gerichtsbeschluss lag oder daran, dass ich sie förmlich angesprochen hatte.

Sie sagte: »Sehen Sie, ich habe mir die ganze Zeit über eine

Menge Unterstellungen von der Polizei gefallen lassen. Ich habe mich nicht beschwert, weil ich einfach nur wissen wollte, wo mein Phil war. Aber jetzt strapazieren Sie die Grenzen meiner Geduld.«

Vargas sagte: »Werden Sie antworten?«

»Ich denke, es ist an der Zeit, meinen Anwalt einzuschalten.«

Ich nickte Vargas zu und stand auf. Kurz bevor ich die Tür öffnete, drehte ich mich um und fragte: »Haben Sie und Ihr Mann sein Verschwinden geplant, um das Versicherungsgeld zu kassieren?«

Robin schüttelte den Kopf und fletschte die Zähne. »Wie kommen Sie denn auf die Idee?«

Ich sagte: »Ein Freund von Mr. Gabelli hat sich gemeldet und ausgesagt, dass Ihr Mann ihm von einem Plan anvertraut hat, ihn verschwinden zu lassen und die Lebensversicherung zu kassieren.«

Sie blinzelte zweimal. »Und wer hat das gesagt?«

»Das dürfen wir nicht preisgeben«, antwortete Vargas.

———

VARGAS KNALLTE DIE AUTOTÜR ZU. »Ich mag sie kein bisschen.«

Schwang da ein Hauch von Eifersucht mit? Ich fuhr aus der Parklücke. »Sie ist gefasst, das muss man ihr lassen.«

»Sie ist eine Hochstaplerin. Hält uns für dumm.«

Ich sagte: »Versteh mich nicht falsch, sie ist undurchsichtig, aber ich glaube nicht, dass sie es zusammen getan haben.«

»Du denkst, sie ist unschuldig?«

»Ich weiß es nicht, aber ich glaube nicht, dass die beiden es geplant haben.«

»Wir reden hier von drei Millionen Dollar, Frank.«

»Ich sage nicht, dass sie nichts getan hat, nur dass sie mit so etwas durchkommt, ich weiß nicht, sie hat einfach nicht die Persönlichkeit, um so etwas durchzuziehen.«

»Oh, jetzt bist du also Psychoanalytiker?«

»Nur mein Bauchgefühl, Vargas, nur mein Bauchgefühl. Ich will nicht angeben, aber meistens ist das verdammt viel besser als irgendein Seelenklempner und viel besser als ein Horoskop.«

»Sehr witzig.«

»Behalten wir das Geld im Auge. Wenn sich etwas davon bewegt, egal, ob alles oder nur ein Teil, wird uns das etwas sagen.«

»Vielleicht, aber das Problem ist, dass sie sich absetzen und das Geld bewegen kann, nachdem sie weg ist. Heutzutage können die das Geld blitzschnell verschieben.«

»Aber wenn sie die Hälfte an Phil Gabelli schickt und hier-bleibt, werden wir es nie erfahren. Wir sollten einen Gerichts-beschluss erwirken, um ihr Konto zu überwachen.«

»Ich wünschte, es wäre so einfach. Kein Gericht wird uns ohne weitere Beweise für eine Verschwörung einen solchen Beschluss ausstellen.«

# 28

## STEWART

*»Egal, was auch geschieht, es liegt in meiner Macht, es zu meinem Vorteil zu nutzen.«* – Epiktet

Zum Einkaufen ging ich am liebsten nach Waterside. Dort gab es jedes erdenkliche Luxusgeschäft. Ich konnte es kaum erwarten, bei Ferragamo einkaufen zu können. Die sind absolute Spitze, besser als all die anderen Luxusläden in Waterside zusammen.

Nachdem ich bei Saks raus war, ging ich am Wasserspiel vorbei. Der Laden war zwar nicht mein Favorit, aber meine Nordstrom's-Karte war am Limit und ich wollte mich nicht schon wieder blamieren. Es war an der Zeit, meine Tüten ins Auto zu bringen und mir was zu essen zu holen.

Am Bordstein hielt ich an und schaute nach links, um sicherzugehen, dass kein Auto kam. Was? Da saßen Robin und dieser verdammte Kerl von der Arbeit an einem Stehtisch auf dem Bürgersteig vor dem Brio. Sie hielt ein Getränk in der Hand und beugte sich beim Reden über den Tisch.

Der Herr Büromensch trug eine blaue Chinohose und ein Hemd von Tommy Bahama. Ach, komm schon, Alter, der Tommy-Bahama-Wahn ist seit einem Jahrzehnt vorbei. Ich konnte nicht fassen, dass sie mit jemandem wie ihm unterwegs war. Dieser Typ hatte die Beine übereinandergeschlagen wie so ein Elitestudent. Wer schlägt denn bitte an einem Stehtisch die Beine übereinander? Kein Zweifel, der Typ war ein Spießer.

Was zum Teufel machte sie mit ihm?

Konnte das nur eine geschäftliche Sache sein? Wenn ja, warum lächelte Robin dann wie eine Cheerleaderin? Ich ging zu meinem Wagen, warf meine neuen Klamotten in den Kofferraum und fuhr aus der Parklücke. Ich kurvte auf dem Parkplatz herum, um eine andere Lücke zu finden. Warum ist dieser verdammte Parkplatz immer so gerammelt voll?

Ein Auto setzte gerade aus einer Lücke mit guter Sicht auf das Brio zurück. Ich fuhr hinein. Ein Kellner mit schwarzer Schürze stellte gerade Teller ab. Ich konnte nicht erkennen, ob Robin den Mahi-Salat bestellt hatte, den sie sonst immer nahm. Verdammt, auf dem Tisch stand eine Flasche Wein. War die vorher schon da?

Sie redeten mehr, als dass sie aßen. Ich nahm einen Schluck Wasser, um die Galle herunterzuspülen, die mir in der Kehle hochstieg. Als ich die Flasche zudrehte, räumte ein Abräumer ihren Tisch ab. Der Büromensch bat um die Rechnung, was meine Laune hob.

Die Rechnung kam, der Büromensch legte etwas Bargeld hin und sie standen auf. Als sie hinausgingen, traute ich meinen Augen nicht. Sie hielten Händchen. Was zum Teufel war hier los? Sie blieben am Valet-Parking-Bereich stehen. Dieser Typ lässt seinen Wagen in einem Einkaufszentrum parken? Ich sprang aus dem Auto und ging schnurstracks auf den Valet-Stand zu.

Robins Lächeln gefror zu einer finsteren Miene, als ich näherkam. Sie machte einen winzigen Schritt von ihrem Date weg. Aha, sie wusste also, dass sie etwas Falsches tat. Fast wäre ich von einem Bentley angefahren worden, den ein Valet-Fahrer vorfuhr.

Sie sagte: »Oh, hi, Dom.«

»Was machst du hier?«

»Was meinst du? Wir haben nur gegessen.«

Der Büromensch fragte Robin: »Ist alles in Ordnung?«

»Halt dich aus unseren Angelegenheiten raus«, sagte ich zu ihm und dann zu ihr. »Ich habe dich zehnmal angerufen. Du hast dich nie zurückgemeldet.«

»Tut mir leid, aber auf der Arbeit war die Hölle los.«

Ich sah ihr Date an und sagte: »Das kannst du laut sagen.«

Ihr Date sagte: »Hören Sie, ich weiß nicht, was Sie wollen, aber ich möchte Sie bitten, uns bitte in Ruhe zu lassen.«

»Halt die Klappe und misch dich da nicht ein, sonst wirst du es bereuen.«

»Dom! Jetzt komm schon. Ich rufe dich morgen an, okay?«

»Hör auf die Dame, mein Freund.«

Ich drehte mich zu ihrem Date um und stieß ihm einen Finger in die Brust. »Ich habe dir gesagt, du sollst die Klappe halten und dich verdammt noch mal aus meinen Angelegenheiten raushalten. Mach so weiter und ich wische mit deinem dürren Arsch den Boden auf.«

Der Junge vom Valet-Service eilte herbei. »Sir, kann ich Ihnen irgendwie helfen?«

»Ja, überfahr den Typen hier, ja?«

Alle Blicke waren auf mich gerichtet, als ich zur California Pizza Kitchen hinüberging. Ich setzte mich an die Bar, bestellte ein Bier und sah zu, wie Robin in eine Mercedes-S-Klasse stieg. Als sie wegfuhren, ging ich, ohne einen Schluck von meinem Bier genommen zu haben.

———

SOLLTE ICH IHR BLUMEN SCHICKEN? Warum sollte ich? Ich hatte ja nichts wirklich Falsches getan; sie war diejenige, die auf einem Date war. Vielleicht hatte ich sie beim Valet-Service blamiert? Es wäre nicht so hitzig geworden, wenn der Büromensch sich aus seinen eigenen Angelegenheiten rausgehalten hätte. Warum müssen Leute immer ihre Nase in die Angelegenheiten anderer Leute stecken?

Er kann von Glück reden, dass ich ihm nicht eine reingehauen habe. Ich wohl auch, schätze ich, sonst müsste ich jetzt bei ihr aus einem noch tieferen Loch kriechen.

Ihre »Ich bin auf der Arbeit beschäftigt«-Ausrede war reiner Blödsinn. Sie hatte drei Millionen glorreiche Dollar auf der Bank, zusätzlich zu dem, was sie sowieso schon hatte. Das war schon ziemlich nah dran an »Ich kann dir sagen, dass du zur Hölle fahren sollst«-Geld.

Robin machte die Dinge kompliziert und verwirrend. Leider lag es nicht daran, dass sie sich zierte. Vielleicht war es diese Trauersache.

Ich musste das durchdenken. War es eine gute Idee, der Sache ein paar Tage Zeit zu geben? Ich hasste es, außen vor zu sein. Sollte ich sie anrufen oder zu ihr nach Hause fahren?

Sollte ich cool bleiben? Ich konnte nicht auf die Kriechertour kommen, und außerdem, was hätte ich denn getan? Nichts. Sie ist diejenige, die rumläuft. Wehe, Robin pennt mit ihm.

Ich hätte zu ihrem Haus fahren sollen. Warum zum Teufel

habe ich das nicht getan? Jetzt tappst du im Dunkeln, Stewart. Du hast es vermasselt, Dummkopf!

Okay, denk nach, geh in dich.

Du musst handeln. Du kannst das nicht einfach versanden lassen. Wenn du etwas willst, musst du es dir holen. Ganz oder gar nicht.

Kein Scheiß mehr. Ich muss das direkt angehen. Die Wogen glätten, ohne zu viele Kompromisse einzugehen. Ja, das ist die Lösung. Außerdem hat sie in ein paar Wochen Geburtstag, und dieser Plan ist bombensicher.

Ich griff zum Telefon, um zwei Dutzend Rosen zu bestellen. Sie würde in einer Stunde zu Hause sein. Wenn ich es richtig timte, könnten wir um sieben zu Abend essen.

# 29

# STEWART

*»Gehe zuversichtlich in die Richtung deiner Träume. Lebe das Leben, das du dir vorgestellt hast.« – Henry David Thoreau*

Sie wird ausflippen, wenn sie das aufmacht. Sogar das pinke Geschenkpapier ist genau ihr Stil. Sollte ich eine Schleife dranmachen? Vielleicht sogar ein Geschenkband drumherum? Ich weiß nicht, es ist eine ziemlich kleine Schachtel; es wird unordentlich und überladen aussehen.

Vielleicht sollte ich sie in eine größere Schachtel packen. Das würde sie echt auf die falsche Fährte locken. Sonst wüsste sie sofort, dass es Schmuck ist.

Ich könnte sie in eine Schachtel und die dann in eine andere Schachtel packen. Das würde sie umhauen. Ich werde es in die Länge ziehen und ihr zeigen, wie viel Mühe ich mir gegeben habe. Da war doch dieser Karton, in dem das ganze Zeug von Amazon kam. Der ist aber ziemlich groß und zu unhandlich, um ihn an einem Restauranttisch zu öffnen.

Wie wäre es mit einem Schuhkarton? Ja, das würde gehen,

und es wäre unproblematisch, ihn mit ins Restaurant zu nehmen. Ich sehe es schon vor mir, wie sie die erste Schachtel aufmacht, aber vielleicht mag sie das ganze Theater nicht. Robin ist irgendwie ernst, besonders in letzter Zeit. Weißt du was, vergiss es.

Der Ring passt in meine Hosentasche. Wenn es nicht so läuft, wie ich will, gebe ich ihn ihr vielleicht einfach nicht. Ich glaube aber, er wird ihr gefallen, und ein Ring ist etwas sehr Persönliches. Es war kein Verlobungsring, aber ein verdammt gutes Sprungbrett.

─────

ROBIN MEINTE, sie wolle nicht nach Marco Island, also habe ich einen besonderen Tisch im Nosh on Naples Bay am Jachthafen gebucht. Es war ein cool aussehender Laden, viel Leder, und es roch nach gehobener Klasse. Als ich mich dem Restaurant näherte, war ich immer noch verärgert, dass sie darauf bestanden hatte, mich dort zu treffen, was das Geld, das ich für die Aufbereitung meines Wagens ausgegeben hatte, zu einer kompletten Verschwendung machte.

Ich parkte unter dem Hotel und ging rüber zum Nosh. Wo zum Teufel war sie nur? Die Nische, die ich reserviert hatte, war leer. Ich fragte bei der Empfangsdame nach und sie brachte mich zu einem Tisch neben dem Klavier, wo Robin auf ihrem Handy herumtippte.

»Hallo, Geburtstagskind.«

Sie lächelte ein ziemlich breites Lächeln. »Oh, hallo.«

»Lass uns den Tisch wechseln.«

»Warum? Der hier ist doch gut.«

»Auf keinen Fall. Ich habe einen besonderen Tisch reserviert, eine Nische mit Blick auf den Jachthafen.«

»Der hier ist in Ordnung, Dom, mach keine große Sache draus.«

»Nein, ist er nicht. Es ist dein Geburtstag und nach allem, was du durchgemacht hast, ist das einfach nicht gut genug.«

Das war gut. Die Panne mit dem Tisch wurde zu einer Gelegenheit, ihr zu zeigen, dass ich Ansprüche hatte, besonders wenn es um sie ging. Der Abend hatte einen großartigen Start.

Wir zogen in eine geschwungene, weiße Ledernische mit schwarzen Kedern um. Die Nische war zum Wasser hin ausgerichtet. Es war der beste Platz im ganzen Restaurant, solange an der Bar keine Großmäuler saßen.

Ich schaute in die Weinkarte und bestellte eine Flasche Champagner aus dem mittleren Preissegment.

»Ziemlich schön hier, nicht wahr?«

Sie nickte. »Mir hat es hier unten schon immer gefallen, aber ich frage mich, warum sich hier anscheinend kein Restaurant halten kann.«

»Es liegt abseits der Touristenpfade. Aber diese Leute hier wissen, wie der Hase läuft.«

Wir plauderten über die früheren Restaurants, die sich in den Räumlichkeiten befunden hatten, bis der Schampus kam. Wir stießen mit den Gläsern an und ich wollte ihr einen Kuss geben, aber sie bot mir nur ihre Wange an. Oha. Ich fragte mich, ob ich ihr den Ring geben sollte, um sie aufzuwärmen.

Eine riesige Jacht manövrierte sich in den Jachthafen und ich zeigte darauf. »Schau dir die mal an. Mann, ist die eine Schönheit.«

»Wow. Die ist ja riesig.«

»Ja, groß, aber elegant.«

»Die muss teuer sein.«

»So eine könntest du dir auch holen.«

»Wovon redest du?«

»Mit dem Geld von der Versicherung. Du kannst dir das leisten oder alles andere, was du willst.«

»Boote sind schön, aber alle sagen, sie machen nur Kopfschmerzen.«

»Du kennst doch den Spruch: ›Die glücklichsten Tage im Leben eines Bootsbesitzers sind der Tag, an dem er das Boot kauft, und der Tag, an dem er es wieder verkauft.‹«

»Boote brauchen viel Wartung. Ich sage, es ist besser, einen Freund mit einem Boot zu haben.«

»Wenn du darüber nachdenkst, dir eins zu holen, mach dir keine Sorgen, ich kümmere mich für dich darum. Ich bin dann dein Skipper.«

Sie lächelte. »Danke, aber nein danke.«

Bezogen auf das Boot oder darauf, dass ich ihr Skipper bin?

Robin war nicht mehr die Alte, aber sie schien den Vorfall im Waterside überwunden zu haben. Es lief ziemlich gut, dachte ich, während ich sie betrachtete. Ihre Wangen röteten sich, als die Flasche leerer wurde, und die Stimmung wurde lockerer, wie es bei Alkohol immer der Fall ist. Wir aßen beide den teuren Schnapper, und er war großartig. Sie wollte kein Dessert, also bestellte ich ein Glas Malbec, um den Abend zu verlängern, und ging auf die Toilette.

Die Wunderkerze, die sie in den Limettenkuchen gesteckt hatten, gefiel mir, obwohl sie einen Haufen dunkler Flecken auf dem mickrigen Stück Kuchen hinterließ. Wir sangen ihr »Zum Geburtstag viel Glück«, und die Wunderkerze erlosch während des Refrains. Die Wunderkerze gefiel mir wirklich; sie strahlte Klasse aus.

Sobald der Kellner gegangen war, kramte ich den Ring hervor und legte ihn auf ihren Teller.

»Alles Gute zum Geburtstag, Sonnenschein.«

Sie schien überrascht, rührte die Schachtel aber nicht an.

»Mach sie ruhig auf.«

Sie packte ihn aus, als würde sie eine Bombe entschärfen. Ich fand, der rote Rubin kam auf dem schwarzen Samt, auf dem er lag, großartig zur Geltung.

»Das ist nett. Du hättest mir nichts schenken müssen.«

»Ich weiß, aber ich wollte es.«

»Ich weiß das zu schätzen, aber es war wirklich nicht nötig.«

»Gefällt er dir?«

»Er ist umwerfend.«

»Na, dann steck ihn an!«

Sie steckte sich den Ring an den kleinen Finger. Was sollte das denn?

Ich sagte: »Du bedeutest mir sehr viel, weißt du.«

»Ich weiß, Dom.«

»Wir sollten mehr Zeit miteinander verbringen, so wie früher.«

»Ich weiß nicht, ob ich schon so weit bin, Dom.«

»So weit? Was soll das denn heißen? Man muss die Gelegenheiten beim Schopfe packen.«

»Ich weiß, aber es fühlt sich an, als wäre Phil erst gestern verschwunden.«

»Es ist ein Jahr her, und das hat dich nicht davon abgehalten, mit diesem Trottel aus dem Büro auszugehen.«

Sie funkelte mich an. »Was ich tue, geht dich nichts an.«

»Na schön, das Spiel können zwei spielen.«

»Welches Spiel?«

Ausnahmsweise war ich froh, das blinkende Warnsignal vor mir zu sehen. »Vergiss es einfach. Tut mir leid, dass ich damit angefangen habe. Ich verstehe wirklich, wie schwer das für dich war, Robin, und ich will dir nur helfen.«

Guter Junge! Sie wurde sofort weicher.

———

AUF EINER SKALA von eins bis zehn war das Geburtstagsessen eine satte Fünf. Null Fortschritt. Die Zeit rennt, und Zeit habe ich keine. Ich muss meine Optionen ausloten. Melissa hatte drei von vier Dingen, die ich suchte. Sie war keine Robin, aber ihr Alter, dem drei Ford-Autohäuser gehörten, war ,unfassbar' reich. Ihr Körper war eine Acht, vielleicht eine Acht komma fünf, aber ihr Gesicht war bestenfalls eine Sechs komma fünf.

Melissa stand definitiv auf mich. Ihren ständigen Annäherungsversuchen hatte ich widerstanden, mit Ausnahme von ein paar kürzlichen. Aber hey, ein Mann ist eben ein Mann. Vielleicht war es an der Zeit, einen Zahn zuzulegen. Was gab es schon zu verlieren? Ich konnte mit Melissa ins Bett steigen und gleichzeitig Robin eifersüchtig machen. Zeit für sie, die Suppe auszulöffeln, die sie sich eingebrockt hatte. Wenn das bei Robin nichts änderte, würde ich weitermachen. Melissa war eine gute, nein, eine hervorragende Alternative. So oder so würde ich bald obenauf sein.

Ich schnappte mir ein Bier, setzte mich auf die Veranda und zückte mein Handy. Es war spät, also würde ich Melissa eine SMS schreiben und ihr mitteilen, dass ich morgen vorbeikäme, um sie zum Mittagessen auszuführen und, wer weiß, vielleicht einen neuen Mustang zu kaufen.

**30**

---

# LUCA

DIE ARZTPRAXIS WAR BRECHEND VOLL, UND DAS WAR NOCH untertrieben. Ich meldete mich an, schnappte mir zwei Zeitschriften und ließ mich auf dem letzten freien Stuhl nieder, der direkt unter dem Fernseher stand. Ich döste gerade weg, als mein Handy klingelte. Es war Vargas.

»Wo bist du?«

»Ich sitze im Wartezimmer beim Arzt.«

»Oh, geht es dir nicht gut?«

»Doch, alles bestens. Ich hatte eine Untersuchung, aber das ist nur Routine. Was gibt's?«

»Bist du sicher?«

»Natürlich bin ich mir sicher, Mami. Was ist los?«

»Ich bin unten am Clam Pass. Sie haben eine Leiche in der Outer Clam Bay gefunden.«

»Ein Bootsunfall?«

»Leider nicht, die Leiche wurde beschwert.«

Ich stand auf. »Ich bin schon unterwegs.«

»Wag es ja nicht, Frank! Du bleibst, wo du bist.«

»Wieso nicht? Vergisst du, dass ich der Chefermittler der Mordkommission bin –«

»Moment mal. Du musst auf dich aufpassen. Der Kerl ist eh schon tot. Komm runter, wenn du fertig bist.«

»Aber der Laden hier ist proppenvoll. Das dauert noch mindestens –«

»Hör dir doch mal zu. Du bist ein guter Detective, Frank, aber es ändert sich nichts, ob du nun hier bist oder nicht.«

»Du bist ja ein echter Schatz, was?«

»Wir sehen uns später, nachdem du beim Arzt fertig bist.«

»Stell sicher, dass der Tatort gesichert ist.«

»Ich mach das nicht zum ersten Mal, Frank.«

»Ich weiß, ich weiß.«

»Wir sehen uns später.«

Ich flehte: »Ruf mich an, wenn sich irgendetwas ergibt. Okay, Vargas? Hey, Vargas, bist du noch dran?«

───────

ALS ICH ENDLICH AM Clam Pass ankam, legten die Spurensicherer gerade ihre Schutzkleidung ab. Ich hatte einen entscheidenden Teil der Ermittlungen verpasst und war stinksauer. Den Tatort zu sehen, bevor er zertrampelt wurde, war ein riesiger Vorteil. Die beste Gelegenheit, zu rekonstruieren, was passiert sein könnte, war vertan. Jetzt würde ich warten müssen, bis sich alles geleert hatte, um meiner Vorstellungskraft freien Lauf zu lassen.

Der Pipi-Alarm auf meinem Handy ging los, als ich aus dem Auto stieg. Ich drückte die Schlummertaste und duckte mich unter dem gelben Absperrband durch. Es war windig und die Palmen tanzten einen Bossa Nova.

Vargas trug einen blauen Hosenanzug und sprach gerade

mit Darren Grumman, der das Spurensicherungsteam leitete. Grumman war ein unscheinbarer Typ, der einem nie etwas verriet, bevor es nicht vollständig ausgewertet war. Er verstand nie, dass wir schnell handeln mussten. Das Ergebnis war, dass wir die Hälfte der Fälle ohne ihn aufklärten.

Grumman trug seinen üblichen billigen, beigefarbenen Seersucker-Anzug.

»Was habe ich verpasst?«

Vargas sagte: »Ein Kajakfahrer hat die Leiche gegen halb elf entdeckt und es gemeldet.« Sie hob den Arm und zeigte. »Sie war in Plastik eingewickelt und unter den Mangroven beschwert, etwa zehn Meter vom Holzsteg entfernt. Die Spurensicherung hat das Plastik aufgeschnitten und die Leiche ist so gut wie intakt, aber mit einer Art wachsartigem Zeug bedeckt, das noch niemand zuvor gesehen hat. Scheint ein wichtiger Hinweis zu sein.«

Ich nickte und fragte: »Männlich?«

»Ja, männlich, weiß, ungefähr eins achtzig, fünfundsiebzig bis neunzig Kilo.«

Ich sah Grumman an. »Eine Ahnung, wie alt?«

»Schwer zu sagen.«

»Ich weiß, dass es schwer ist, deshalb seid ihr ja hier.«

Mr. Hilfreich schüttelte den Kopf und ging weg. Vargas sagte: »Weißt du, manchmal fängt man mit Honig mehr Fliegen als mit Essig, Frank.«

»Hey, ich bin im Nachteil. Nicht nur, dass ich dank dir zu spät bin, ich habe auch nicht dein gutes Aussehen.«

»Was hat der Arzt gesagt?«

Auf keinen Fall würde ich ihr erzählen, dass er kurz davor war, dem kleinen Luca eine Nadel zu verpassen, um zu versuchen, ihn aufzuwecken. »Wieder wie neu. Irgendeine Ahnung, wie alt der Tote ist? Klingt nach jemandem, der gut in Form war.«

»Schwer zu sagen, aber Simmonelli meinte, er schätzt das Opfer auf um die vierzig.«

Ich ging die Kartei in meinem Kopf durch, als Vargas sagte: »Sie sind so gut wie fertig.«

»Das sehe ich.«

Sie runzelte die Stirn. »Hör zu, ich muss los. Ich habe in weniger als einer Stunde einen Gerichtstermin.«

Vargas reichte mir eine Skizze des Tatorts und ich sagte: »Dann mach mal hinne. Ich muss mein Ding machen.«

Ich atmete ein paar Mal tief durch und überblickte langsam den Tatort, bis mein Wecker wieder losging. Eine Handvoll Leute stand noch herum, also ging ich rüber zum Hotel, das an den Parkplatz grenzte, um die Pooltoilette zu benutzen.

Als ich meine Blase geleert hatte, war nur noch ein Beamter da, dessen Aufgabe es war, den Tatort zu bewachen.

Der Parkplatz von Clam Pass lag am Ende der Pine Ridge. Am Ende des Parkplatzes befand sich ein langer Holzsteg, der über die Bucht und zu einem schönen Strandabschnitt führte. Der Holzsteg war so lang, dass Golfwagen-Shuttles, die vom angrenzenden Hotel betrieben wurden, die meisten Strandbesucher transportierten.

Ich lief den Bereich ab. Alles asphaltiert, also gab es keine Reifen- oder Fußspuren zu finden, falls es sich um ein neues Verbrechen handelte. Ich fragte mich, wie lange die Uniformierten gebraucht hatten, um die Sonnenanbeter vom Strand zu scheuchen und den Parkplatz zu räumen. Nicht die beste PR für eine Stadt, die als Paradies bekannt ist.

Nachdem ich die einzige Überwachungskamera ausgemacht hatte, überprüfte ich ihr Sichtfeld. Ich blickte zum

Hotel hoch, aber wie erwartet, hatte bei deren Zimmerpreisen keines der Zimmer einen Blick auf den Parkplatz. Ich umrundete den Parkplatz, konnte aber keine weiteren Zugänge finden.

Die Zeichnung in der Hand, machte ich mich auf den Weg zum Holzsteg. Die Leiche war in einem abgelegenen Bereich beschwert worden, nur etwa zwanzig Yards von dem Pavillon entfernt, an dem der Shuttle hielt. Es gab drei plausible Möglichkeiten, wie die arme Sau in dem Schlamm gelandet war. Er könnte auf dem Holzsteg unterwegs gewesen sein, als er angegriffen wurde – vielleicht bei einem schiefgelaufenen Raubüberfall – und dann entsorgt.

Das Problem war, dass er beschwert und gefesselt war. Das deutete darauf hin, dass, sollte es ein Raubüberfall gewesen sein, der Dieb bereit war zu töten und die Leiche zu entsorgen, was einen höchst ungewöhnlichen Räuber voraussetzen würde. Das kaufte ich ihm nicht ab. Die Chancen standen also gut, dass der Täter die ganze Zeit vorhatte, diesen Kerl zu töten. Das musste es sein. Ich hatte nicht das Gefühl, dass sich die Situation erst so entwickelt hatte.

Er könnte dorthin gelockt worden sein, um ermordet zu werden, aber solange es keine Aufzeichnungen über ein zurückgelassenes Auto gab, das niemand vermisste, hegte ich den Verdacht, dass die Leiche hierher transportiert worden war. Nun war die Frage, wie. Mit einem Auto oder mit einer Art Boot?

Ich neigte langsam dazu, dass ein Auto benutzt worden war. Es gab dem Mörder einfach mehr Flexibilität, es sei denn, der Täter hatte Zugang zu einem abgelegenen Ort, um ein kleines Boot zu Wasser zu lassen und dorthin zu navigieren, wo er die Leiche abgeladen hatte. Nee, wenn er sich von vornherein an einem abgelegenen Ort befand, warum die Leiche nicht dort verstecken? Warum das Risiko eingehen?

Ich steckte die Bootstheorie für eine spätere Untersuchung in die Tasche. Töten war nicht rational, also musste man auch auf anderes irrationales Verhalten gefasst sein.

Die Autopsie sollte helfen, die Sache einzugrenzen und uns einen vernünftigen Zeitrahmen für die Ermittlungen zu geben. Die Sache mit dem Wachs würden die Leute vom Labor schnell herausfinden und uns damit einen Anhaltspunkt liefern. In der Hoffnung, dass wir aus der Autopsie und der Forensik mehr herausholen würden, zückte ich mein Handy. Wir mussten das Videomaterial des Parkplatzes durchgehen und prüfen, ob das Hotel oder jemand anderes Kameras hatte. Aber zuerst würde ich die Parkverwaltung von Collier County anrufen, um sicherzustellen, dass alle CCTV-Aufnahmen unversehrt aufbewahrt und für alle außer der Polizei unzugänglich gemacht wurden.

# 31

## LUCA

Wir fuhren vor dem Haus vor und saßen einen Moment schweigend da, bevor ich fragte: »Bist du bereit?«

»So bereit, wie man bei so was eben sein kann«, sagte Vargas.

Wir gingen die Auffahrt hoch, als die Sonne nach einem kurzen Schauer wieder zum Vorschein kam. Das Haus sah sogar noch besser aus, als ich es in Erinnerung hatte, sodass ich mich fragte, ob sie den Garten neu hatte anlegen lassen oder so was. Ich versuchte mich daran zu erinnern, wann ich das letzte Mal hier gewesen war, und drückte auf die Klingel.

Robin öffnete die Tür. Sie trug ein vielfarbiges Kleid. Normalerweise stand ich nicht auf das, was ich ›Florida-Kleider‹ nannte, aber diese Frau würde selbst in einem Kartoffelsack umwerfend aussehen.

Ihr Lächeln verschwand, als sie uns sah. »Oh, hallo. Ist etwas passiert?«

Vargas fragte: »Dürfen wir hereinkommen?«

Sie zögerte. »Natürlich. Aber sagen Sie mir bitte, worum es geht.«

Vargas machte eine Bemerkung über die Einrichtung, als wir im großen Wohnzimmer Platz nahmen.

»Ich bin sicher, Sie sind nicht wegen der Einrichtung hier, also sagen Sie mir doch einfach, was los ist.«

Ich unterdrückte das flaue Gefühl in meinem Magen und sagte: »Es tut mir leid, Ihnen mitteilen zu müssen, dass es sich bei der in Clam Pass gefundenen Leiche um Ihren Ehemann, Phillip Gabelli, handelt.«

Robin wich zurück und schlug die Hand vor den Mund. »Oh, nein!«

Vargas stand auf und kniete sich vor sie. »Unser Beileid für Ihren Verlust, Mrs. Gabelli.«

Robins Augen wurden feucht. »Ich habe es gefühlt, von dem Moment an, als er verschwunden ist. Ich wusste, dass es schlimm ist.«

Vargas hatte eine Packung Taschentücher parat und sagte: »Gibt es jemanden, den Sie anrufen können, der herkommt und bei Ihnen bleibt?«

Robin schüttelte den Kopf. »Ich brauche niemanden. Ehrlich gesagt habe ich das erwartet. Was ist mit ihm passiert?«

Ich sagte: »Das wissen wir nicht genau.«

»Ist er ertrunken?«

»Nein.«

Robin tupfte sich mit einem Taschentuch die Augen. »Sie glauben, er wurde ermordet?«

»Wir gehen davon aus.«

»Wieso glauben Sie das? Wurde er erschossen? Oder erstochen?«

Ich schluckte, bevor ich sagte: »Er wurde unter Wasser beschwert.«

Robin schniefte. »Oh, mein armer Phil. Was haben sie dir angetan?«

»Wir werden eine Autopsie durchführen müssen. Das ist bei allen verdächtigen Todesfällen Standard.«

Sie nickte. »Natürlich, das verstehe ich.«

Bevor ich etwas sagen konnte, fragte sie: »Warum sollte jemand meinem Phil etwas antun wollen? Er war ein Schatz.«

Vargas sagte: »Wir werden dafür sorgen, dass derjenige, der das getan hat, seiner gerechten Strafe zugeführt wird.«

Ich sagte: »Wir wissen, dass das eine Menge für Sie ist, aber wir müssen Sie bitten, die Leiche zu identifizieren, Mrs. Gabelli. Mir ist klar, dass das ein Schock ist, aber je früher, desto besser, denn wir würden die Autopsie gern so bald wie möglich durchführen.«

»Wo ist er?«

»Beim Gerichtsmediziner, auf der Domestic Avenue, eine Querstraße der Industrial.«

Vargas sagte: »Ich würde Sie gern begleiten. Sie sollten nicht allein fahren müssen.«

»Sie wollen, dass ich jetzt fahre?«

»Nur, wenn Sie sich damit wohlfühlen. Wir wollen Sie nicht drängen; wir möchten nur die Autopsie so bald wie möglich durchführen. Auf diese Weise können wir Ihnen seinen Leichnam übergeben.«

Robin vergrub ihr Gesicht in den Händen und weinte. Vargas rieb ihr eine Minute lang den Rücken, bis sie ihre Fassung wiedererlangte.

Robin putzte sich die Nase und sagte: »Ich werde Phil jetzt ansehen. Ich brauche nur, sagen wir, eine halbe Stunde, um mich fertigzumachen.«

»Möchten Sie, dass ich Sie begleite?«

»Danke, aber das wird nicht nötig sein. Mir wird es gut gehen.«

»Okay, dann treffen wir uns dort.«

———

VARGAS und ich warteten in dem beigefarbenen, flachen Gebäude, das die Gerichtsmedizin beherbergte, auf Robin. Während wir die Tür im Auge behielten, diskutierten wir in der Lobby weiter über Robins Reaktion auf die Nachricht. Wir waren beide der Meinung, dass Robin normal reagiert hatte, als wir ihr von Phils Leichenfund berichteten. Manchmal ist ein Verdächtiger einfach ein wenig zu einstudiert, wenn die unvermeidliche Nachricht überbracht wird.

In einem schwarzen Hosenanzug und flachen Absätzen gekleidet, hielt Robin inne, bevor sie das Gebäude betrat. Vargas ging zur Tür und begleitete sie in den Aufenthaltsraum für Angehörige. Ich ging in den Identifizierungsraum, um sicherzustellen, dass der Leichnam für die Besichtigung bereit war.

Gabellis Leiche wurde aus dem Kühlraum aus rostfreiem Stahl in die Mitte des kleinen Besichtigungsraums gerollt. Ich griff zum Telefon, um Vargas mitzuteilen, dass es so weit war. Als sich die Tür öffnete, holte ich tief Luft. Vargas folgte Robin dicht auf den Fersen, als sie sich der mit einem Laken bedeckten Bahre näherte. Ich sah Robin in die Augen und mit zitternder Lippe nickte sie.

Ich zog das Laken bis zum Hals ihres Mannes herunter und Robin schnappte nach Luft, während eine Welle der Übelkeit über mich hereinbrach. Robin brach zusammen und ich bedeckte schnell Phils Gesicht, da ich wusste, dass es keinen Bestatter auf der Welt gab, der seine Beerdigung mit offenem Sarg hätte stattfinden lassen können.

# 32

## STEWART

*»Worauf es ankommt, ist nicht die Idee, die ein Mensch hegt, sondern die Tiefe, mit der er sie hegt.« – Ezra Pound*

»Oh nein, Dom, Phil ist tot«, rief Robin.

»Was?«

»Detective Luca war da. Er sagte, die Leiche, die im Clam Pass gefunden wurde, sei Phil.«

»Oh nein, das tut mir so leid, Robin. Was sagen sie denn, was passiert ist?«

»Er wurde ermordet.«

»Ermordet?«

»Ich kann nicht glauben, dass jemand Phil etwas antun wollte.«

Ich dachte mir: Ernsthaft, Robin? Phil war ein ganz passabler Kerl, aber er war ein großkotziges Arschloch und hat nur auf sich selbst geschaut. Sie wusste, dass er Leute vor den Kopf stieß und obendrein auch noch maßlos egoistisch war.

»Es gibt da draußen eine Menge verrückter Leute.«

»Sie wollen, dass ich die Leiche identifiziere.«

Die Leiche? Ich schluckte meine Angst hinunter und zwang mich zu fragen: »Soll ich dich begleiten?«

»Nein. Schon gut.«

»Aber Robin, das ist eine sehr, äh, schwierige Sache, die man nicht allein durchstehen sollte. Lass mich mitkommen.«

»Danke, aber es ist schon in Ordnung.«

Robin klang gut – stark. Sie war so klug, wie man nur sein kann. Auch wenn wir nie darüber gesprochen hatten, schien sie zu wissen, dass Phil nicht zurückkommen würde.

»Okay, aber wenn du deine Meinung änderst, bin ich für dich da.«

»Du weißt, dass sie eine Autopsie durchführen werden.«

»Wirklich? Warum?«

»Detective Luca sagte, das sei bei Mordfällen Standard.«

»Oh, das tut mir schrecklich leid für dich und Phil.«

»Ich komme schon klar, ich wollte dich nur wissen lassen, was los ist.«

Weiter so, Mädel!

»Ruf mich an, wenn du es dir anders überlegst. Ich bin blitzschnell für dich da.«

————

DREI TAGE später fuhr ich zweimal am Hodges Bestattungsinstitut vorbei, bevor ich auf den Parkplatz einbog. Mein ursprünglicher Plan war gewesen, früh da zu sein, um Robin eine Stütze zu sein, aber Beerdigungen hatten mir noch nie gelegen und diese hier hatte mich in Götterspeise verwandelt.

Beerdigungen in Florida, bei denen alle schwarz trugen, fühlten sich genauso deplatziert an wie ein Strandausflug am ersten Weihnachtsfeiertag. Ich trug meinen Zegna-Anzug, obwohl er hätte gebügelt werden müssen, mit einem blütenweißen Hemd und einer blauen Krawatte. Das fühlte sich angemessen an.

Eine Gruppe von Jungs, mit denen wir rumhingen, kam zur gleichen Zeit wie ich an und ich hängte mich an sie wie ein Schiffshalter an einen Hai. Wir traten ein und wurden vom Geruch abgestandener Luft empfangen, durchdrungen von einem blumigen Beigeschmack.

Wir alle trugen uns pflichtbewusst in das Kondolenzbuch ein, eine weitere dumme Tradition. Ich meine, wer schaut sich das schon durch? Was macht man damit nach der Beerdigung? Nachsehen, ob ein gewisser Hans Soundso gekommen ist? Na und, ob er da war oder nicht. Was willst du machen, nicht zu seiner Totenwache gehen, wenn er nicht zu einer in deiner Familie gekommen ist?

Ich fand Trost in dem lauten Geplapper im Raum. Robin lächelte, während sie sich mit einer Gruppe ihrer Arbeitskollegen unterhielt. In einem langen schwarzen Kleid sah sie gut aus, sogar ohne Make-up. Oben auf einem braunen Sarg befand sich ein großes herzförmiges Gesteck mit der Aufschrift *Mein geliebter Phil.* Mann, war ich froh, dass es ein geschlossener Sarg war.

Als ich mich ihr näherte, um mein Beileid auszudrücken, fing ich an zu weinen. Ich achtete darauf, dass Robin die Tränen sah, bevor ich sie umarmte. Ich glaube, sie trug den neuen Dior-Duft. Meiner Meinung nach löste sie sich zu schnell von mir und ich ging hin und kniete vor dem Sarg nieder. Ich hatte die ganze Zeit die Augen geschlossen und zählte bis vierzig, bevor ich aufstand und in die Empfangs-halle ging.

Ich stand zwei Stunden lang im Foyer und kam nur wieder in den Raum, als ein Pfarrer einen kurzen Gottesdienst abhielt. Phil sollte eingeäschert werden und ich war dankbar, dass mir die Teilnahme an einer Beisetzung erspart blieb.

## 33

## LUCA

Ich bog vom Industrial Way in den Domestic ab und fuhr rechts auf den Parkplatz eines typischen Gebäudes aus Florida, das in den Neunzigerjahren erbaut worden war. Ich warf meinen Polizeiausweis auf das Armaturenbrett und ging hinein, um den Gerichtsmediziner des Countys aufzusuchen.

Dr. Bilotti, der aus Virginia stammte, war vor fünfzehn Jahren nach Naples gekommen, etwa ein Dutzend Jahre, bevor ich dem Sheriff's Department von Collier County beitrat. Der Posten in Collier war ein einfacherer Job als in D.C., wo es an verdächtigen Todesfällen keinen Mangel gab, und er ermöglichte es Bilotti, reichlich Zeit zum Golfen zu finden.

Das Gebäude beherbergte drei Autopsieräume. Der Hauptraum bot Platz für drei Autopsien. Der Einzelraum war privater, falls man es überhaupt als privat bezeichnen kann, wenn der eigene Körper seziert und untersucht wird. Der dritte Raum war für potenziell kontaminierte Opfer und solche, die bei Bränden ums Leben gekommen waren.

Bilotti führte mich in den Einzelbereich.

»Danke, dass Sie hergekommen sind, Frank. Ich dachte, das hier wäre Routine, aber ein paar Dinge sind mir aufgefallen.«

Ich blinzelte, als Bilotti das Licht heller drehte. Der Gerichtsmediziner schnappte sich ein Klemmbrett vom Seziertisch aus Edelstahl und zog das Laken von der Leiche. Der Schönling Gabelli war nicht wiederzuerkennen.

Aufgedunsen von der Verwesung war das Gesicht fast bis zur Unkenntlichkeit entstellt. Es war ein Wunder, dass Robin ihn identifiziert hatte.

Ich atmete tief aus und sagte: »Mein Gott, Doc, ich habe schon einiges gesehen, aber ich habe noch nie von einem Körper mit Adi- … geschweige denn einen gesehen. Wie spricht man das aus?«

»Adipocire. Das ist erst das zweite Mal für mich, machen Sie sich also keine Gedanken. Das erste Mal sah ich das bei einer Leiche, die sie aus dem Sumpfgebiet bei den Meadowlands gezogen haben. Danach habe ich darüber nachgeforscht. Im Mutter Museum in Philly gibt es sogar eine Leiche, die sie die ›Soap Lady‹ nennen.«

»Unglaublich.«

»Allerdings, und es kann einen Körper für Jahrhunderte konservieren.«

»Wahnsinn.«

»Normalerweise wäre von einer Leiche im Golf nach ein oder zwei Wochen nicht mehr viel übrig, also haben wir hier gewissermaßen Glück. Die Art, wie der Körper eingewickelt war, und der Schlick, der ihn bedeckte, schufen die Bedingung für die Bildung dieser harten, wachsartigen Substanz.« Bilotti tippte mit einer Sonde auf die gräuliche, wachsartige Substanz, die Gabellis Stirn bedeckte. »Wie Sie sehen können, gibt es einige Verwesungserscheinungen und

Schäden durch Aasfresser, aber das Adipocire hat sie stark begrenzt.«

»Es ist bizarr. Woher kommt das?«

»Im Grunde ist es eine Umwandlung des Körperfetts.«

»Was für ein Ende.«

Bilotti nickte.

»Doc, Sie sagten, ein paar Dinge seien Ihnen aufgefallen.«

»Zunächst einmal war das Opfer bereits tot, als es ins Wasser geworfen wurde.«

»Das habe ich mir gedacht, aber wie können Sie da so sicher sein?«

»Es war kein Wasser in seiner Lunge, was bestätigt, dass er nicht mehr atmete, als er ins Wasser geworfen wurde.«

»Wie viel Zeit, schätzen Sie, ist zwischen dem Tod und dem Zeitpunkt, als er ins Wasser geworfen wurde, vergangen?«

Bilotti runzelte die Stirn. »Praktisch unmöglich zu sagen, Frank. Die Bildung von Adipocire schränkt unsere Fähigkeit ein, das postmortale Intervall mit einiger Genauigkeit zu schätzen. Die Temperatur spielt eine große Rolle, und da wir nicht wissen, wann die Leiche ins Wasser gelegt wurde, musste ich einen Jahresdurchschnitt der Outer Clam Bay verwenden und kam auf eine Spanne von sechs bis neun Monaten.«

»Das ist aber sehr vorsichtig geschätzt, Doc.«

»Der Körper weist ein fortgeschrittenes Stadium von Adipocire auf. Mehr kann ich nicht tun.«

»Schon gut, Doc. Was ist mit Wunden, gibt es irgendwelche Wunden?«

»Nein. Die Todesursache ist zum jetzigen Zeitpunkt ein massives Herzversagen.«

»Ein Herzinfarkt?«

»Ja, aber etwas macht mich stutzig.« Er schaute auf sein Klemmbrett. »Dieser Mann schien bei bester Gesundheit zu sein. Keine Anzeichen einer Herzerkrankung, der Zustand der Arterien war für einen vierzigjährigen Mann normal.«

»Und?«

»Es kommt vor, aber es ist sehr selten, dass ein gesundes Herz einfach so den Geist aufgibt.«

»Könnten es Drogen sein, wie Kokain?«

»Das könnte sein. Ich habe versucht, das zu überprüfen, aber sehen Sie hier.«

Bilotti nahm ein Skalpell und untersuchte mit dessen Griff Gabellis Nasenhöhle.

»Es ist unmöglich zu sagen, ob die Entzündung durch das Salz im Wasser verursacht wurde oder bereits vorher bestand.«

»Gabelli war ein Partylöwe, aber soweit wir wissen, gab es keine Vorgeschichte von exzessivem Drogenkonsum.«

»Ich habe schon einige von sogenannten Gelegenheitskonsumenten gesehen, die es übertrieben haben und hier oder, wenn sie Glück hatten, in der Notaufnahme gelandet sind.«

»Ich verstehe, was Sie meinen, Doc. Können Sie mir sagen, wie lange es dauert, bis Sie wissen, was passiert ist?«

»Wir müssen abwarten, wie die Blutbilder ausfallen.«

»Okay, Doc. Aber halten Sie die Todesursache unter Verschluss.«

# 34

# LUCA

Ich ließ meinen Kopf kreisen und massierte mir den Nacken, bevor ich anfing. Stundenlang auf körnige Aufnahmen von Überwachungskameras zu starren, würde sich im Fernsehen schlecht machen, aber es wäre schön, wenn die Sender in ihren Krimiserien ab und zu auch mal die mühselige, banale Seite der Dinge zeigen würden.

Die Wissenschaft stand im Rampenlicht, aber die meisten Verbrechen wurden durch solide Basisarbeit aufgeklärt: das Durchkämmen eines Tatorts nach winzigsten Details, die Befragung Hunderter uninteressanter Leute und, wie heute, das Blinzeln auf ruckelnde Überwachungsvideos.

Da ich wusste, dass die bösen Jungs einen Ort gewöhnlich vor ihren üblen Taten auskundschafteten, hatte ich zwei Wochen vor Gabellis Verschwinden angefangen. Es war schwer, eine Leiche zu verstecken, und noch schwerer, eine Entführung geheim zu halten, also hatte ich, obwohl die Wahrscheinlichkeit groß war, dass er um den Zeitpunkt seines Verschwindens ermordet wurde, die Aufnahmen vom

Parkplatz am Clam Pass ab einem Monat vor seiner Vermiss-tenmeldung angefordert.

Sechs Wochen, zweiundvierzig lange Tage, über tausend Stunden an Bändern, die es zu sichten galt. Ich würde einen Chiropraktiker und eine Brille brauchen, bevor ich fertig war. Einen Teil davon auszulagern, selbst an Vargas, kam nicht infrage. Meine feste Überzeugung war, dass man die Fein-heiten von etwas Ungewöhnlichem übersah, wenn man sich nicht das gesamte Material selbst ansah.

Die Aufnahmen zwischen 10 und 16 Uhr konnte ich im Schnelldurchlauf ansehen, was mir etwas Zeit sparte. Die Kamera war auf halber Höhe des Parkplatzes positioniert, nach rechts abgewinkelt und auf den Eingang zur Promenade gerich-tet. Die schlechte Nachricht war, dass ein toter Winkel in der linken Ecke, am nächsten zum Waldstück, mich ausbremsen würde. Ich müsste bei Leuten, die in diesem Bereich parkten, vorsichtig sein und sicherstellen, dass es sich um Strandbesu-cher handelte und sie nichts Böses im Schilde führten.

Ich legte die erste DVD ein und drückte auf Play. Körnige Schwarz-Weiß-Bilder von Autos, die Wochen vor Gabellis Verschwinden auf den Parkplatz am Clam Pass fuhren, erwachten ruckelnd zum Leben. Ich erwartete nicht viel, hielt aber die Augen nach allem Ungewöhnlichen offen. Man sollte meinen, dass jeder, der ein so schweres Verbrechen in Erwä-gung zieht, daran denken würde, unauffällig zu sein, aber die Leute machen die dümmsten Fehler.

———

VIER TAGE und unzählige DVDs waren vergangen, ohne den geringsten Verdachtsmoment in der Zeit vor Gabellis

Verschwinden zu erwecken. Das Einzige, was ich gelernt hatte, war der Rhythmus der Strandbesucher am Clam Pass. Der Parkplatz war klein, es gab also nicht viel Kommen und Gehen. Die Frühen kamen gern spätestens um zehn Uhr an den Strand, dann wurde es bis gegen zwei Uhr ruhiger, als etwa dreißig Prozent der Frühaufsteher wieder gingen. Dann, gegen halb vier, strömte eine späte Gruppe herein, von denen die meisten bis zum Sonnenuntergang blieben.

Ich war froh, an dem Tag angekommen zu sein, an dem Gabelli ins Brackwasser geworfen worden sein könnte. Als ich mir eine Tasse Kaffee einschenkte, fiel mir ein, dass ich die Aufnahmen auf keinen Fall so schnell vorspulen konnte, und machte mich auf den Weg in mein Büro.

Mit der Kaffeetasse in der Hand legte ich die erste »Danach«-DVD ein. Nichts als Sonnenanbeter. In der Mitte der zweiten DVD begann die Sonne unterzugehen. Als sich das Licht veränderte, beugte ich mich vor. Der Parkplatz leerte sich. Ich spulte das Band vor und als der Zeitstempel 23 Uhr überschritt, fuhr ein heller Honda Accord auf den Parkplatz. Ich verlangsamte die Wiedergabe und sah, dass ein Mann am Steuer saß. Ich zoomte heran, konnte aber nicht erkennen, ob noch jemand im Auto war.

Ich zuckte zusammen, als der Accord in den toten Winkel fuhr. War das nur ein Rendezvous? Ich starrte auf den Bildschirm, während die Zeit verging. Kurz nach 0:40 Uhr tauchte der Honda wieder im Bild auf. Diesmal sah ich eine Frau auf dem Beifahrersitz, genau in dem Moment, als sich meine Blase meldete. Ich ignorierte es, obwohl meine Augen brannten, und drückte auf den schnellen Vorlauf.

Wenige Minuten nach 5 Uhr morgens fuhr ein alter Lieferwagen, der wie ein Chevy aussah, auf den Parkplatz. Der Wagen schien vorsichtig zu sein, bewegte sich langsam, bis er in der Nähe des Eingangs zur Promenade parkte. Keine Bewegung. Waren das nur ein paar notgeile Jugendliche?

Die Fahrertür schwang auf und ich hielt den Atem an, als ein mittelgroßer, kaukasischer Mann ausstieg. Der Fahrer sah sich um, ging auf die andere Seite des Lieferwagens und verschwand. Ich drückte die Vorspultaste, aber sobald ich es tat, tauchte er wieder auf und ging rückwärts, während er etwas manövrierte.

War das der Kerl? Ich drückte auf Pause und zoomte auf das Nummernschild. Ich notierte mir die Nummer des Florida-Kennzeichens, JF3974X, und drückte auf Play. Was war das? Der Kerl lenkte ein bootähnliches Objekt auf einem Wägelchen oder Karren mit Rädern. Er zog am Griff und verschwand die Promenade hinunter. Ich hielt das Band an.

War in dieser Konstruktion eine Leiche versteckt? Sah es so aus, als würde der Kerl die 77 Kilo schleppen, die Gabelli wog? Wenn nicht, was zum Teufel konnte dieser Kerl um diese Nachtzeit tun? Die Mahnung, mich zu erleichtern, ertönte erneut, aber ich schob sie auf. Ich musste sehen, was mit diesem Kerl passierte, und spulte das Band vor.

Der Zeitstempel überschritt 7 Uhr morgens und die ersten Besucher des Tages trafen ein. Sie gehörten zu den mehreren Strandläufern, die auf den Parkplatz tröpfelten. Dieser Kerl war schon zwei Stunden weg. Würde es so lange dauern, eine Leiche loszuwerden? Das ist eine lange Zeit. Vielleicht war er jemandem begegnet und musste das Abladen von Gabelli bei den Mangroven verschieben. Während ich den Gedanken hin und her wälzte, kam er wieder ins Bild und zog sein Boot hinter sich her.

Schien es leichter? Sah es anders aus? Ich rückte bis auf wenige Zentimeter an den Bildschirm heran, als er an der

Seite des Lieferwagens verschwand. Erinnere dich, Luca, erinnere dich.

Als ein paar Radfahrer zum Fahrradständer fuhren, tauchte er wieder auf und stieg wieder auf den Fahrersitz. Bevor der Lieferwagen vom Parkplatz fuhr, griff ich zum Telefon, gab das Kennzeichen durch und machte mich auf den Weg, um pinkeln zu gehen.

# 35

# LUCA

Ich starrte auf das Führerscheinfoto von Richard Blake. Der Fünfunddreißigjährige hatte keine Vorstrafen. Laut Führerschein war der lockenköpfige Mann eins dreiundachtzig groß und wog zweiundsiebzig komma fünf Kilo. Ein Pontiac Montana Van war auf seinen Namen in der Barcamil Way 1099 zugelassen.

Als ich die Adresse überprüfte, stellte sich heraus, dass sie in Colliers Reserve lag, einem älteren Viertel, das als Oase für Dauerbewohner bekannt war, was seltsam war, da ich niemanden kannte, der dort lebte. Ich hatte gehört, dass es dort keine Eigentumswohnungen gab, und die Tatsache, dass Blake Arbeitslosengeld bezog, ergab keinen Sinn. Es wäre schön gewesen, ihn mit Vargas aufzusuchen, aber sie musste vor Gericht erscheinen, und das hier duldete keinen Aufschub.

Colliers Reserve hatte ein anderes Flair. Die Straßen waren von alten Bäumen gesäumt, aber es waren keine tropischen Arten. Es fühlte sich an, als würde ich durch Georgia oder so etwas fahren. Das Haus in der Barcamil Way 1099 war ein weiteres zweifarbiges, weiß-beiges Haus, etwa zwanzig Jahre alt. Die Vegetation war überwuchert, wie bei allen anderen Häusern in dem Block. Ich fragte mich, ob die Besitzer merkten, dass es dschungelartig war, oder ob es so allmählich passiert war, dass sie sich an das gedrängte Aussehen gewöhnt hatten. Meiner Meinung nach war das Haus höchstens eine Million oder 1,1 Millionen wert. Jeder, der dieses Haus kaufte, müsste einen Haufen Geld für Modernisierungen reinstecken.

Blakes Gesicht hatte das gesunde, wettergegerbte Aussehen eines Surfers. Er sah aus wie ein Athlet und war überrascht, mich zu sehen. Als ich mich vorstellte, fuhr Blake sich schnell mit einer Hand durch sein sandfarbenes Haar, um es zu richten.

»Worum geht es? Um den Raubüberfall im Casino?«

Casino? Das Seminole Casino, das Gabelli früher oft besuchte? »Vielleicht. Was wissen Sie darüber?«

»Nicht viel. Ich habe hinten beim Baccarat-Bereich Blackjack gegeben, als es passierte.«

»Sie arbeiten im Seminole Casino in Immokalee, richtig?«

Er nickte. »Seit ungefähr sieben Jahren. Ich dachte, deshalb wären Sie hier.«

»Ich bin wegen Phil Gabelli hier.« Blake blinzelte, aber ansonsten ließ er sich nichts anmerken. »Kennen Sie ihn?«

»Gabelli? Ich kann nicht behaupten, dass mir der Name was sagt.«

Was war der Kerl, ein Anwalt? »Sie wurden am frühen Morgen des ersten Mai am Clam Pass beobachtet. Können Sie mir sagen, was Sie dort gemacht haben?«

Er zog das Kinn ein. »Beobachtet? Sie hatten mich im Mai schon unter Beobachtung?«

»Die Überwachungskameras am Clam Pass haben Sie gefilmt. Was haben Sie dort gemacht?«

»Wer erinnert sich schon so weit zurück? Aber es ist ein öffentlicher Park. Ich habe jedes Recht, dort zu sein.«

»Hören Sie, wir können das auf die einfache Tour machen, oder ich kann Sie aufs Revier schleifen und wir reden dort. Mir ist beides recht.«

»Ich habe nichts Falsches getan. Ich bin sicher nur segeln gewesen.«

Ein Boot. »Segeln vor Sonnenaufgang?«

»Ich arbeite in der Nachtschicht und kann oft nicht schlafen.«

»Also ziehen Sie Ihren kleine Sunfish raus und gehen im Dunkeln segeln?«

»Wenn Sie wüssten, wie schön es auf dem Wasser ist, wenn die Sonne aufgeht, wären Sie nicht so süffisant.«

»Wie lange sind Sie unterwegs?«

»Kommt drauf an, aber normalerweise zwei, drei Stunden.«

»Nehmen Sie viele Sachen mit raus?«

Blake starrte mich an. Hatte ich einen wunden Punkt getroffen?

»Wovon reden Sie?«

»Was nehmen Sie mit aufs Wasser?«

»Nicht viel, etwas zu essen.«

»Sie sitzen einfach nur im Dunkeln da?«

»Es ist friedlich da draußen. Ich denke einfach nach. Es ist eine Form der Meditation.«

»Ich schätze, das braucht man auch, nachdem man die ganze Nacht in einem Casino gearbeitet hat.«

Er nickte. »Es kann chaotisch sein.«

»Waren Sie schon immer Blackjack-Dealer?«

»Die letzten fünf Jahre oder so.«

»Bestimmt viele Stammkunden.«

Er schüttelte den Kopf. »Zu viele, wenn Sie mich fragen.«

»Also müssen Sie Phil Gabelli ja kennen.«

»Wie sieht er aus?«

Ich zog ein Foto hervor und reichte es Blake.

»Vielleicht.«

Wieder eine ausweichende Antwort. »Ist das ein Ja oder ein Nein?«

»Wissen Sie, wie viele Leute jeden Tag spielen?«

»Sie wissen doch sicher, dass ich einen Gerichtsbeschluss bekommen und die Überwachungsaufnahmen des Casinos überprüfen kann.«

»Aber das Casino befindet sich auf dem Gebiet der Seminolen. Die haben ihre eigene Polizei.«

Das war also seine Masche. »Sagen wir einfach, wir haben eine Kooperationsvereinbarung. Also, wie gut kennen Sie Phil Gabelli?«

»Wenn es derselbe Typ ist, an den ich denke, kam er ungefähr einmal pro Woche.«

»Einmal pro Woche, über fünf Jahre, da lernt man einen Kerl kennen.«

»Wissen Sie, wie viele Blackjack-Tische wir haben?«

Das wusste ich. Es waren nicht viele. »War er ein guter Spieler?«

»Ich kann mich nicht erinnern.«

Blake druckste eine Viertelstunde lang herum. Ich wusste, dass er etwas verbarg, aber ich wechselte das Thema.

»Wissen Sie, ich wollte schon immer segeln lernen.«

»Das sollten Sie mal versuchen. Es ist sehr entspannend.«

»Ist die Sunfish ein gutes Boot?«

»Sie ist ziemlich schön, aber das Beste an ihr ist, dass sie mobil ist.«

»Klingt perfekt. Sagen Sie, würden Sie mir Ihre zeigen?«

»Sehr gerne, aber ich habe sie verkauft.«

»Interessant. Wann war das?«

»Was ist daran so interessant?«

»Sie haben gerade gesagt, dass es ein gutes kleines Boot ist, und dann verkauften Sie es einfach.«

»Ich schaffe mir etwas Größeres an, wenn es Ihnen recht ist.«

»Wann sind Sie sie losgeworden?«

»Ich habe sie vor ungefähr zehn Tagen verkauft.«

»Wie ich sagte, ich bin daran interessiert, das Segeln zu lernen. An wen haben Sie sie verkauft?«

## 36

---

# LUCA

Es war erst zwanzig vor sechs, aber ich stand auf, weil ich wusste, dass ich nach einem beunruhigenden Traum über Vargas sowieso nicht mehr einschlafen würde. Na ja, wenigstens war es kein weiterer Albtraum über den Barrow-Fall.

Ich brannte darauf, der Sache mit Blake und seinem Boot nachzugehen, aber um neun musste ich vor Gericht sein. Der Prozess gegen den russischen Autoschieberring war verschoben worden, da man auf meine Aussage wartete, und stand nun endlich im Kalender. Da ich fast zwei Stunden Zeit totschlagen musste, beschloss ich, am Strand spazieren zu gehen, um mich körperlich und geistig etwas zu betätigen.

Als meine Füße den Sand beim Turtle Club berührten, überkam mich die Erinnerung an den Tag, an dem ich Kayla kennengelernt hatte, mit gemischten Gefühlen. Ich hatte Kaylas Nummer nun schon seit zwei Wochen und sie immer noch nicht angerufen. Ich wusste nicht, was der Grund für mein Zögern war: mein anhaltendes Problem mit der männlichen Sanitäranlage oder die Angst, dass sie vielleicht doch nicht so interessiert sein könnte, wie ich es anscheinend war.

Es wurde langsam albern, dachte ich, und nahm mir auf der Stelle fest vor, sie noch am selben Abend anzurufen.

———

BLAKES GESCHICHTE über das Sunfish-Boot stimmte. Der Typ unten bei Lowe's Marina bestätigte, dass er Blakes Boot vor zwei Wochen gekauft hatte. Es stand immer noch auf seinem Gelände. Ich bat ihn, es vom Markt zu nehmen und in eine Halle zu stellen. Er protestierte, aber als ich ihm sagte, dass es nur für etwa eine Woche sei, willigte er ein und brachte mich zu dem Boot.

Ich ging um das weiße Fiberglas-Skiff herum. Als ich in eine kajakähnliche Öffnung spähte, bemerkte ich, dass sie Platz für die Beine eines Seglers bot. Es gab keine Blutspuren, aber damit hatte ich auch nicht gerechnet. Ich entdeckte eine Rückenstütze, die einen kleinen Stauraum verdeckte. Wenn man sie entfernte, vergrößerte sich der Hohlraum. Es wäre eine knappe Angelegenheit, einen Mann von Gabellis Größe darin zu verstecken, aber es war nicht unmöglich.

Während ich auf das Boot starrte, versuchte ich mir vorzustellen, wie es jetzt im Vergleich zu der Nacht aussah, in der Blake am Clam Pass war. Nachdem ich es mir eine Minute lang vorgestellt hatte, machte ich ein paar Fotos und vergewisserte mich, dass der Verkäufer das *Verkaufsschild* entfernte, bevor ich nach Immokalee fuhr.

———

BEIM VERLASSEN des Kasinos war ich mit meiner Hartnäckigkeit in Bezug auf Blake und seine Arbeit ziemlich zufrieden. Anstatt aufzugeben, als seine Dealer-Kollegen mir nichts verrieten, war ich zu ein paar Cocktailkellnerinnen übergegangen und bei einer von ihnen auf eine Goldader gestoßen. Ehrlich gesagt war das der naheliegendste Weg, wenn man bedachte, was für ein Playboy Gabelli war, aber es gab meinem Selbstvertrauen trotzdem den nötigen Auftrieb.

Nancy, eine stämmige Kellnerin, hätte es in der guten alten Zeit nie über das erste Vorstellungsgespräch hinaus geschafft. Nach einem ungeschriebenen Gesetz, das auch für Stewardessen galt, hatte Nancy in der Schönheitsabteilung nicht viel zu bieten. Die Brünette, die im Blackjack-Bereich Getränke servierte, hatte so viele Piercings, dass sie aussah, als wäre sie in einen Angelkasten gefallen.

Was mich am meisten irritierte, war das Zungenpiercing. Jedes Mal, wenn sie den Mund öffnete, fragte ich mich, ob das Schmuckstück schmerzhaft war. Egal wie viel jemand trank, man musste schon nicht ganz bei Trost sein, um das sexy zu finden. Wie auch immer, sie kannte Gabelli auf Anhieb und meinte, er sei heiß. Ich hielt mich zurück, ihr mehr zu erzählen, denn ich rede nicht gerne über die Toten.

Ich fragte sie, was sie mir über Gabelli erzählen könne, aber außer dass er ein Flirt und ein großzügiger Trinkgeldgeber war, gab es nichts Aufschlussreiches. Das änderte sich erst, als ich nach Blake und Gabelli fragte, dann sprudelte pures Gold aus ihrem geschmückten Mund. Ich war so aufgeregt, dass ich beinahe vergessen hätte, nach Stewart zu fragen. Die Cocktailkellnerin sagte, er sei selten mit Stewart gekommen, was ich überraschend fand.

Eine Blechlawine wälzte sich über die Immokalee Road und ich war versucht, meine Sirene einzuschalten, um schneller bei Blake zu sein.

———

»Er war ein Idiot, okay? Ein Großmaul.«

Blakes Zornesröte nahm über seiner tiefen Bräune einen seltsamen Farbton an. Zweifellos hatte Gabelli ihn gereizt; die Frage, die förmlich nach einer Antwort schrie, war, ob diese Reizung in Irrationalität umgeschlagen war.

Ich sagte: »Sie sind nicht der Erste, der mir das sagt. Er war ein echtes Früchtchen, was?«

»Ich weiß, es sind nicht alle so, aber diese Schönlinge, die denken, jeder müsse ihnen in den Arsch kriechen. Wissen Sie, was ich meine?«

Als Quasi-Mitglied dieses Clubs war ich nicht seiner Meinung, wollte aber, dass das Gift weiterfloss. »Und wie. Was für Sachen hat er denn so gemacht?«

»Er war ein mittelmäßiger Spieler, kein echter High Roller, aber er rief ständig die Pit Bosse zu sich und redete, als würde ihm der halbe Laden gehören. Er hat ständig nach irgendetwas gefragt.«

»Meinen Sie, um einen Vorteil oder so etwas zu bekommen?«

»Nein, so Kleinkram wie Hustenbonbons, Aspirin, einen Keks, was auch immer, er hat danach gefragt und es bekommen. Es war, als wollte er jedem zeigen, dass er bevorzugt behandelt wird.«

»Er ist Ihnen wirklich unter die Haut gegangen, nicht wahr?«

»Ja, ich habe es gehasst, wenn er an meinem Tisch saß. Und wissen Sie, er wusste, dass ich ihn nicht mochte, und er hat mich die ganze Nacht lang immer wieder gereizt.«

»Also haben Sie in dieser Nacht die Beherrschung verloren?«

»Er hat die Karten einfach behalten, als die Hand vorbei war. Das darf man nicht. Ich musste zweimal den Pit Boss holen, und er versuchte, es so darzustellen, als hätte ich es auf ihn abgesehen. Dann hat er es wieder getan und ich habe ihn angeschrien, er solle mir die Karten geben. Und dieser Dreckskerl Perez, der hat sich auf Gabellis Seite geschlagen. Es war peinlich.«

»Der Kunde ist König.«

»Nein, das ist Schwachsinn. Ich kann Ihnen gar nicht sagen, wie oft Leute aus dem Kasino geworfen werden. Wir werden bis zum Gehtnichtmehr darauf trainiert, die Ordnung aufrechtzuerhalten.«

»Aber Gabelli haben sie davonkommen lassen?«

»Wie gesagt, der Mistkerl hatte eine gewisse Art an sich.«

»Was für ein aalglatter Typ. Ich habe gehört, Sie haben ihn später zur Rede gestellt.«

»Sie haben mich von der Fläche abgezogen und ich habe den Rest meiner Schicht am Kassenfenster verbracht. Als ich nach Hause gehen wollte, hing er draußen rum. Ich dachte mir, was soll das, stalkt mich der Kerl oder was? Ich bin an ihm vorbei zur Mitarbeitergarage gegangen und er hat einfach nicht aufgehört, mich zu provozieren. Also habe ich mich vor ihm aufgebaut und ein anderer Croupier musste uns trennen.«

»Wow. Der muss ja völlig ausgerastet sein.«

»Ich bin nicht stolz darauf. Ich hätte wegen dieses Arschlochs beinahe meinen Job verloren und musste meinen Manager anflehen.«

»Also haben Sie es ihm heimgezahlt, indem Sie ihn im Clam Pass versenkt haben?«

»Oh nein, Mann. Damit hatte ich absolut nichts zu tun.«

»Tja, aber Sie waren in der Nacht, in der er verschwand, am Clam Pass, und seine Leiche wurde dort beschwert im Wasser gefunden.«

»Ich habe Ihnen gesagt, ich war segeln, um den Stress loszuwerden. Ich schwöre, das ist alles. Ich weiß absolut nichts darüber, was mit ihm passiert ist.«

»Wieso haben Sie mir nie erzählt, dass Sie sich mit Gabelli gestritten haben?«

»Hören Sie, ich habe den Kerl gehasst, aber das heißt nicht, dass ich ihn umbringen würde. Was für einen Typen halten Sie mich?«

»Genau das versuche ich herauszufinden.«

## 37

---

# LUCA

A U F   D E M   R Ü C K W E G   R I E F   I C H   V A R G A S   A N .   S I E   F R A G T E :  »W I E   I S T
es gelaufen?«

»Dieser Kerl ist entweder ein unglaublicher Schauspieler
oder er sagt die Wahrheit.«

»Was war mit dem Boot?«

»Deswegen rufe ich an. Sorg dafür, dass Finley einen
Beschlagnahmebeschluss genehmigt, und bring die Sunfish
ins Labor.«

»Hast du was gesehen?«

»Nee, es war sauber, aber wenn Blake es nicht gebleicht
hat, wird die Spurensicherung etwas finden, falls da was ist.«

»Es ist in Lowe's Marina, richtig?«

»Ja, der Typ heißt Sammy. Ich muss los.«

»Warte mal kurz.«

»Was gibt's?«

»Ich habe gerade einen Anruf von der Sitte bekommen. Die haben letzte Woche diesen Kerl, Steven Foster,
hochgenommen. Anscheinend war er Pfadfinderführer
oder so was, und ein Junge, na ja, er ist kein Junge mehr,

hat sich gemeldet und Anzeige gegen ihn erstattet, wegen sexueller Übergriffe, die mehr als zehn Jahre zurückliegen.«

»Armer Junge, aber was hat das mit uns zu tun?«

»Dieser perverse Foster, na ja, er sagte, er war es nicht, aber er hat Phil Gabelli als den Täter bezeichnet.«

Meine Räder schrammten am Bordstein entlang. »Was?«

»Ich hatte dieselbe Reaktion, aber ich habe bei den örtlichen Pfadfindern nachgefragt, und rat mal?«

»Komm schon, Vargas!«

»Gabelli war Fosters Assistent, als die Übergriffe stattfanden. Ich habe bei den Pfadfindern nachgefragt, und Gabelli war zur selben Zeit dort wie Foster.«

»Heilige Scheiße! Das könnte der Grund sein, warum er abgehauen ist.«

»Hab ich mir auch gedacht. Vielleicht wusste er, dass das bald rauskommen würde.«

»Ich komme sofort rein. Wir müssen mit diesem Foster reden.«

Ich fühlte mich wie nach drei Tassen Espresso auf ex, schaltete die Sirene und das Blaulicht auf dem Dach an.

———

ICH FRAGTE: »Was macht dieser Kerl beruflich, dass er es sich leisten kann, in Tiburon zu wohnen?«

Meine Partnerin sagte: »Lehrer an der Baron Collier High.«

»Na großartig, dieser Clown ist die ganze Zeit von Kindern umgeben.«

»Ich dachte, in Tiburon gäbe es Wohnungen in allen Preisklassen.«

»Es sind die Gebühren, Vargas. Die Gebühren sind exorbitant hoch«, sagte ich, als ich in die Wohnanlage einbog.

Die Einfahrt nach Tiburon war eine meiner liebsten: eine lange Auffahrt, gesäumt von majestätischen Königspalmen, die in einen wolkenlosen, blauen Himmel ragten. Die Gemeinde wurde durch das Ritz-Carlton Golf Resort verankert, was Naples zur einzigen kleinen Stadt mit zwei Ritz-Carltons machte. Tiburon hatte zwei Weltklasse-Golfplätze, eine gute Lage und Häuser, deren Preise von sieben Millionen bis hinunter zu achthunderttausend reichten.

Steven Foster wohnte im ersten Stock einer Gruppe von Reihenhäusern namens Castillo. Wenn ich mich recht erinnere, wurden sie im neunhunderttausender Bereich gehandelt. Immer noch eine Menge Holz für ein Lehrergehalt. Als ich den winzigen Aufzug sah, sagte ich zu Vargas, dass wir die Treppe nehmen müssten.

Ich weiß es besser, als zu glauben, ich könnte einen Pädophilen am Aussehen erkennen, aber der barfüßige Foster passte genau ins Bild. Er hatte eine Glatze und die wenigen Haare, die er noch hatte, waren schuhcremeschwarz gefärbt. Seine Augen waren wie Knöpfe und er hatte einen schlaffen Bauch.

Aber wenn das Opfer nicht blind war, würde es Gabelli niemals mit diesem Kretin verwechseln.

Foster packte den Türrahmen, als wir uns vorstellten, und sagte: »Mordkommission?«

»Ja, wir würden Ihnen gerne ein paar Fragen stellen.«

»Äh, sicher, aber ich weiß nichts über irgendwelche Morde. Sagen Sie mir bitte nicht, dass man mir jetzt auch noch nachsagt, ich hätte jemanden umgebracht.«

Er trat zur Seite und wir traten ein. Die ganze Wohnung war mit weißen Fliesen ausgelegt, die zu klein und diagonal verlegt waren. Das soll einen Raum größer wirken lassen, aber ich habe nie verstanden, wie. Es war ein heller Ort, von dem ich nicht gedacht hätte, dass ein Drecksack wie Foster gerne darin leben würde.

Drei Schiebetüren, die auf eine Veranda führten, ließen das Licht und den Blick auf den Golfplatz herein. Sobald wir uns an einen Küchentisch mit Glasplatte gesetzt hatten, sagte ich: »Ich komme gleich zur Sache, Mr. Foster. Die Anschuldigungen gegen Sie sind so ziemlich das Ernsteste, was es gibt. Ich habe gehört, Sie behaupten, der Ankläger habe sich geirrt und es handle sich um eine Personenverwechslung.«

»Das ist die Wahrheit, ich schwöre es.«

Vargas sagte: »Sie haben behauptet, der wahre Täter sei ein Mann namens Phil Gabelli.«

Er schüttelte den Kopf. »Ja, das stimmt, es war Phil. Er hat getan, was auch immer dieser Junge ausgesagt hat.«

Ich sagte: »Soweit ich weiß, kannten Sie und Mr. Gabelli sich von den Pfadfindern.«

»Wir haben dieselbe Truppe geleitet. Ich war der Pfadfinderführer und er der Assistent. Er schien ein guter Kerl zu sein, aber ich schätze, er hat verdient, was ihm passiert ist.«

Ich sagte: »Und was wäre das?«

»Ich habe die Zeitungen gelesen. Ich habe gesehen, dass sie ihn im Clam Pass gefunden haben. Er wurde ermordet.«

Vargas sagte: »Wer, glauben Sie, würde Mr. Gabelli ermorden?«

»Ich weiß es nicht genau, aber ich schätze, jeder, an dem er sich, äh, vergangen hat, hätte einen guten Grund dazu.«

Vargas fragte: »Kennen Sie jemanden Bestimmten?«

»Ich kannte ihn nicht wirklich gut.«

Ich sagte: »Aber Sie haben doch, was, drei Jahre lang zusammengearbeitet?«

»So was in der Art.«

Ich fragte: »Woher wussten Sie dann, dass es Mr. Gabelli war?«

Er legte den Kopf schief. »Ich hatte einfach so ein Gefühl, wissen Sie, er war irgendwie komisch drauf. Verstehen Sie, was ich meine?«

Vargas sagte: »Nein, erzählen Sie.«

»Ich konnte es nicht genau benennen, aber, ich weiß nicht, es war die Art, wie er die Jungs ansah. Irgendetwas stimmte nicht.«

Vargas sagte: »Und trotzdem haben Sie ihn drei Jahre lang mit den Jungs arbeiten lassen, für die Sie verantwortlich waren.«

»Ich, ich, glauben Sie mir, ich fühle mich sehr verantwortlich für das, was geschehen ist.«

Wie sich dieser Kerl fühlte, war mir egal, und ich sagte: »Sie sehen Phil Gabelli überhaupt nicht ähnlich, der ein fitter, gut aussehender Kerl war.«

Foster zog den Bauch ein und sagte: »Vielleicht bin ich nicht so gut gealtert wie andere, aber ich sage Ihnen, wir sahen uns fast zum Verwechseln ähnlich.«

Mit einem unübersehbaren Grinsen sagte ich: »Wenn Sie meinen.«

Foster stand auf. »Einen Moment.«

Vargas und ich wechselten Blicke, während Foster in einer weiß getünchten Anrichte kramte.

»Hier, sehen Sie, was habe ich Ihnen gesagt?«

Ich nahm das Foto und musste zweimal hinsehen. Es war Foster, vielleicht vor zehn, fünfzehn Jahren in seiner Pfadfinderuniform. Er sah völlig anders aus, aber ich erkannte kaum eine Ähnlichkeit mit den Bildern, die ich von Gabelli gesehen hatte. Ich versuchte, das Foto zu deuten. Das alberne, gelbe

Halstuch, das er trug, half nicht gerade. Jeder würde damit seltsam aussehen.

»Wann wurde das aufgenommen?«

»Nicht sicher, aber ich würde sagen, vor einem Dutzend Jahren. Also, glauben Sie mir jetzt?«

»Können wir das Foto haben?«

»Klar, wenn es hilft, mich zu entlasten.«

## 38

---

## LUCA

Zwei Wochen nach der Autopsie ertönte der Benachrichtigungston einer E-Mail. Sie war vom Kriminallabor. Ich öffnete sie und las den toxikologischen Bericht von Gabelli. Ich traute meinen Augen nicht. Außer einem Alkoholwert wurde nichts gefunden. Ich verstand einen Teil des medizinischen Fachjargons nicht, also wählte ich Bilottis Nummer.

»Doc, hier ist Frank. Ich habe den toxikologischen Bericht von Gabelli bekommen. Das ist der, den wir aus dem Clam Pass gezogen haben.«

»Ja. Ich bin mit dem Fall vertraut. Worum geht es?«

»Da steht, dass es keine Anzeichen für illegale Drogen in seinem Körper gab.«

»Ja, das ist richtig.«

»Das ist unmöglich. Das haben Sie selbst gesagt.«

»Nicht ganz. Ich sagte, dass Drogen eine Rolle gespielt haben könnten, da das Opfer keine Anzeichen einer Herzkrankheit aufwies.«

»Dann muss da etwas gewesen sein.«

»Leider nicht, Frank. Da war nichts außer einem Alkohol-spiegel, der, wenn ich mich recht entsinne, gerade noch im gesetzlichen Rahmen lag.«

»Das ergibt keinen Sinn. Ich war mir sicher, dass sie etwas finden würden. Haben sie auf alle Substanzen getestet?«

»Das ist Standard, und denken Sie daran, wir haben auch auf verschreibungspflichtige Medikamente wie Opioide, Barbiturate und Amphetamine getestet.«

»Also war es ein Herzinfarkt?«

»So scheint es.«

»Sagen Sie mal, Doc, wenn dieser Kerl auf natürliche Weise an einem Herzinfarkt gestorben ist, wie Sie sagen, warum sollte dann jemand versuchen, die Leiche zu verste-cken oder es so aussehen zu lassen, als wäre er verschwunden?«

»Ist das nicht Ihr Fachgebiet, Detective?«

―――――

ICH KAPIERTE ES NICHT. Warum sollte jemand es wie einen Mord aussehen lassen? Was zum Teufel war hier los? Ein Herzinfarkt bei einem gesunden Mann?

Moment, da war doch dieser verrückte Fall, in dem dieser Frau der Prozess gemacht wurde, weil sie einen Kerl beim Sex umgebracht hatte. Sie hatte dem alten Sack einen Herzinfarkt verpasst. Gabelli stand definitiv auf die Mädels. Könnte es so etwas in der Art sein? Aber warum die Vertuschung? Wenn sein Herz bei einem Techtelmechtel schlappgemacht hat, war das kein Verbrechen.

Es sei denn, es gab irgendeinen Aspekt dabei, der sein Herz zum Explodieren brachte.

Könnte jemand eine Sex-Tigerin angeheuert haben, ihm

einen Herzinfarkt zu verpassen, und dabei eines dieser Popper-Dinger benutzt haben, die das Herz rasen lassen? Nachdem er zusammengebrochen war, gerieten sie in Panik, oder wer weiß, vielleicht fingen sie an zu streiten und wollten die Leiche loswerden? Aber was sprang dabei heraus? Man tötet jemanden aus Eifersucht, aus Liebe, für Geld, aus Rache. Was fehlt, ist ein vernünftiges Motiv.

Ich tippte eine Nummer in mein Handy ein.

»Doc, ich bin es noch mal. Sagen Sie, ich habe über Gabelli und seinen Herzinfarkt nachgedacht. Könnte es sein, dass er beim Sex einen Popper benutzt hat oder dass ihm jemand einen gegeben hat?«

»Sie meinen Amylnitrit?«

»Ja, genau das.«

»Amylnitrit ist ein Vasodilatator; es bewirkt, dass sich die Blutgefäße erweitern. Infolgedessen sinkt der Blutdruck des Konsumenten rapide, während die Droge gleichzeitig das Herz zum Rasen bringt.«

»Klingt gefährlich.«

»Wie alle Drogen ist es das auch.«

»Könnte es Gabellis Herzinfarkt verursacht haben?«

»Schwer zu sagen. Es gab Fälle von Herzstillstand bei seiner Verwendung. Aber normalerweise ist es eine Sache des gewohnheitsmäßigen Gebrauchs, der mit der Zeit die Herzmuskeln schwächt.«

»Haben Sie bei der Toxikologie darauf getestet?«

»Nein, es ist extrem schwierig, es nachzuweisen, da es sich schnell verflüchtigt. Wir könnten versuchen, einen Test durchzuführen und sehen, was dabei herauskommt, aber ich habe keine Anzeichen dafür gesehen, dass das Opfer ein Konsument war.«

»Woran könnten Sie erkennen, ob er es konsumiert hat?«

»Typischerweise finden sich kleine, verkrustete, gelbe Läsionen um Nase und Mund. Auch die Nasenhöhlen sind entzündet.«

»Sie sagten, seine Nase sei entzündet. Erinnern Sie sich?«

»Ja, aber meiner Meinung nach war Amylnitrit nicht die Ursache. Wie ich gerade sagte, wenn es so wäre, gäbe es Anzeichen für den Konsum.«

»Können Sie mir einen Gefallen tun? Führen Sie den Test durch, den Sie brauchen, um zu sehen, ob Sie Spuren von Amylnitrit finden können.«

»Wenn Sie darauf bestehen, Frank. Ich fahre heute Abend für eine Woche auf die Keys. Ich mache es, wenn ich zurückkomme.«

»Können Sie es nicht erledigen, bevor Sie losfahren?«

»Ich muss das sechs Monate alte Baby obduzieren, das gestorben ist und bei dem die Eltern sagen, es sei plötzlicher Kindstod gewesen, sowie einen Achtzehnjährigen, der eine Überdosis hatte. Also nein, kann ich nicht.«

»Ich verstehe, Doc. Amüsieren Sie sich gut. Versprechen Sie mir nur, dass Sie es tun, sobald Sie zurück sind.«

––––––

Je mehr ich darüber nachdachte, desto frustrierter wurde ich. Wie war Gabelli wirklich gestorben? War es nur ein Herzinfarkt? Wenn ja, was zum Teufel machte er dann untergetaucht im Clam Pass? Wenn es Mord war, dann ist es normal, die Leiche zu entsorgen. Aber wenn es ein natürlicher Tod war, warum wurde er entsorgt und wer war dafür verantwortlich?

––––––

ALS ICH AUF dem Weg ins Büro war, wusste ich, dass das Gabelli-Rätsel auf Eis gelegt werden musste, zumindest bis wir die Ergebnisse der erweiterten Blutuntersuchung zurückbekamen. Vargas und ich hatten außer dem Fall Gabelli keinen anderen laufenden Fall und waren in einer Sackgasse gelandet. Es würde mindestens eine Woche dauern, bis die Ergebnisse der zusätzlichen toxikologischen Untersuchung, die der Arzt angeordnet hatte, da waren. Vor uns lagen zwei langweilige Wochen. Hätte ich nicht schon meine ganze Zeit für die Genesung aufgebraucht, wäre es der perfekte Zeitpunkt für einen Urlaub gewesen.

Das bedeutete, es war Zeit für das, was ich hasste: kalte Fälle durchzugehen. Ich weiß, dass manche Detectives die Gelegenheit lieben, die Fehler oder Versäumnisse eines Kollegen aufzudecken und einen angestaubten Fall zu lösen. Aber was mich anging, und ich weiß, das klingt seltsam, so weckte ich lieber keine schlafenden Hunde. Es war nur ein weiterer Beweis dafür, wie fehlerhaft wir sind, und ich brauchte ganz sicher keine weiteren Erinnerungen daran.

Die Vorstellung, dass ich Zeit mit alten Fällen verbringen würde, war das Einzige, was mich zögern ließ, den Job hier unten anzunehmen. Kalte Fälle zu überprüfen war langweilig und zeitaufwendig. Jahre später Leute zu befragen, deren Erinnerungen von der Zeit getrübt waren, erforderte eine Menge Geduld, eine Eigenschaft, die bei mir gerade Mangelware war.

Ich konnte nicht verstehen, warum Kayla mich nicht zurückgerufen hatte. Ich hatte sie an dem Abend angerufen und eine Nachricht hinterlassen. Das Warten auf den Rückruf machte mich nur noch frustrierter. Wenn sie mich nicht innerhalb eines Tages zurückrief, würde ich es noch einmal versuchen und dann, tja, mal sehen, was passiert.

# LUCA

Robin war wirklich fassungslos, als ich ihr erzählte, was los war. Sie schwor hoch und heilig, dass es eine infame Lüge sei. Ich wollte mit dem Gefühlschaos nichts zu tun haben; ich wollte nur ein altes Foto von ihrem Mann. Nach sechs Bitten unterbrach sie endlich ihr Gezeter und besorgte mir ein Bild. Es war ein gutes, schön scharfes. Ich versicherte ihr, dass ich die Sache aus der Welt schaffen würde, sie aus den Zeitungen heraushalten würde, und verabschiedete mich.

Als ich in mein Auto stieg, meldete eine SMS von der Spurensicherung, dass der Bericht über Blakes Boot fertig sei.

Ich steckte das Handy weg und hielt die Bilder von Gabelli und Foster nebeneinander. Sie hatten einen ähnlichen Körperbau, aber Gabelli war laut dem Kraftfahrtbundesamt mindestens zwei Zoll größer. Fosters Haar war außerdem dunkler und viel kürzer als das von Gabelli. Es lag nicht an der Zeit zwischen zwei Haarschnitten. Wenn überhaupt, dann sah Gabellis Haar, obwohl es länger war, frisch geschnitten aus.

Ich legte das Foto von Gabelli auf das Armaturenbrett und

sah mir Foster genauer an. Seine stechenden Augen starrten mich direkt an. Dieser Typ war unheimlich, aber wenn sie beide diese blauen Pfadfinderuniformen getragen hätten, hätte ein Kind Gabelli mit ihm verwechseln können?

Ich konnte die Sache mit der Verwechslung nur schwer glauben. Ich konnte erkennen, dass sie sehr unterschiedliche Leute waren, obwohl ich Gabelli nie getroffen hatte. Foster war eine graue Maus, und alles, was ich über Gabelli erfahren hatte, stufte ihn als einen überheblichen Extrovertierten ein. Mein Bauchgefühl sagte mir, dass Foster versuchte, einem toten Mann ein Verbrechen in die Schuhe zu schieben. Aber ich konnte es nicht außer Acht lassen, so sehr ich es auch wollte.

Egal, wer es war, es gab immer noch einen Mörder da draußen. Um die Jagd auf den Mörder zu konzentrieren, musste ich wissen, ob es sich um eine Racheaktion für Missbrauch handelte oder nicht.

Ich rief Vargas an und bat sie, sich hinter das Steuer des Baggers zu klemmen und sofort mit dem Graben zu beginnen. Ich hatte am Morgen einen Arzttermin und wollte zum gerichtsmedizinischen Labor, bevor es schloss.

———

ES REGNETE SO STARK, dass ich über zehn Minuten in meinem Auto wartete. Sobald es nachließ, sprang ich heraus und hüpfte von Pfütze zu Pfütze zur Arbeit.

Mit nassen Flecken übersät, fächelte ich mir mit meinem Hemd Luft zu, während Vargas ein Telefonat beendete.

»Was Neues zu Foster?«

Sie runzelte die Stirn. »Guten Morgen, Frank. Wie war dein Arztbesuch?«

Ich atmete aus. »Morgen, Vargas. Alles paletti, okay? Können wir über die Arbeit reden?«

»Bist du sicher, dass es dir gut geht?«

»Ja, Mami. Ich bleibe euch noch eine Weile erhalten. Hast du was?«

Sie nickte. »Foster ist vor sechzehn Jahren hierhergezogen. Er wurde in Minnesota geboren und hat fast ein Dutzend Jahre in Hermantown, einem Vorort von Duluth, unterrichtet, bevor er kündigte. Mir gefiel die Art nicht, wie der Verwaltungsbeamte sagte, er habe gekündigt, und ich erinnerte mich, dass meine Schwester sagte, man bräuchte normalerweise zwölf Jahre, um Anspruch auf eine Schulrente zu haben. Als ich erwähnte, dass es seltsam sei, dass er so kurz davor aufhört, stimmte sie zu. Es war die Art, wie sie zustimmte; ich wusste, dass sie etwas zurückhielt. Also rief ich den Elternbeirat von Hermantown an und machte den damaligen Vorsitzenden ausfindig, einen Mann namens Joe Saturn.«

»Komm zum Punkt, Vargas. Ich sterbe vor Spannung.«

»Saturn sagte, ein Elternteil habe sich beschwert, dass Foster sich ihrem Sohn gegenüber unangemessen verhalten habe. Irgendetwas mit einem Schrank und dem Siebenjährigen.«

»Der Drecksack. Was ist passiert?«

»Er sagte, die Sache sei nie weiterverfolgt worden, weil die Eltern des Kindes nicht wollten, dass ihr Kind stigmatisiert wird, und es gab keine anderen Zeugen.«

»Sie haben es auf sich beruhen lassen?«

»Ich fürchte ja, aber die SCU hat eine Menge Kinderpornos auf seinem Laptop gefunden, also wird Foster für lange Zeit ein Gast des Staates Florida sein.«

»Man sollte ihn hängen.«

»Vielleicht. Was ist mit dem Boot?«

»Fehlanzeige. Kein Blut oder Fasern. Nichts. Die Nach-barn haben auch bestätigt, dass Blake immer mitten in der Nacht segeln gegangen ist.«

»Blake ist sauber?«

»Sieht so aus.«

»Sind wir wieder am Anfang?«

Ich brauchte keine Erinnerung. Jede Ermittlung hat eine Menge Sackgassen, aber ich wurde es langsam leid, in diesem Fall Gespenstern nachzujagen.

Ich sagte: »Ich muss Robin anrufen und ihr sagen, dass ihr Mann von diesem Widerling Foster nur benutzt wurde.«

# LUCA

Müde nach einer weiteren Nacht mit unruhigem Schlaf legte ich eine Disc ein, stützte die Ellbogen auf den Schreibtisch und drückte auf Schnellvorlauf. Als ich die Stelle fand, an der Blake und sein Boot auftauchten, schaltete ich wieder auf normale Wiedergabegeschwindigkeit.

Das graue Bild zog vorbei, aber es gab nichts Bemerkenswertes, als die ersten Strandspaziergänger auf den Parkplatz kamen. Es machte keinen Sinn, den Tagesbesuchern große Aufmerksamkeit zu schenken, da er nun schon den zweiten Tag vermisst wurde. Selbst im Schnellvorlauf dauerte das Video eine halbe Ewigkeit. Ehe ich mich versah, meldete sich meine Blase und ich machte eine Pinkelpause.

Mit einsetzender Dämmerung wurde der Parkplatz grauer, und ich stellte das Band wieder auf normale Geschwindigkeit. Um 20:09 Uhr fuhr ein dunkler Audi A6 auf den Parkplatz und erregte meine Aufmerksamkeit, weil er so schlingerte. Ein Betrunkener? Er fuhr nahe an die Einfahrt und parkte. Fünfzehn Minuten vergingen, dann öffnete sich die Fahrertür. Ich hatte den glatzköpfigen Mann im Blick, der ausstieg, als die Beifahrertür aufschwang und eine langhaarige Frau in einer Stoffhose herauskam, die ihrem Mann zuwinkte. Der Glatzkopf, der nicht berauscht wirkte, ging zu ihr hinüber. Sie hakten sich unter und verschwanden den Holzsteg hinunter.

Das Paar kam um 21:23 Uhr von seinem Spaziergang zurück und fuhr davon. Kurz darauf fuhr einer dieser winzigen Fiats auf den Parkplatz. Und tatsächlich, es war ein junges Pärchen, das ausstieg und anfing, miteinander herumzumachen. Sie zogen sich in ihr Auto zurück und verließen den Parkplatz, als um 22:37 Uhr ein Lincoln-SUV einfuhr. Ich sah zu, wie der Lincoln um 23:05 Uhr sanft zu wackeln begann, und sie hatten ihren Spaß, bis sie um 00:21 Uhr wieder wegfuhren.

Der Parkplatz war bis 02:08 Uhr ruhig, als eines der hässlichsten Autos, die je gebaut wurden, ein Nissan Cube, auf den Parkplatz fuhr. Der weiße Cube fuhr langsam auf den Parkplatz, während ich mich abmühte, zu erkennen, ob außer dem Fahrer noch jemand darin saß. Ich hielt das Band an. Es sah so aus, als ob ein Mann mit einer Basecap fuhr, aber ich konnte immer noch nicht sagen, ob er allein war.

Der Cube steuerte auf die linke Ecke des Parkplatzes zu und verschwand aus dem Sichtfeld der Kamera. Der Zeitstempel auf dem Video lief weiter, aber es gab nichts zu sehen. Ich flehte innerlich, dass irgendetwas aus dem Grau auftauchen möge. Um 02:41 Uhr tauchte der Cube schließlich wieder auf und fuhr vom Parkplatz. Ich verlangsamte das Video, als die Beifahrerseite ins Bild kam. Es sah so aus, als ob jemand oder etwas auf dem Beifahrersitz sein könnte, aber es war unmöglich zu erkennen.

Ich spulte das Video zurück, um das Kennzeichen zu bekommen, als der Cube hereinfuhr. Das verdammte

Nummernschild war nicht lesbar. Ich hielt das Band an und zoomte heran. Alles, was ich erkennen konnte, waren die letzten drei Zeichen: 7KW. Ich notierte sie mir und machte weiter.

Das ruckelige Video zeigte bis 04:28 Uhr nichts, als ein weißer oder vielleicht silberner Ford Focus einfuhr und in der Nähe der Einfahrt parkte. Ein Typ, den ich auf um die dreißig schätzte, stieg aus, lehnte sich an sein Auto und zündete sich eine Zigarette an. Er nahm ein paar Züge und schnippte sie ins Gebüsch. Was stimmt mit den Leuten nicht? Ich hätte dem Idioten am liebsten den Hals umgedreht, als er davonfuhr.

Bald wurde der Parkplatz von Tageslicht durchflutet, und eine Parade von Spaziergängern und Sonnenanbetern strömte mit ihrem ganzen Kram herein. Der Parkplatz leerte sich, als ich bis zu einem Zeitstempel von 17:00 Uhr vorspulte und anhielt, um auf die Toilette zu gehen.

Ich rief noch einmal bei Kayla an, wurde aber von ihrem Anrufbeantworter begrüßt. Nachdem ich eine Nachricht hinterlassen hatte, holte ich mir einen Kaffee und einen Bagel aus der Küche und setzte mich wieder an meinen Schreibtisch. Um zehn Uhr abends begannen die Liebenden in Clam Pass einzutrudeln. Einige machten Spaziergänge, und andere, nun ja, wer weiß schon, was in diesen Autos vor sich ging? Bis der Parkplatz sich um 01:09 Uhr leerte, standen immer zwei Autos darauf. Um 02:31 Uhr fuhr einer dieser Chrysler PT Cruiser vor.

Er fuhr nicht frontal auf einen Parkplatz, sondern parkte quer über ein paar Plätze in der Nähe der Einfahrt. Zwei Kerle stiegen aus und öffneten die Heckklappe. Ich rückte näher an den Bildschirm, als sie etwas herauszogen, das wie ein großer schwarzer Plastiksack aussah. Die Männer trugen den Sack, der schwer schien, und gingen den Holzsteg hinunter.

Was zum Teufel war in diesem Sack? Welche Farbe hatte die Folie, in der sie Gabelli gefunden hatten?

Ich spulte das Band zurück, notierte mir das Nummernschild, das bei ihrer Einfahrt sichtbar gewesen war, und griff nach der Fallakte. Ich blätterte sie durch und vergewisserte mich, dass Gabelli in schwarzes Plastik eingewickelt worden war. Was mich stutzig machte, war, dass es zwei Männer waren. Normalerweise, wenn mehr als eine Person an einem Mord beteiligt ist, hat es mit dem organisierten Verbrechen oder mit Gangs zu tun. Wir hatten keine Beweise dafür gesehen, dass Gabellis Buchmacher etwas mit seinem Verschwinden zu tun hatten, aber hatten wir sie zu schnell ausgeschlossen? War das ein weiterer meiner Fehler?

# 41

## LUCA

Ich nippte an meinem Kaffee und ging in mein Büro, wobei ich mich wie aufgewärmter Hundedreck fühlte. Seit vier Tagen in Folge hatte ich beschissen geschlafen. Die Albträume waren nach einer ungewöhnlich langen Pause zurückgekehrt, für die ich sehr dankbar gewesen war.

Albträume mit dem Jungen Barrow hatten mich zwar schon früher heimgesucht, aber sie kamen nie öfter als alle paar Wochen und niemals an aufeinanderfolgenden Tagen. Warum die plötzliche Häufung? Reichte es nicht, Krebs zu bekommen, wie ein Mädchen zu pinkeln und Viagra nehmen zu müssen?

Was die Sache noch unheimlicher machte, war eine verstörende neue Wendung. Jetzt zeigten die beunruhigenden Visionen mich in der dritten Person.

Früher, in fast jedem Barrow-Albtraum, den ich durchlitt, hing der Junge Barrow an allen möglichen Orten. Meistens hing er in seiner Gefängniszelle, aber er tauchte auch in meinem Schrank auf, in der Garage, im Kühlschrank, sogar in meinem Büro. Es war immer dasselbe gewesen: Barrow, der sich ganz sacht drehte, die Füße stracks nach Süden gerichtet, das Kinn auf der Brust, die Schultern schlaff herabhängend, mit weit aufgerissenen Augen, die Löcher in mich bohrten.

Die neue Variante aus meinem ersten Fall, die mich um den Schlaf brachte, hatte zwei Versionen. In der ersten lag ich in einem Krankenhausbett, die Vorhänge zugezogen. Zwei Ärzte kamen herein und sagten mir, mein Krebs sei zurückgekehrt und ich hätte nur noch wenige Tage zu leben. Als ich versuchte, Fragen zu stellen, zogen sie die Vorhänge auf und enthüllten einen riesigen Barrow, der an freiliegenden Rohren hing. Der übergroße Barrow kreischte, dass er sich endlich an mir gerächt habe.

Noch unheimlicher war der, den ich die letzten beiden Nächte gehabt hatte. In diesen Albträumen ging ich zu einem dringenden Termin in die Praxis meines Onkologen, kam aber nicht hinein, weil das Wartezimmer mit Dutzenden von Barrows gefüllt war, die von der Decke hingen.

Aus Angst, meinen Termin zu verpassen, begann ich, mich an den Körpern vorbeizudrängeln und mir einen Weg durch die hängenden Leichen in ein kahles Behandlungszimmer zu bahnen. Dort gab es weder eine Sitzgelegenheit noch Platz für eine Untersuchung, und ich geriet in Panik. Ich versuchte zu gehen, aber die Tür verschwand, als ich nach dem Türknauf griff. Als ich zu Boden sank, erschien ein Arzt, der mir sagte, der Krebs habe gestreut. Als ich den Arzt fragte, was man tun könne, schüttelte er den Kopf und zeigte irgendwohin. Eine Tür materialisierte sich. Der Arzt führte mich hindurch in einen Raum voller leerer Särge. Als er fragte, welchen ich möchte, lag ich in jedem der Särge nackt aufgebahrt.

»Ich muss einen Weg finden, diese Dinger loszuwerden«, dachte ich, als ich Vargas zunickte und mich hinsetzte.

»Du siehst furchtbar aus, Frank.«

»Danke.«

»Was ist los?«

»Nichts.«

»Erzähl mir nicht ›nichts‹. Was ist los?«

»Ich habe nur Schlafprobleme, das ist alles.«

»Zu viel im Kopf?«

»Ich habe nur ein paar verrückte Träume.«

»Erzähl mal. Meine Großmutter war Griechin. Sie hat mir einiges darüber beigebracht, wie man Träume deutet.«

»Die bedeuten nichts. Es sind nur zufällige Dinge, die zusammengewürfelt werden.«

Sie schüttelte den Kopf. »Könnte nicht weiter von der Wahrheit entfernt sein.«

»Ach komm schon, Vargas, das ist doch Hokuspokus. Erklär mir dann mal, warum man, sagen wir, jemanden im Vorbeigehen sieht, den man eine Weile nicht gesehen hat, aber dann abgelenkt wird und es wieder vergisst. Und siehe da, in der Nacht träumt man von ihm.«

»Es gibt zwei verschiedene Arten von Träumen. Das passiert jedem. Was du erlebst, die sich wiederholenden, verstörenden Albträume, ist etwas völlig anderes. Irgend-etwas löst sie aus.«

Hatte sie recht? »Also, bist du jetzt Psychiaterin?«

»Ich versuche nur, dir zu helfen, etwas Schlaf zu bekommen, das ist alles. Warum gehen wir es nicht mal durch?«

Ich starrte sie schweigend an und nahm einen Schluck Kaffee.

»Na komm, was meinst du, Frank? Es kann nicht schaden.«

Wenn sie nur wüsste. Die Barrow-Sache tat weh. Ich wusste nicht, was ich tun sollte. Sie war eine gute Zuhörerin, aber sie interessierte sich auch für alberne Dinge wie Horoskope. Außer JJ hatte ich nie mit jemandem darüber gesprochen. JJ und ich waren Kumpel. Wir teilten Dinge miteinander, die Kerle normalerweise nicht teilen, und nichts davon sickerte jemals durch.

Aber Vargas wusste, wie man den Mund hält. Das hatte sie bewiesen, und sie machte sich wirklich Sorgen um mich. Ich betrachtete sie als eine wahre Freundin. Ich weiß, es ist komisch, aber Tatsache ist, dass die meisten Kerle nicht mit Frauen befreundet sind. Sie wollen im Allgemeinen mit ihnen in die Kiste springen. Manchmal fand ich Vargas körperlich attraktiv, aber je besser ich sie kannte, desto mehr schätzte ich, was für ein guter Mensch sie war.

Als ich die Krebsdiagnose bekam, war Vargas' Sorge echt, und sie spulte nicht diesen Macho-Mist ab, den die meisten Cops von sich geben, wenn ein Kollege in Schwierigkeiten steckt.

»Hey, Frank, bist du noch da?«

»Äh, sorry, hab nur nachgedacht.«

Vargas rollte mit ihrem Stuhl zu meinem Schreibtisch.

Ich sagte: »Nicht jetzt, Mary Ann.«

»Bist du sicher, Frank?«

»Ja.«

»Du musst es dir von der Seele reden.«

»Ich weiß. Hör zu, wir reden ein andermal darüber. Okay?«

»Deine Entscheidung, Frank. Ich bin ja nicht die, die die Albträume hat.«

––––––

ICH LEGTE auf und lehnte mich kopfschüttelnd in meinem Stuhl zurück. Ich war nicht nur körperlich erschöpft, sondern es auch leid, ständig gegen Wände zu laufen. Die Spur mit dem PT Cruiser hatte sich als nichts weiter als zwei Gutmenschen herausgestellt, die am Strand campten, um die Nester von Meeresschildkröten zu schützen. Ich sage Ihnen, ich habe nichts gegen Schildkröten, und ich finde die Bemühungen, ihre Nester zu schützen, gut. Tatsächlich finde ich Babyschildkröten süß. Allerdings scheinen wir mit unserer Einmischung ein bisschen zu weit zu gehen, um sicherzustellen, dass sie es in den Golf schaffen, bevor irgendein Vogel sie sich zum Abendessen schnappt. Was ist mit den Vögeln? Müssen die nicht auch fressen?

Vielleicht wird dieser Fall einfach nicht gelöst. Vielleicht wird in zwanzig Jahren ein gelangweilter Detective aus Collier County seinen Tag damit totschlagen, sich über diesen Cold Case zu beugen. Das schien wahrscheinlich, und es kotzte mich an. Eine Pause schien angebracht.

Abstand zu gewinnen schien bei mir zu funktionieren. Nicht immer, aber manchmal fallen einem Dinge ein, wenn man nicht knietief in einem Fall steckt. Zeit für diesen Detective, einen alten Fall abzustauben.

Ich stand auf, zerrte eine Kiste mit Akten herüber und strich mit der Hand über die Archivetiketten. Ene, mene, mu. Ich zog eine heraus und begann zu lesen.

Auf halbem Weg durch die Papiere, die die Ermittlungen zum Mord an Boris Laskin dokumentierten, klopfte ein Praktikant an die Tür und reichte mir einen Bericht.

Es war der Bericht der Zulassungsstelle über die Nummernschilder, den ich für den Cube angefordert hatte. Ich ließ ihn in den Posteingangskorb plumpsen und widmete mich wieder dem Fall Laskin. Ein Verweis auf ein gestohlenes Auto in dem Fall ließ mich innehalten, und ich griff nach dem Bericht der Zulassungsstelle.

Zwei Seiten mit Nummernschildern und den dazugehörigen Haltern überraschten mich. So viele Leute wollten einen Cube? Und das in Weiß? Vielleicht hatten sie die Farbauswahl eingeschränkt. Das würde eine Menge Nacharbeit erfordern. Vielleicht könnten wir die Uniformierten dazu bringen, sie abzuklappern. Ich schlug die erste Seite um und mein Herz begann zu rasen.

**42**

## STEWART

»Man muss Risiken eingehen, denn die größte Gefahr im Leben ist, nichts zu riskieren.« – Leo Buscaglia

Ich sah ihn vom Küchenfenster aus; es war wieder dieser verdammte Detective. Als ich die Treppe hinunterging, zog ich meinen Inhalator heraus, nahm einen Zug und öffnete die Tür.

»Oh, hallo, Detective Luca. Was kann ich für Sie tun?«

»Ich hätte ein paar Fragen an Sie. Darf ich hereinkommen?«

Auf gar keinen Fall kommen Sie hier rein. »Sicher.«

Er setzte sich auf denselben Stuhl wie bei seinem ersten Besuch, aber diesmal bot ich ihm nichts an. Es zahlt sich nicht aus, zu diesen Typen nett zu sein.

»Besitzen Sie einen weißen Nissan Cube, Baujahr 2010?«

»Nö.«

Der Detective zog ein Dokument aus seiner Tasche und

faltete es auseinander. »Wirklich? Nun, hier ist eine Kopie der Zulassung.«

»Ich besaß mal einen, aber ich habe ihn verkauft.«

»Jetzt ist nicht die Zeit für Spielchen, Mr. Stewart.«

Leck mich doch, Luca, Sie haben gefragt, ob ich einen »besitze«. »Vielleicht sollten Sie bei Ihren Befragungen präziser sein.«

Der Detective war nicht begeistert. Er starrte mich etwas zu lange an und sagte dann: »Fahren Sie oft zum Clam Pass runter?«

»Ich mag den Strand dort, aber ich gehe nicht so oft hin, wie ich gerne würde. Außerdem finde ich den Strand von Vanderbilt schöner.«

»Meinen Sie nachts?«

»Ich weiß nicht, wovon Sie reden, Detective.«

Der Bastard wühlte wieder in seiner Tasche. Was war er denn, ein Zauberer?

»Hier ist ein Foto von Ihnen in Ihrem Cube, wie Sie am ersten Mai mitten in der Nacht in den Clam Pass fahren.«

Ich sah mir das graue, körnige Bild an und sagte: »Ist das gegen das Gesetz?«

»Nein, aber es passt gut zu dem Tag, an dem Ihr bester Freund verschwunden ist.«

Ich lächelte. »Oh, ich verstehe. Jetzt denken Sie also, ich muss Phils Leiche dorthin gebracht und meinen besten Kumpel im Wasser verklappt haben.«

»Was haben Sie in dieser Nacht dort gemacht?«

»Ich war das nicht. Ich hatte mein Auto einem Nachbarn geliehen.«

Luca legte den Kopf in den Nacken und kicherte. Der selbstgefällige Mistkerl sagte: »Und woher wollen Sie das wissen?«

»Das ist einfach, Detective Luca, es ist die Nacht, in der mein bester Freund auf der ganzen Welt verschwunden ist. Ich habe eine glasklare Erinnerung an diese Nacht.«

»Ich verstehe. Und wer ist der Nachbar, dem Sie das Auto geliehen haben wollen?«

»Ich habe nicht nur *gesagt*, ich *habe* ihn mein Auto benutzen lassen. Lenny Nership, er wohnt direkt gegenüber. Sie können hingehen und ihn fragen.«

»Glauben Sie mir, das werde ich.«

Mann, ich fing wirklich an, diesen Kerl zu hassen. »Nur zu.«

»Wie lautet seine Adresse?«

»Das weiß ich nicht, aber es ist nicht das Haus direkt gegenüber von mir, sondern das links davon. Er wohnt in der unteren Wohnung.«

»Warum haben Sie das Auto verkauft?«

»Was, ist der Verkauf eines Autos heutzutage ein Verbrechen?«

»Haben Sie es in Zahlung gegeben oder privat verkauft?«

»In Zahlung gegeben.«

»Wo?«

»Sie können sich eine Menge Zeit sparen, wenn Sie einfach zu Lenny gehen.«

»Wo wurde es in Zahlung gegeben?«

Dieser Luca war pedantisch und ging mir verdammt schnell auf die Nerven. Ich dachte darüber nach, ihm einen Lexus-Händler oder so etwas zu nennen, um ihn an der Nase herumzuführen, aber sagte: »Germain Honda, unten an der Davis.«

Der Detective machte sich eine Notiz. Er sah aus, als wollte er noch eine Frage stellen, aber er stand auf, steckte den Notizblock in seine Tasche und sagte: »Das wäre für den Moment alles.«

Ich beobachtete ihn durch das Fenster. Und tatsächlich, er machte sich schnurstracks auf den Weg zu Lennys Wohnung. Ich wusste, dass Lenny nicht zu Hause war, und lächelte bei dem Gedanken, dass Luca noch einmal wiederkommen müsste. Das nächste Mal, wenn er auftaucht, werde ich die Tür nicht öffnen. Was hat es mir denn gebracht, verfügbar zu sein?

———

FRÜH AM NÄCHSTEN Morgen schrieb mir Lenny, dass Luca gerade gegangen sei. Er sagte, der Detective habe wissen wollen, ob er sich meinen Cube geliehen habe, und er habe ihm mit Ja geantwortet. Als Luca ihn nach dem Grund fragte, sagte er, er hätte ein Date gehabt und sein Auto sei eine Schrottkarre. Und damit hatte sich die Sache erledigt.

Ich hoffte, Luca würde mich jetzt in Ruhe lassen.

# 43

# LUCA

Vargas warf mir einen Blick zu und fragte: »Was ist passiert?«

Ich schüttelte den Kopf. »Ich dachte wirklich, wir könnten Stewart mit Clam Pass in Verbindung bringen. Aber anscheinend hat er sein Auto einem Nachbarn geliehen.«

»Wirklich?«

»Ja, der Nachbar hatte ein Date und sein Auto ist eine Schrottkarre, also hat er Stewarts Cube benutzt.«

»Ein Date nachts in Clam Pass, das klingt plausibel.«

»Ich weiß. Der Typ war aber ein bisschen seltsam.«

»Glaubst du, er hat gelogen?«

»Nein, nein. Ich meine, er war einfach irgendwie komisch. Ich weiß nicht, so als hätte er einen leichten Anflug von irgendwas, vielleicht Autismus.«

»Was? Jetzt kannst du auch noch Autismus diagnostizieren?«

»Nein, ich weiß nicht, wie ich es sonst nennen soll. Er war so ein Typ, der sein Auto voller Aufkleber hat. Weißt du, was ich meine?«

Vargas schüttelte den Kopf. »Weißt du, Frank, jeder andere würde dich für verrückt halten.«

»Mich? Du bist doch diejenige, die an Sachen wie Horoskope glaubt.«

»Sei nicht gleich so eingeschnappt, Frank. Ich wollte damit sagen, dass ich verstanden habe, was du mit dem Aufkleber-Vergleich meintest.«

»Wirklich?«

»Du bist zu angespannt, Partner. Schläfst du immer noch nicht?«

Ich nickte.

»Ich glaube, ich kann dir helfen, wenn du dich nur ein bisschen öffnest.«

Ich nickte.

»Erzähl mir von den Träumen.«

Vargas schloss die Tür und ich öffnete mich. Ich erzählte ihr von den wiederkehrenden Albträumen mit dem erhängten Barrow-Jungen und der neuen Wendung, dass ich sterbe.

»Die klingen furchterregend. Erzähl mir vom Fall Barrow.«

Ich ließ den Kopf hängen. »Das ist peinlich, Mary Ann. Es wird dir nicht gefallen, aber vertrau mir, ich habe daraus gelernt.«

»Frank, hier wird nicht geurteilt. Ich bin deine Partnerin und Freundin.«

»Es war der erste Mordfall, bei dem ich wirklich etwas zu sagen hatte. Es war ein ziemlich aufsehenerregender Fall, da das Opfer die Nichte eines Bezirksbeamten war. Ich habe an dem Fall mit einem alten Hasen gearbeitet, Bob Stone, der ein Jahr vor seiner Pensionierung stand. Ich dachte, es wäre eine echte Lernerfahrung, mit einem erfahrenen Kollegen zu arbeiten, aber es war fast das genaue Gegenteil.

Dieses arme Mädchen wurde mit einem Seil erwürgt und in einem Waldstück eines Parks gefunden, weniger als eine Meile von ihrem Zuhause entfernt. Sofort konzentrierte man sich auf den Ex-Freund, einen Jungen namens Dominick Barrow. Sie hatten sich nur zwei Wochen, bevor sie tot aufgefunden wurde, getrennt. Das Mädchen hatte die einjährige Beziehung beendet, was Barrow völlig am Boden zerstört hat.«

Ich nahm einen Schluck Wasser und fuhr fort.

»Angesichts der Beziehung wusste ich, dass der Junge ein Hauptverdächtiger war, aber Barrow war nicht vorbestraft und wir hatten keine forensischen Beweise. Wir holten den Jungen rein und bekamen nichts weiter als das Geständnis, dass er wegen der Beziehung verzweifelt war.

Aber wir haben ihn bei einer Lüge ertappt. Er sagte, er sei an dem Tag, an dem sie verschwand, nirgendwo in der Nähe des Parks gewesen, aber auf Videoaufnahmen war zu sehen, wie er aus dem Park kam. Er konnte es nicht erklären und änderte seine Geschichte nie. Das machte mir zu schaffen, aber als ich Stone drängte, die Suche nach anderen Verdächtigen auszuweiten, führte das zu nichts.

Bei einer Durchsuchung von Barrows Haus tauchte ein Seil auf, von dem der Gerichtsmediziner sagte, es könnte die Mordwaffe sein. Das Problem für mich war, dass es keine forensischen Beweise gab, um es mit der Leiche in Verbindung zu bringen. Stone blieb aber hartnäckig und meinte, der Junge könnte den benutzten Teil abgeschnitten oder zwei Seile gekauft haben.«

»Oje, das klingt fadenscheinig.«

»Das war es auch, aber die hohen Tiere drängten auf einen Abschluss und beriefen sich auf den Druck der Freeholders – so heißt die Stadt, Freehold –, und als dann aus dem Nichts ein Jugendlicher auftauchte und sagte, Barrow hätte vor Kurzem eine streunende Katze erwürgt, war die Sache für Barrow gelaufen.«

»Was ist passiert?«

»Ich wusste, dass wir nicht genug hatten. Ich fand, es waren nicht mal Indizien. Selbst wenn der Junge eine Katze erwürgt hat, ist das widerlich und grausam, aber einen anderen Menschen zu töten, ist ein gewaltiger Sprung. Stone wollte den Jungen verhaften, aber ich sagte, es sei zu früh und wir bräuchten mehr. Das Nächste, woran ich mich erinnere, ist, dass Stone und der Captain, dieser Mistkerl namens Kilihan, mich in die Ecke drängten und fragten, ob ich ein Teamplayer sei oder nicht. ›Was haben wir schon zu verlieren, wenn wir ihn verhaften? Vielleicht gesteht er‹, sagten sie. Also handelte ich gegen mein besseres Wissen und stimmte zu, es abzusegnen.« Ich schüttelte den Kopf und sagte: »Tja, wir verhaften diesen armen Jungen und der Junge erhängt sich in der ersten Nacht in der Untersuchungshaft.«

»Oh, mein Gott.«

»Ich weiß, es kommt noch schlimmer. Natürlich gaben die Eltern uns die Schuld am Tod ihres Kindes, das ihrer Meinung nach unschuldig war, und weniger als drei Monate später gestand jemand den Mord.«

»Das ist ein harter Brocken, Partner.«

»Wem sagst du das.«

»Es ist absolut verständlich, dass du von Schuldgefühlen überwältigt bist, aber du musst es im richtigen Kontext sehen. Es war nicht allein deine Entscheidung.«

»Ja, aber ich hätte es verhindern können.«

»Denk dran, du warst ein Neuling, Frank. Du hattest nichts zu melden.«

»Ich hätte zur Presse gehen können.«

Vargas schüttelte den Kopf. »Das hättest du nicht getan. Du konntest dich nicht so weit aus dem Fenster lehnen. Das wäre das Ende deiner Karriere gewesen.«

»Vielleicht.«

»Kein Vielleicht. Du hattest eine Rolle, Frank, eine kleine, aber wenn du nicht mitgespielt hättest, glaubst du ernsthaft, sie hätten den Jungen nicht drangekriegt? Sei nicht so hart zu dir. Und wo wir schon dabei sind, vergiss nicht, dass der Junge sich mit seinem irreführenden Alibi selbst keinen Gefallen getan hat.«

Ich zuckte mit den Schultern. Sie hatte recht, aber ich hatte das immer und immer wieder durchgekaut. Ich sagte: »Aber findest du nicht, dass es schrecklich war, da mitzumachen?«

»Lass mich dir eine Frage stellen. Wenn niemand die Strangulation gestanden hätte, würdest du dich dann besser fühlen?«

»Natürlich.«

»Aber das würde nicht bedeuten, dass dieser Barrow-Junge es getan hat, oder?«

»Aber wir hätten weiter ermittelt.«

»Glaubst du das wirklich? Wenn dem Jungen etwas angehängt werden sollte, hätte er keine Chance gehabt.«

»Vielleicht wäre etwas ans Licht gekommen.«

»Du kannst dich weiter deswegen fertigmachen, aber das wird nichts ändern. Akzeptiere es, du hast einen Fehler gemacht, aber die Wahrheit ist, selbst wenn du versucht hättest, dem Druck standzuhalten, wäre der Junge verhaftet worden. Daran habe ich keinen Zweifel, und wenn du ehrlich zu dir selbst wärst, würdest du das auch einsehen. Es ist an der Zeit, einen Schlussstrich zu ziehen, Frank. Das ist über zehn Jahre her.«

»Du hast wahrscheinlich Recht.«

»Du hast enormen Stress durchgemacht, Frank. Es ist völlig normal, beunruhigende Träume zu haben, aber du kannst dir selbst helfen, indem du diesen unglückseligen Fall loslässt. Versprich mir, dass du es versuchen wirst.«

Ich nickte.

Mary Ann sagte: »Und die Vision, dass dein Krebs zurückkommt, ist typisch. Das ist eine natürliche Angst und, obwohl du kerngesund bist, völlig normal. Du bist dem Tod von der Schippe gesprungen, und du hättest diese Visionen auch ohne die nagenden Schuldgefühle wegen des Barrow-Falls erlebt. Aber sie wären nicht so schlimm gewesen. Irgendwo in deinem Kopf denkst du, du solltest für den Barrow-Fall bestraft werden, und deshalb hast du Krebs bekommen. Verstehst du das, Frank?«

Darüber musste ich nachdenken. »Das ergibt Sinn. Ich habe die beiden Dinge nicht miteinander in Verbindung gebracht.«

»Den Krebs kannst du nicht kontrollieren, die Schuldgefühle aber schon. Hilft dir das?«

Irgendetwas machte bei mir klick; es versetzte zwar keine Berge, aber ich verstand die Logik. »Mehr, als du denkst. Danke, Mary Ann. Ich weiß das wirklich zu schätzen.«

»Jederzeit, jederzeit. Hör zu, ich muss leider los, aber ich muss vor Gericht.«

———

MARY ANN WAR eine Klasse für sich. Was sie sagte, ergab vollkommen Sinn; sie hatte den Nagel auf den Kopf getroffen. Es stand außer Frage, dass ich mein Allerbestes versuchen würde, den Barrow-Fall hinter mir zu lassen. Das war ich zumindest mir selbst und ihr schuldig. Sie hatte es verdient.

Ich frage mich, warum sie nie geheiratet hat. Vielleicht hat das Polizistendasein eine Menge Verehrer abgeschreckt. Es war eine Schande. Vargas war eine liebevolle, verständnisvolle Frau, und sie sah auch noch ziemlich gut aus. Sie verdiente jemanden, der sie zu schätzen wusste, aber es gab eine Menge Spinner da draußen.

Wo wir gerade von Spinnern sprachen, kam ich wieder auf Stewart. Was für ein Rätsel. Ich dachte über meinen Besuch bei ihm nach, der mich immer noch beschäftigte. Auch wenn die Sache mit dem Auto ins Leere lief, stand außer Frage, dass Stewart nicht erfreut war, mich vor seiner Tür zu sehen. Fairerweise muss man sagen, dass alle Leute, selbst die ehrlichsten Häute, in der Nähe von Polizisten nervös werden. Aber Stewart? Ich hätte schwören können, dass ich die Angst roch, die von ihm ausging.

Er war nicht so adrett gekleidet wie sonst und seine Wohnung war unordentlich. Aber ich war ja auch unange-meldet gekommen. Vielleicht war er wie alle anderen und räumte nur auf, wenn Besuch kam. Aber die Art, wie er Infor-mationen zurückgehalten hatte, roch danach, als würde er jemanden schützen. Die wahrscheinlichste Kandidatin war Robin, aber ich sah sie nicht mehr als Mörderin.

Ich war irgendwie sauer auf mich selbst, dass ich die Theorie vorangetrieben hatte, sie und Phil hätten das geplant, um das Versicherungsgeld zu kassieren. Diese Theorie war geplatzt, als Gabellis aufgeschwemmte Leiche aus dem Clam Pass gezogen wurde. Der Verschwörungsteil hatte sich in Luft aufgelöst, aber das bedeutete nicht, dass sie nichts mit dem Tod ihres Mannes zu tun hatte. Auf ihrem Bankkonto saßen drei Millionen Dollar Motivation. Außerdem hatte sie einen Haufen Eheprobleme.

## 44

---

## LUCA

Manchmal muss man Dingen wie verrückt nachjagen, und manchmal fallen sie einem einfach in den Schoß. Ich beendete das Gespräch und legte auf.

»Du wirst das nicht glauben, Vargas, aber das war Goren.«

»Wer?«

»Der Typ, dem die Baufirma Simmons Construction gehörte, für die Gabelli gearbeitet hat.«

»Ach ja, der war ein Widerling. Er hat fast gesabbert, als ich ihn besucht habe.«

»Oh, dann habe ich also etwas mit ihm gemeinsam?«

Vargas lächelte, und ich meinte, einen Hauch von Röte auf ihren Wangen zu erkennen.

»Jedenfalls sagte er, sie hätten bei einem Vertrag, für den Gabelli verantwortlich war, etwas aufgedeckt, das nach Betrug aussieht.«

Vargas beugte sich vor. »Sie glauben, er hat gestohlen?«

»Sieht so aus. Goren sagte, Gabelli hätte eine Überweisung für ein Projekt, das sie auf Barbados bauten, für einen Empfänger freigegeben, dessen Name ähnlich genug war, um durchzugehen. Sie sind dem Geld gefolgt, und sobald die Überweisung einging, wurde sie zu einer anderen Bank in Saint-Martin weitergeleitet, bevor sie zu einer Bank auf den Caymaninseln ging, wo sie verschwand.«

»Über wie viel reden wir hier?«

»Sechshundert Riesen.«

»Sechshunderttausend ist eine Menge Geld. Wie konnte das so lange unentdeckt bleiben?«

»Er sagte, es war ein langfristiges Projekt mit mehreren Gebäuden, das schon ein paar Jahre lief, und als es vorbei war, hat ein Auftragnehmer gesagt, dass noch eine Rechnung offen sei.«

»Und jetzt?«

»Sie führen eine Prüfung durch, aber das könnte der erste Riss in der Fassade sein.«

»Kein Zweifel.«

»Gabelli hatte einen guten Grund, sich aus dem Staub zu machen, besonders wenn die noch mehr finden.«

Vargas nickte. »Oder er hat gestohlen, um seine Spielschulden zu decken.«

»Ich weiß nicht, könnte sein, dass er seine Verluste gedeckt hat, weil er wusste, dass das hier ans Licht kommen würde, und sich abgesetzt hat, bevor es so weit war.«

»Vorstellbar.«

Ich musste zustimmen. »Ja, definitiv eine Möglichkeit, aber ich brauche mehr Informationen, bevor ich von der Idee abrücke, dass er das Geld genommen hat und abgehauen ist, vielleicht sogar mit einer seiner anderen Gespielinnen.«

»Du glaubst, er hat den Betrug mit jemand anderem durchgezogen, und als es an der Zeit war, das Geld zu teilen, hat Gabelli ›Nein‹ gesagt?«

Ich nickte. »Oder er hat das Geld verspielt. Hatte es nicht und wurde schließlich umgelegt.«

Mein Handy summte. Es war Kayla. Ich ging nach draußen und nahm ab: »Hallo.«

»Frank, hi, hier ist Kayla.«

»Hey, wie geht es dir?«

»Mir geht's gut, aber wie fühlst du dich?«

»Hundertprozentig. Alles ist wieder normal.«

»Das ist großartig. Was ist passiert?«

»Ich musste operiert werden, hatte ein paar kleine Tumoren in meiner Blase, ausgerechnet da.«

»Oh mein Gott. Das muss dir schreckliche Angst gemacht haben.«

»Sagen wir mal so, das Drama hätte ich mir sparen können, besonders mitten bei meinem ersten Date mit du-weißt-schon-wem.«

»Ich habe angerufen, um mich nach dir zu erkundigen, weißt du.«

»Danke, mein Partner hat es mir gesagt. Ich wollte dich anrufen, aber ich hatte deine Nummer nicht, und die Dinge waren, gelinde gesagt, verrückt.«

»Aber jetzt ist alles wieder gut?«

»Absolut. Ich war für ein paar Monate außer Gefecht gesetzt. Ich bin fast verrückt geworden, weil ich nichts zu tun hatte.«

»Ich an deiner Stelle wäre jeden Tag am Strand gewesen.«

»Ich war oft genug da, aber jedenfalls hat es eine Weile gedauert, deine Nummer aufzutreiben. Du würdest eine gute Spionin abgeben.«

Als sie lachte, klang es wie Musik. »Nicht wirklich.«

»Es wäre großartig, wenn wir uns wiedersehen könnten.

Außerdem schulde ich dir immer noch ein Abendessen. Hast du zufällig vor, wieder hierherzukommen?«

»Ich würde liebend gern, aber im Moment helfe ich meinen Eltern. Meinem Vater wurde ein Lungenflügel entfernt.«

»Das tut mir leid zu hören. Wie geht es ihm?«

»Jetzt wieder ziemlich gut. Er wurde vor etwa vier Monaten operiert und es ging ihm gut, aber dann hat er sich eine schwere Infektion zugezogen und musste wieder ins Krankenhaus. Danach war er eine Weile in der Reha, aber jetzt fängt er an, sich wieder zu erholen.«

»Das muss für deine Mutter hart sein.«

»Das ist es. Mein Vater hat alles gemacht, und jetzt springt Mom hin und her und versucht, alles zu regeln, während sie Vollzeit arbeitet.«

»Nun, du tust das Richtige, indem du für sie da bist.«

»Ich helfe ihnen gerne. Aber es ist nicht so, als ob ich nicht manchmal schreien möchte.« Sie lachte.

»Das glaube ich dir.«

Wir plauderten über das Wetter, ihren Job und darüber, an welchen Fällen ich gerade arbeitete, bevor wir das Gespräch langsam beendeten.

»Ich habe wegen der Operation und allem meinen ganzen Urlaub und noch mehr aufgebraucht, aber vielleicht schaue ich mal für ein Wochenende bei dir vorbei.«

»Das wäre schön.«

»Super. Vielleicht in ein paar Wochen, würde dir das passen?«

»Sehr gerne, aber lass uns warten, bis sich die Lage mit meinem Vater beruhigt hat. Ich möchte nicht, dass du herkommst und ich dann bei ihnen eingespannt bin.«

»Klingt nach einem Plan.«

## 45

---

## LUCA

Robin schien nicht überrascht zu sein, uns zu sehen, was mich nachdenklich stimmte, während wir auf Drehstühlen Platz nahmen. Dieses Mal flirtete sie nicht. Lag es daran, dass Vargas dabei war, oder hatte sie nur mit mir gespielt?

Sie fragte: »Haben Sie mir etwas über Phil zu sagen?«

Vargas sagte: »Wir haben einige Fragen zu Ihrem Mann und der Arbeit, die er gemacht hat.«

»Seine Arbeit? Was hat das mit seinem Mord zu tun?«

Ich sagte: »Wussten Sie, dass Ihr Mann in eine Machenschaft verwickelt war und seinen Arbeitgeber betrogen hat?«

Ihre Schultern sackten in sich zusammen. »Phil hat gestohlen?«

Vargas fragte: »Sie wussten nichts davon?«

»Natürlich nicht! Ich verstehe es nicht. Was war denn los?«

Ich erklärte: »Phil leitete das Sweet-Bay-Projekt für Simmons. Eine hohe Zahlung, die er persönlich beantragt hatte, wurde getätigt und auf ein Konto überwiesen, das nichts mit dem Auftragnehmer zu tun hatte.«

»Ich bin nicht sicher, ob ich das verstehe. Warum sollte Simmons Geld an eine andere Partei überweisen?«

Vargas sagte: »Das Geld wurde auf ein Sweet-Bay-Konto geschickt, aber es hatte nichts mit dem Projekt zu tun, das er leitete. Es scheint, dass er und, wie wir glauben, ein Mitverschwörer ein Konto unter einem sehr ähnlichen Namen eingerichtet haben, in diesem Fall Sweet Bay LLC statt Sweet Bay Resort.«

»Über wie viel Geld reden wir hier?«

»Sechshundert Riesen«, sagte ich.

Sie schnappte nach Luft: »Sechshundert Millionen?«

Ich sagte: »Nein, sechshunderttausend.«

»Oh, als Sie ›Riesen‹ sagten, dachte ich …«

Ich konterte: »Wo ich herkomme, ist hunderttausend eine Menge Geld.«

Vargas sagte: »Nicht viel im Vergleich zu drei Millionen, oder?«

»Was soll das heißen?«

»Nichts, ich bringe nur das Geld von der Versicherung zur Sprache.«

»Das hat nichts damit zu tun, dass …«

»Meine Damen, kommen wir zurück zu dem Geld, das anscheinend von Robins Ehemann gestohlen wurde.«

»Sind Sie sicher, dass Phil darin verwickelt war?«

Ich sagte: »Ich fürchte, daran gibt es keinen Zweifel. Er hat die Überweisung in Auftrag gegeben. Das Geld blieb nicht länger als einen Wimpernschlag bei der ersten Bank. Dann wurde es zu mindestens drei anderen Instituten weitergeleitet, bevor es auf den Kaimaninseln verschwand.«

»Jemand könnte es so aussehen lassen haben, als hätte er die Überweisung beantragt.«

Ich sagte: »Stimmt, aber sein Name stand auf einem Konto

bei der Royal Bank of Scotland in Barbados, glaube ich. Es gibt keine Philip Gabellis in Barbados. Und das Konto wurde von einer Filiale in Fort Myers aus der Ferne eröffnet. Das ist kein Zufall, Ma'am, wir nennen das einen Beweis.«

Robin sank tiefer in ihren Stuhl, blieb aber stumm.

Vargas fragte: »Wissen Sie von irgendwelchen Konten, die Ihr Mann bei einer Bank oder einer Kreditgenossenschaft gehabt haben könnte?«

»Keine, von denen ich wüsste.«

Ich fragte: »Fällt Ihnen jemand ein, der mit Ihrem Mann in diese Sache involviert gewesen sein könnte?«

»Ich kann immer noch nicht glauben, dass er das getan hat, geschweige denn, dass ihm jemand geholfen hat.«

»Wir wissen, dass Phil gerne gezockt hat und sich ein paarmal in Schwierigkeiten gebracht hat, weil er den falschen Leuten Geld schuldete.«

»Er hätte doch nur zu mir kommen müssen, wie er es in der Vergangenheit getan hat.«

Ich fragte: »Aber haben Sie Dom Stewart nicht gesagt, dass Sie es satthaben, Phil aus seinen Spielschulden herauszuhauen?«

»Glauben Sie, es hat mir gefallen, mein hart verdientes Geld einem Buchmacher in den Rachen zu werfen, um seine Verluste zu decken? Natürlich war ich stinksauer, aber das heißt nicht, dass ich ihm nicht geholfen hätte.«

Ich sagte: »Vielleicht hatte er das Gefühl, dass Sie es nicht tun würden. Vielleicht haben die Buchmacher Druck auf ihn ausgeübt. Vielleicht hatte er niemanden, an den er sich wenden konnte, und der Druck hat ihn zum Stehlen getrieben.«

»Also ist es meine Schuld?«

Vargas sagte: »Das will er damit nicht sagen.«

Ich fragte: »Was halten Sie für wahrscheinlicher: dass er das Geld gestohlen hat, um eine Spielschuld zu begleichen, oder dass er das Geld gestohlen hat und es benutzen wollte, um irgendwo anders ein neues Leben anzufangen?«

»Ich weiß nicht mehr, was ich denken soll. Das ist alles verrückt: Er verschwindet, wird ermordet aufgefunden und jetzt das? Sie glauben wirklich, dass er es war?«

Ich sagte: »Es sieht jedenfalls ganz danach aus.«

»Also, ich kann Ihnen versichern, dass ich keine Ahnung davon hatte, und es fällt mir schwer, das zu glauben. Es muss eine Erklärung geben.«

Ich sagte: »Wir werden in dieser Sache weiter ermitteln.«

———

Wir stiegen wieder in unseren Wagen.

»Das ist ja mal eine Nachbarschaft, Vargas. Siehst du das Weiße da links? Das ist mein Favorit.«

»Die Häuser sind schön, aber hier hinten gefällt es mir nicht.«

»Warum?«

»Ich weiß nicht, keine Gehwege und es fühlt sich irgendwie alt an.«

»Du wärst eine gute Maklerin, vielleicht, wenn du in Rente gehst.«

»Nein, danke.«

Als wir auf die Pine Ridge fuhren, sagte ich: »Ich weiß nicht, Vargas. Das passt alles nicht zusammen. Er stiehlt das Geld, oder das denken wir zumindest.«

»Wie kannst du das sagen? Er hat hier ganz klar seine Finger im Spiel.«

»Stimmt, also nehmen wir an, er organisiert die Masche.

Klaut die sechshundert Riesen, um eine Spielschuld zu begleichen oder um auf irgendeine Karibikinsel abzuhauen.«

»Genau.«

»Wie landet er dann am Grund vom Clam Pass?«

»Er holt sich das Geld, bezahlt seine Schulden, legt sich mit der Mafia an und die machen ihn platt.«

»Nee. Gabelli ist für die ein Geldautomat. Bei Summen wie sechshundert Riesen würden sie ihm Limousinen besorgen.«

»Okay, er holt sich das Geld und jemand, der nichts mit den Buchmachern zu tun hat, erfährt davon und das führt zu seinem Mord.«

»Die Spielschulden-Nummer kaufe ich nicht ab. Wir hätten was gehört, wenn er bei Fingers mit sechshundert Riesen in der Kreide gestanden hätte. Und vergiss nicht, sie würden seiner Alten auflauern, wenn die Schuld noch offen wäre.«

»Warum hat er das Geld dann gestohlen?«

»Spielt das Geld überhaupt eine Rolle?«

»Natürlich tut es das.«

»Wenn überhaupt, dann hatte er vor zu verschwinden. Das passt irgendwie, da man ja annehmen würde, dass der Diebstahl früher oder später auffliegen würde. Es sei denn, er hätte eine Möglichkeit gehabt, es verborgen zu halten.«

»Sowas kommt immer raus. Deshalb zwingen viele Firmen ihre Leute, zwei Wochen am Stück Urlaub zu nehmen.«

»Was, wenn jemand anderes es so aussehen ließ, als hätte Gabelli das Geld gestohlen? Wieso ist das ausgerechnet aufgetaucht, sobald Gabelli im Kühlfach lag?«

»Hm. Das ist unkonventionell gedacht, Luca, aber die Argumentation gefällt mir. Ergibt Sinn.«

Vielleicht wurde ich doch nicht zu einem Weichei.

Ich sagte: »Keine Frage, die Knete ist interessant, und ich habe schon für verdammt viel weniger als sechshundert Riesen miese Typen gejagt, aber vielleicht hat das Geld damit gar nichts zu tun.«

»Aber du sagst doch immer, dass es bei Verbrechen keine Zufälle gibt, sondern dass man das Beweise nennt.«

»Schön, dass du aufpasst, Vargas, aber das Geld ist ein Beweis für Diebstahl, nicht für Mord.«

# 46

# STEWART

>*Vision ohne Handeln ist ein Tagtraum. Handeln ohne Vision ist ein Albtraum.*« – *Japanisches Sprichwort*

Ich nahm noch einen Zug von meinem Inhalator.

Ich weiß nicht, was in mich gefahren war. Diese Schlampe machte mich total verrückt. Ich musste etwas ändern, den ursprünglichen Plan verwerfen. Es machte mich einfach wahnsinnig, herauszufinden, dass dieser Büromensch bei ihr übernachtet hatte. Das ganze verdammte Wochenende.

Ich bin, was, zehn-, zwölfmal vorbeigefahren? Jedes Mal habe ich mich mehr aufgeregt. Warum bin ich immer wieder hingefahren? Hätte ich es nur aus meinem Kopf verbannt, wären die Dinge nicht außer Kontrolle geraten. Ich meine, wer macht denn ohne Hemd die Tür auf? Das hat mich aus dem Konzept gebracht, und als Robin mit halb aufge-knöpftem Hemd an die Tür kam, bin ich komplett ausgerastet.

Das war nicht gut. Ich verschwendete Zeit. Meine Lebens-zeit tickte davon und ich saß immer noch in einem alten

Kutscherhaus. Das Zitat stimmte: ‚Du wirst niemals Glück finden können, wenn du nicht weitermachst.'

War es an der Zeit, die Sache mit Melissa anzuheizen? So sah es aus. Aber ich hatte eine Menge Zeit hier investiert, und es gab noch eine Sache, die ich versuchen musste, bevor ich weitermachte.

———

ICH WAR KEIN HUNDEFREUND. Überhaupt nicht. Sie rennen draußen herum und springen dann auf all deine Möbel. Das ist doch verrückt. Sie können alles schmutzig machen und manche Leute lassen sie sogar in ihrem Bett schlafen. Auf keinen Fall passiert das unter meinem Dach.

Robin liebte Hunde einfach, wollte immer einen, aber Phil nicht. Du musst wissen, Phil und ich, wir dachten bei vielen Dingen gleich. Deshalb waren wir die besten Kumpel. Hunde waren nur ein weiteres Beispiel dafür, wo wir auf einer Linie lagen.

Phil hatte Robins Versuchen, sich einen Hund anzuschaffen, mindestens ein Dutzend Mal widerstanden, wovon er mir erzählt hatte. Sie bearbeitete ihn besonders intensiv damit, wenn er wegen seiner Seitensprünge in der Defensive war. Wie bei Kindern wollte Phil nicht mehr angebunden sein, als es unbedingt nötig war.

Ich fing an, im Internet zu stöbern, da ich wusste, wenn es ein Hund sein musste, dann ein kleiner und auf jeden Fall einer, der nicht haart. Vielleicht konnte man ihm beibringen, sein Geschäft drinnen zu machen, damit er sauber blieb. Das wäre Robins Aufgabe, aber ich müsste es beeinflussen. Ich entschied mich für einen Malteser. Robin mochte sie, und sie schienen mir am niedlichsten zu sein.

Der Züchter war weit im Osten, an der Pine Ridge Road, und hatte drei verschiedene Malteser-Würfe zur Auswahl. Die Teacup-Varianten waren die kleinsten, aber ich wollte den Aufpreis nicht bezahlen, also suchte ich mir ein weibliches, weißes Fellknäuel aus, das zwei Wochen alt war.

Es war superzierlich und passte in meine Handfläche. Als ich dort rauskam, hatte ich über sechzehnhundert Dollar auf zwei Kreditkarten belastet, und ich musste immer noch eine Transportbox und anderes Welpenzubehör kaufen.

Ich legte eine Plastikfolie und dann ein Handtuch auf den Vordersitz und der Welpe schlief während der Fahrt ein. Er machte keinen Mucks und sah so friedlich aus. Meine Laune besserte sich. Das würde eine meiner besseren Ideen sein. Ich rief Robin an und sagte ihr, ich müsse sie sofort sehen. Sie kotzte mich mit ihrem Zögern an, aber schließlich stimmte sie zu.

―――――

DEN WELPEN AN MEINEN BAUCH GEDRÜCKT, klingelte ich bei ihr. Robin kam in rosa Flipflops, einem Beatles-T-Shirt und Shorts an die Tür, aber ohne Lächeln. Ich hielt den Welpen hoch und sie sagte: »Oh mein Gott, ist die süß.« Sie schmiegte sich an den Welpen und fragte: »Wo hast du sie her?«

»Ich habe sie von einem Züchter im Osten, und sie gehört ganz dir.«

»Was?«

»Ich habe sie für dich geholt. Ich weiß, du wolltest immer einen Hund, aber Phil, er hat es dir nicht erlaubt.«

Sie gab mir den Welpen zurück. »Aber ich, ich kann sie nicht annehmen.«

»Schon gut, es ist ein Geschenk von mir an dich.«

»Aber ich will keinen Hund.«

Der Welpe begann zu wimmern.

»Was meinst du damit? Du hast immer gesagt, du willst einen.«

»Ich weiß, aber jetzt ist nicht der richtige Zeitpunkt.«

»Es ist der perfekte Zeitpunkt. Das wird dir guttun.«

»Ich kann mich nicht darum kümmern.«

»Du hast immer gesagt, du wolltest einen Hund, aber Phil hat dich daran gehindert, einen zu bekommen, und jetzt hast du einen.«

»Ich kann mich nicht darum kümmern. Vergiss nicht, Phil war tagsüber flexibel. Er konnte mal kurz vorbeischauen und sich um sie kümmern.«

»Du schaffst das schon.«

»Ich will nicht angebunden sein und mir Sorgen um einen Hund machen. Das ist weder mir noch ihr gegenüber fair.«

Und so ging das weiter. Ich konnte ihren Widerstand nicht verstehen und wir fingen an zu streiten. Ich hatte es satt, zu versuchen, das Richtige zu tun, und es ging immer nach hinten los. Ich sah keinen Sinn mehr darin, sie zu überzeugen, also marschierte ich, mit dem weinenden Welpen in der Hand, zu meinem Auto und fuhr zurück, um den Hund zurückzugeben. Als letzte Beleidigung verlangte der Züchter eine „Bearbeitungsgebühr" von fünfhundert Dollar, um den Welpen zurückzunehmen.

# 47

# LUCA

Ich habe fast die ganze Nacht durchgeschlafen. Ob es am Gespräch mit Mary Ann lag? Es war das erste Mal seit langer Zeit, dass mir das gelungen war, und ich fühlte mich frisch, als ich an meinem Morgenkaffee nippte. Ich las gerade in einer forensischen Fachzeitschrift, als mein Telefon klingelte.

»Detective Luca? Hier ist Robin Gabelli.«

Sie klang so förmlich wie noch nie.

»Guten Morgen. Was kann ich für Sie tun?«

»Es ist vielleicht nichts, aber es war beunruhigend. Ich konnte letzte Nacht nicht schlafen.«

»Was bedrückt Sie?«

»Also, gestern Abend, es war spät, nach elf, da kam Dom zu mir nach Hause.«

»Stewart?«

»Ja, Dom Stewart.«

»Okay, was ist passiert?«

»Nun, ich hatte Besuch, ein Freund hat bei mir übernachtet, und Dom ist ausgerastet.«

»Ein männlicher Freund?«

»Ja.«

»Hat Stewart ihn angegriffen?«

»Nein, aber ich war mir sicher, dass er es tun würde. Er fing an zu fluchen und Drohungen auszustoßen.«

»Was für Drohungen?«

»Das ist es, was ich Ihnen sagen wollte. Er sagte, er würde Michael umbringen, genau wie den anderen Typen.«

»Langsam. Michael, das ist der Freund, der bei Ihnen übernachtet hat?«

»Ja, er ist ein Freund von der Arbeit.«

»Stewart hat diesen Michael oder Sie also nicht angerührt?«

»Nein. Er hat nur geschrien. Es war beängstigend, und als er sagte, er würde ihn umbringen, wie er es mit dem anderen Typen getan hat, war ich wie erstarrt. Glauben Sie, er meinte Phil? Sie waren Freunde, das kann nicht sein, oder doch?«

»Manchmal sagen Leute Dinge nur, um Eindruck zu schinden. Das heißt nicht, dass es wahr ist.«

»Nein, nein, das war anders. Er war wie das personifizierte Böse. Ich sage Ihnen, ich kenne ihn schon lange, und er hat mir eine Gänsehaut eingejagt.«

Ich wollte sagen: Sie meinen, der Kerl, mit dem Sie in die Kiste gesprungen sind, jagt Ihnen jetzt eine Gänsehaut ein? Aber ich fragte: »Was hielt Ihr Freund von der Drohung?«

»Er hält Dom für total labil und meint, er ist wahrscheinlich derjenige, der Phil getötet hat.«

»Was macht ihn da so sicher?«

»Es ist nicht das erste Mal, dass Dom ihn bedroht hat.«

»Sie haben einen früheren Vorfall nie gemeldet.«

»Ich hielt es damals nicht für eine so große Sache. Sehen Sie, Dom wollte immer eine Beziehung mit mir. Ich weiß, es ist meine Schuld wegen dieser einmaligen Sache. Aber vor ein paar Monaten war ich mit Michael im Brio in Waterside, Dom hat uns gesehen, und zu sagen, er war nicht glücklich, ist eine Untertreibung.«

»Ist er handgreiflich geworden?«

»Nein, nicht wirklich. Dom hat mich angepampt, und als Michael ihn bat, uns in Ruhe zu lassen, stieß er ihm mit dem Finger in die Brust und sagte so etwas wie, er würde mit ihm den Boden aufwischen, wenn er sich nicht um seine eigenen Angelegenheiten kümmere.«

»Wie ist es ausgegangen?«

»Einer der Parkservice-Mitarbeiter kam rüber, Dom ging weg und murmelte vor sich hin wie ein totaler Irrer.«

»Es könnte an der Zeit sein, eine einstweilige Verfügung zu erwirken.«

»Damit er sich mir nicht nähern darf?«

»Das könnten Sie versuchen, aber es wäre einfacher, zumindest eine zu bekommen, die ihn von Ihrem Haus fernhält.«

»Können Sie ihn nicht hereinholen? Er hat gesagt, er hat jemanden getötet, und es könnte Phil sein.«

»Wir brauchen mehr als Hörensagen.«

»Es ist kein Hörensagen. Michael hat es auch gehört. Wir haben es beide gehört. Wenn Sie ihn gestern Abend gesehen hätten, würden Sie es nicht einfach abtun.«

»Ich tue es nicht ab, aber es ist kein Verbrechen, Dinge zu sagen, selbst wenn sie verrückt sind.«

»Sie glauben nicht, dass er es getan hat?«

»Das ist keine Frage des Glaubens; wir brauchen Beweise.«

»Aber er hat gesagt, dass er jemanden getötet hat.«

»Ich verstehe das, aber er könnte auch nur versucht haben, Ihren Freund einzuschüchtern.«

»Das glauben Sie also, es war Einschüchterung?«

Ich musste hier wieder die Kontrolle übernehmen. »Moment mal, Mrs. Gabelli. Zum jetzigen Zeitpunkt gibt es keine rechtliche Grundlage, um Stewart hereinzuholen. Sie können jedoch versichert sein, dass diese Information, wie alle Informationen, berücksichtigt wird. Nun, ich denke, Sie sollten ernsthaft in Erwägung ziehen, eine einstweilige Verfügung zu erwirken. Sollten Sie sich dazu entschließen, wäre ich gerne bereit, die Staatsanwaltschaft zu kontaktieren und in Ihrem Namen Falldetails zur Verfügung zu stellen.«

# LUCA

WIRTSCHAFTSKRIMINALITÄT WAR ETWAS, MIT DEM ICH MICH IN New Jersey schon ein paarmal beschäftigt hatte. Bei all diesen Fällen in Jersey ging es um die Legionen korrupter Beamter, die den sogenannten Garden State heimsuchen. Wir hatten eine Reihe von Bürgermeistern und Ratsherren hochgenommen, aber wie Kakerlaken kroch eine neue Generation von Nachfolgern aus allen Löchern.

Nachdem die leitenden Ermittler von Colliers Abteilung für Wirtschaftskriminalität von einem Gärtner-LKW von hinten gerammt wurden, sprangen Vargas und ich in ihren Fall ein, der sich an einem kritischen Punkt befand. In Naples gibt es unendlich viel Geld, und damit meine ich richtig, richtig viel Geld. Man sollte meinen, dass all dieses Geld und die Gerissenheit der Leute, die es besaßen, sie immun dagegen machen würden, ausgenommen zu werden.

Tja, da könnte man aus zwei wesentlichen Gründen nicht falscher liegen. Der erste ist die Gier – sie befällt selbst die Reichsten von uns. Die andere, oft unterschätzte Bedingung ist das, was ich das »Insider-Spiel« nenne, und es hängt direkt mit dem Ego zusammen. Manche Leute haben ein unstillbares Bedürfnis, Insider zu sein, Verbindungen und Zugang zu haben, die andere nicht haben.

John Seymour verstand das und nutzte es aus, um sich fünfzig Millionen Dollar zu erschleichen. Und das in Rekordzeit. Als ich die Fallakte las, musste ich mich beherrschen, ihn nicht zu bewundern. Während die unfähigen Aufsichtsbehörden nach dem nächsten Madoff Ausschau hielten, scheffelte dieser Typ Seymour, der seine Herkunft aus Sacramento groß herausstellte, Geld, um angeblich Start-ups im Silicon Valley zu finanzieren.

Das Problem war, es gab null Start-ups, und alles, was die Investoren für mehrere Monate bekamen, war das Vergnügen, auf Cocktailpartys prahlen zu können. Ich bin mir ziemlich sicher, dass, obwohl die Investoren keine finanzielle Rendite für ihr Geld erhielten, für einige die soziale Dividende mehr als genug war.

Das heißt, solange nicht durchsickerte, dass sie betrogen worden waren. Seymour wusste das und nutzte es geschickt gegen die Leute aus, die Schlange standen, um ihm Geld zu geben. Das war der Grund, warum der Betrug so lange andauerte. Niemand wollte sich melden. Sie hatten Angst, dass es herauskommen würde und ihr Ruf befleckt werden würde. Wer weiß, vielleicht würden sie dann nicht mehr zu den besten Partys eingeladen werden.

Eine Person jedoch erstattete Anzeige, eine resolute alte Dame namens Martha Notingham. Sie lebte auf einem älteren Anwesen am Golf und hatte Seymour nur, und das sage ich mit Vorbehalt, zweihunderttausend gegeben. Es war ein Tropfen auf den heißen Stein für Notingham, aber sie war verärgert, dass er ihre Anrufe selten erwiderte. Wer weiß, wie lange Seymour seinen kleinen Betrug hätte durchziehen können, wenn er ihr nur ein paar Mal Honig um den Bart geschmiert hätte?

Es war Vargas' Idee, dass wir beide uns als Verwandte von Notingham ausgeben sollten, die an ihrer Seite investieren wollten. Ich spielte ihren Neffen und Vargas war meine Frau. Ich wusste nicht, ob es daran lag, dass ich noch nie verdeckt ermittelt hatte, oder daran, dass Vargas darauf bestand, während des Treffens meine Hand zu halten, was es so surreal machte. Wie auch immer, es war Seymours Gier, die ihn dazu brachte, uns unsere kleine Show abzukaufen. Mir war nicht klar, ob Notingham sie selbst war oder ihre Rolle spielte, aber für mich roch sie nach englischem Hochadel. Sie war eine beeindruckende Dame, und es gab keinen Zweifel daran, dass sie ihre Rolle, Seymour mit seinen eigenen Waffen zu schlagen, genoss.

Wir übergaben die Dokumente und Überweisungsanweisungen, die Seymour von uns verlangt hatte, an den Staatsanwalt. Sie arbeiteten mit der Bankenaufsicht und dem Amt für Finanzregulierung von Florida zusammen, um eine verfolgbare Spur zu entwickeln, und gaben uns schnell grünes Licht.

Dreymore, ein stellvertretender Staatsanwalt, Vargas und ich setzten uns an einen Konferenztisch. Wir schlossen das Aufnahmegerät an und ich tätigte den Anruf.

»Hallo, Mr. Seymour. Hier ist Jonathan Notingham.«

»Hallo, Jonathan. Schön, von Ihnen zu hören.«

»Ganz meinerseits. Wir haben die Unterlagen von unserem Family-Office-Anwalt prüfen lassen, und obwohl er meinte, wir sollten ein paar Formulierungen ändern, glaube ich, dass es sich um geringfügige Änderungen handelt, und wir fühlen uns wohl dabei, mit den Unterlagen so fortzufahren, wie sie sind.«

»Das ist wunderbar zu hören. Ich muss sagen, Ihr Timing

ist ausgezeichnet. Sie werden Teil einer aufregenden Gelegenheit sein, die mir gerade von einem langjährigen Kontakt im Valley angeboten wurde.«

»Wunderbar. Man sagt ja, Timing ist alles.«

»Das ist es in der Tat. Ich würde es hassen, wenn Sie diese Gelegenheit verpassen würden. Werden Sie die Mittel bald überweisen?«

»Ich habe unsere Banker bereits angewiesen. Es wird gerade veranlasst, und wenn dies die von Ihnen genannten Renditen liefert, werden weitere Investitionen folgen.«

»Das wird es, darauf können Sie sich verlassen.«

»Ausgezeichnet.«

»Entschuldigen Sie, Mr. Notingham, aber ich bin spät dran für ein Investitionstreffen mit ein paar Tech-Titanen. Wir sprechen uns bald wieder und grüßen Sie Ihre Tante herzlich von mir.«

Ich verabschiedete mich und legte auf.

Vargas sagte: »Gut gemacht, Mr. Notingham.«

Dreymore sagte: »Sie hat recht, er hat nicht den geringsten Verdacht geschöpft.«

»Es ist die Gier, sie macht die meisten Leute blind«, sagte ich.

Vargas sagte: »Bist du sicher, dass wir unsere Finger am Geld behalten können? Ich würde nur ungern glauben, dass Seymour uns austrickst.«

Dreymore sagte: »Keine Sorge. Wir haben alle in der Kette alarmiert, und die Überweisung ist markiert. Wohin auch immer das Geld fließt, wir werden es wissen. Selbst wenn es ins Ausland geht, wie wir vermuten.«

Ich sagte: »Was ist, wenn es beispielsweise auf die Cayman-Inseln oder die Isle of Man geht?«

»Das spielt keine Rolle, Steueroase hin oder her.«

»Die Banken spielen mit?«

»Sie haben keine Wahl, ihnen wurde eine Verfügung zugestellt.«

Ich nahm das Band aus dem Rekorder, beschriftete es und legte es in die Fallakte, während Dreymore ging.

»Yo, Vargas, willst du bei Chipotle was essen? Gauner zu fangen, macht mir Appetit.«

»Chipotle? Mr. Notingham, ein Mann von Ihren Mitteln sollte solche Etablissements nicht frequentieren.«

»Verzeihen Sie, meine Liebe. Sollen wir Nemo's besuchen?«

»Wenn Sie zahlen, bin ich auf jeden Fall dabei, vorausgesetzt, wir kommen auch rein.«

»Wissen Sie was? Wir haben es uns verdient.«

Ich schaltete mein Handy wieder ein und hatte eine Nachricht auf der Mailbox.

»Ich habe eine Nachricht von Bilotti.«

»Was sagt er?«

»Der Toxikologiebericht von Gabelli ist da. Er sagte, es gäbe keine Spur von Amylnitrit, aber man hätte etwas anderes gefunden.«

»Was?«

»Das hat er nicht gesagt, ich soll ihn anrufen.«

Ich rief ihn zurück, aber er war mitten in einer Autopsie.

## 49

## LUCA

Über der Tür zu dem Raum, in dem infektiöse oder verbrannte Überreste untersucht wurden, leuchtete das rote Licht.

Verdammt, wie lange sollte das noch dauern? Ich spähte durch das kleine Fenster in der Tür. Bilotti beugte sich über etwas, das wie eine verbrannte Leiche aussah, und sprach in ein Mikrofon, während er einen verkohlten Bauch aufschnitt. Ich sah zu, wie er eine Probe entnahm und sie in eine nierenförmige Schale aus Edelstahl warf. Es ging nur langsam voran. Ich ging los, um eine Toilette und einen Becher Kaffee zu finden.

Als ich zurückkam, zog Bilotti gerade das Laken wieder über die Leiche. Er rollte die Bahre zu einer Kühlkammer und tätigte einen kurzen Anruf. Er zog sich die Handschuhe aus und begann, sich so langsam die Hände zu waschen, dass ich an die Tür hämmerte. Er sah auf, schnappte sich ein Handtuch und kam herüber.

»Na, Doc?«

»Tut mir leid, Frank, ich habe keine Zeit.«

»Ich verspreche Ihnen, es geht ganz schnell.«

»Sie wissen doch, dass ich nicht nur an Tötungsdelikten arbeite, oder, Frank?«

»Ich weiß, tut mir leid. Nur hat Ihre Nachricht mich ziemlich in der Luft hängen lassen. Sie haben gesagt, es sei etwas aufgetaucht. Was war es?«

»Wie ich bereits erwähnte, gab es keine Spuren von Amylnitrit, aber ich habe die toxikologische Untersuchung ausgeweitet, und dabei ist eine ziemlich hohe Konzentration von Terbutalin aufgetaucht.«

»Terbutalin? Was ist das?«

»Das ist ein Bronchodilatator. Er hilft, die Atemwege einer Person zu öffnen, um das Atmen zu erleichtern. Es wird bei Emphysemen und Asthma verschrieben.«

Asthma? Das Bild, wie Stewart an seinem Inhalator zog, schoss mir durch den Kopf.

»Aber soweit wir wissen, hatte Gabelli keine Probleme mit der Atmung, richtig?«

»Das Opfer hatte keine bekannten Atemwegserkrankungen, und seine Krankenakten enthalten keine Hinweise darauf, dass es deswegen irgendwelche verschreibungspflichtigen Medikamente eingenommen hat.«

»Gibt es irgendeinen anderen Grund, warum jemand dieses Zeug nehmen sollte?«

Der Arzt lächelte. »Die einzige andere Verwendung, die mir bekannt ist, ist die Verzögerung von Wehen.«

»Sie meinen, wenn eine Frau ein Kind bekommt?«

Er nickte. »In bestimmten Fällen von vorzeitigen Wehen verabreichen Ärzte es, um die Geburt zu verzögern und so die Gesundheit eines Frühgeborenen zu verbessern.«

»Davon habe ich noch nie gehört.«

»Manchmal kann es die Wehen um ein paar Tage verzögern, und das ist entscheidend für die Gesundheit eines Frühchens. Natürlich gibt es, wie bei allen Medikamenten, Risiken, besonders für die Mutter.«

»Kann man davon irgendwie high werden?«

»Nein. Tatsächlich kann es bei übermäßigem Gebrauch einen Herzinfarkt verursachen.«

»Wie viel Terbutalin würde einen Herzinfarkt auslösen?«

»Das ist schwer zu sagen. Es würde von der Gesundheit und der Körpermasse abhängen –«

»Kommen Sie schon, Doc, wir reden hier von Gabelli. Wie viel wäre nötig gewesen, um bei ihm einen Herzinfarkt auszulösen?«

»Ich bin kein Experte für dieses Medikament.«

»Gabelli hatte Alkohol im Blut. Würde das dazu beitragen?«

»Es würde sicher nicht helfen, aber wie gesagt, ich bin mit den Wechselwirkungen nicht sonderlich vertraut.«

»Danke, Doc, wirklich, ich weiß das zu schätzen. Ich muss los.«

Ich wählte eine Nummer auf meinem Handy.

»Vargas, wir haben den Durchbruch, auf den wir gewartet haben. Bilotti, Gott segne den Kerl und sein Skalpell, hat einen zusätzlichen Test gemacht und – bingo! – es ist irgendein Medikament für Asthma aufgetaucht.«

»Gabelli hatte Asthma?«

»Nein, aber sein Kumpel Stewart.«

»Du denkst, er –«

»Im Moment sieht es ganz danach aus, aber wir jagen schon so lange Gerüchten und Phantomen hinterher, dass ich versuchen muss, auf dem Teppich zu bleiben. Hör zu, ruf unseren Pharma-Kontakt an und hol so viele Infos über Terbutalin raus, wie du kriegen kannst.«

»Wie buchstabiert man das?«

»T-E-R-B-U-T-A-L-I-N. Ich bin auf dem Weg rein.«

———

ICH RISS mir die Jacke vom Leib und warf sie auf einen Stuhl.

»Was hast du, Partnerin?«

Vargas hielt einen Zettel mit Notizen hoch. »Terbutalin öffnet die Atemwege, um das Atmen zu erleichtern. Es wird im Allgemeinen nur verschrieben, wenn Inhalatoren nicht wirken. Er sagte, es hat viele Nebenwirkungen und kann das Herz beeinträchtigen. Es lässt das Herz rasen, und er meinte, man gehe davon aus, dass es das Herz schwächt, besonders bei schwangeren Frauen.«

»In welchen Formen gibt es das?«

»Als Injektionslösung und in Tablettenform.«

»Wie viel wäre nötig, um eine Überdosis und einen Herzinfarkt auszulösen?«

»Er wollte nicht spekulieren, sagte aber, es sei ein sehr gefährliches Medikament und sollte nur verschrieben werden, wenn Inhalatoren keine Linderung verschaffen. Oh, und hör dir das an: Er sagte, dass eine Dosis von nur fünf Milligramm die Herzfrequenz um dreißig Prozent erhöht.«

»Wow, das ist eine winzige Pille. Du hättest ihn unter Druck setzen sollen.«

»Habe ich, Frank. Er war unverbindlich, also fragte ich ihn, was passieren würde, wenn jemand die fünf- oder zehnfache Dosis bekommen würde. Er meinte, dass die injizierbare Form superschnell wirkt und das Herz an seine Grenzen bringen würde.«

»Stewart könnte Gabelli eine Spritze gegeben haben.«

»Vielleicht, aber er hat auch gesagt, dass die Mischung mit Alkohol die Wirkung verstärken würde, er nannte es«, Vargas sah auf ihre Notizen, »peripartale Kardiomyopathie, was zu einem plötzlichen Herzstillstand führen könnte, einem massiven Herzinfarkt.«

Ich spürte ein Stechen in der Seite, als ich sagte: »Ich frage mich, was Gabelli wohl getrunken hat?«

»Geht's dir gut, Frank?«

»Ja, wieso?«

»Du hast zusammengezuckt, als hättest du Schmerzen.«

»Ich hatte nur ein kleines Stechen in der Seite.«

»Ist das das erste Mal?«

Ich konnte nicht lügen. »Ich hatte das schon zwei- oder dreimal. Ist keine große Sache. Was hat er sonst noch gesagt?«

»Hast du das dem Arzt gesagt, Frank?«

»Sie meinten, es könnte nur Narbengewebe sein.«

Während Vargas mich anstarrte, fühlte sich meine Seite an, als würde sie aufgespießt. »Autsch.« Ich krümmte mich.

»Das reicht, Frank. Ich rufe einen Krankenwagen. Du fährst ins Krankenhaus.«

Der Schmerz war brennend, aber ich sagte: »Nein. Ich fahre selbst.«

»Du bist nicht in der Verfassung, um Auto zu fahren, mein Lieber.«

Ich griff mir an die Seite. »Ich hoffe, es ist nichts Ernstes. Es fühlt sich nicht gut an, Mary Ann.«

»Wie heißt der Arzt, der dich operiert hat?«

Vargas rief einen Krankenwagen und informierte meinen Chirurgen. Auf der Fahrt in die Notaufnahme wurde ich den

Gedanken nicht los, dass mein Krebs zurückgekehrt war. Der Schmerz war schlimm, richtig schlimm. Die Vorstellung, dass sich die Falltür öffnete, um mich von der Bühne des Lebens zu holen, machte mir eine Heidenangst. Ich griff nach Vargas' Hand. Gott sei Dank war sie im Krankenwagen dabei.

# STEWART

*»ALLE CHANCEN, DIE DU IM LEBEN BRAUCHST, WARTEN IN DEINER Vorstellungskraft. Die Vorstellungskraft ist die Werkstatt deines Geistes, fähig, Geistesenergie in Erfolg und Reichtum zu verwandeln.« – Napoleon Hill*

DIE SONNE WÄRMTE MEIN GESICHT, als ich die Treppe hinuntersprang. Ich fühlte mich heute Morgen richtig gut und habe viel besser geschlafen, seit ich mich von Robin getrennt hatte. Die Entscheidung war nicht leicht, aber sie hätte es sein sollen. Das Einzige, das wir nicht erschaffen können, ist Zeit, und ich weiß, dass man sie nicht verschwenden sollte. Diesen Fehler mache ich nicht noch einmal.

Der Mustang war kein Porsche, aber es würde nicht gut aussehen, einen 911er zu fahren, wenn man mit einem Mädchen zusammen ist, dessen Vater ein paar Ford-Autohäuser besaß. Am Geld lag es sicher nicht; sie hatten mehr als genug. Nicht so viel wie Robin, nachdem sie das Versicherungsgeld bekommen hatte, aber Melissa hatte keine Brüder oder Schwestern, also war sie eine ziemlich gute Partie für mich.

Ich hatte keine Ahnung vom Autogeschäft, aber das hielt Melissa, die Geschäftsführerin ihrer Autohäuser war, nicht davon ab, mich als stellvertretenden Leiter der Filiale in Bonita einzustellen. Das Beste daran war, Greely zu sagen, dass ich seinen Scheiß satt hatte, und dann zu kündigen. Ich konnte es mir nicht verkneifen, ihm beim Gehen noch eins mitzugeben. Es fühlte sich gut an, diesen Plan endlich in die Tat umzusetzen.

Die ersten paar Wochen bei Ford tat ich nicht viel, außer mich mit allen bekannt zu machen, aber es war ein Autohaus mit viel Betrieb, und die Arbeitszeiten gefielen mir nicht. Sie hatten von neun bis neun geöffnet, sechs Tage die Woche, und sonntags von elf bis fünf.

Das fraß eine Menge Stunden von dem Kontingent, das man im Leben so bekommt. Ich würde die Stunden jetzt ableisten, aber in ein paar Monaten würde ich Melissa unter Druck setzen, den Alten zu bearbeiten. Er wollte seiner Tochter doch kein Familienleben vorenthalten, oder?

Ich musste mich immer wieder daran erinnern, aufzuhören, Melissa mit Robin zu vergleichen. Die Sache mit Melissa war, dass ich auf lange Sicht spielen musste. Sie hatte nicht den Cashflow, den Robin hatte; ich fand heraus, dass sie nur hundertzehntausend im Jahr verdiente. Damit kam man nicht sehr weit, und mir zahlten sie nur fünfundachtzigtausend. Ihr Vater war ein fitter Sechsundsechzigjähriger, also lag die Auszahlung hier noch in weiter Ferne.

Was mich außerdem störte, war, dass Melissa, obwohl sie mit Geld aufgewachsen war, nicht Robins Stilgefühl besaß. In praktisch jeder Kategorie war Robin ihr überlegen. Melissa kleidete sich nicht besonders gut. Ich hasste die altbackenen

Hosenanzüge, die sie im Autohaus trug. Und es ärgerte mich, wenn sie mir sagte, ich solle Shorts tragen, wenn wir zum Essen ausgingen.

Oh, da war noch eine Sache: ihr Haus. Melissa wohnte in einem alten, flachen Gebäude in Park Shore, das in einem peinlichen Kanariengelb gestrichen war. Sie sagte, der Ort sei gemütlich, praktisch und schuldenfrei. Man könnte hinzufügen: eingerichtet, als ob eine Achtzigjährige dort wohnen würde.

Ich würde den Zeitplan für diese Beziehung neu bewerten müssen. Vielleicht würde es etwas länger dauern, als ich dachte, aber wenn ich meine Karten richtig spielte und mich an den Plan hielt, würde ich einen Weg finden, erfolgreich zu sein. Zuerst würde ich aber noch drei Monate warten und ihr dann vorschlagen, dass wir zusammenziehen sollten. Auf diese Weise könnte ich aus meiner Bude rauskommen und meine Ausgaben senken. Ich hatte so gut wie kein Eigenkapital, würde aber mit etwa dreißig Riesen dastehen, um meine Kreditkartenschulden zu begleichen.

Dann würde ich sie bearbeiten, unsere Wohnsituation aufzuwerten. Ihr gefiel die Lage. Okay, wir könnten in eines dieser neuen Hochhäuser ziehen. Es wäre süß, mit einem Cocktail in der Hand auf den schimmernden Golf zu blicken.

## LUCA

Ich konnte sehen, wie Vargas am Telefon flüsterte, als sie mich von einer Untersuchung zurück in mein Zimmer schoben. Ich gab ihr einen Daumen hoch und ein breites Lächeln.

»Es ist nur ein Nierenstein.«

»Oh, Gott sei Dank.«

»Wem sagst du das. Ich dachte, mit mir ist es aus.«

»Werden sie ihn mit Ultraschall zertrümmern?«

»Jep. Hoffentlich zerkleinert er sich schon nach einer Behandlung. So oder so werde ich entlassen, nachdem sie ihn weggelascrt haben.«

»Oh, Frank, ich hatte solche Angst um dich.«

»Danke, Mary Ann, ich weiß, was du meinst. Ich dachte wirklich, der Krebs wäre zurück und das Spiel wäre aus.«

»Dieses Drama haben wir nicht gebraucht, oder?«

»Das kannst du laut sagen. Aber danke, dass du mitgekommen bist. Es war gut, dass du da warst.«

»Dafür musst du dich nicht bedanken. Ich bin einfach froh, dass es nichts Ernstes war.«

»Nicht ernst, aber Mann, Nierensteine sind höllisch schmerzhaft.«

»Ich weiß, meine Mutter hatte sie zweimal.«

Ich zupfte meinen Kittel zurecht, um meine Beine zu bedecken. »Es ist eiskalt hier drin.«

Vargas riss einen weiteren Krankenhauskittel auf und legte ihn über das Laken.

»Danke. Also, wo waren wir bei der Sache mit Gabellis Medikament stehen geblieben?«

»Ruh dich heute einfach aus. Wir machen morgen damit weiter.«

»Mir geht's gut, das Schmerzmittel hat gewirkt. Wir können keine Zeit mehr verschwenden. Wir arbeiten schon viel zu lange an diesem Fall. Entweder hat Stewart ihm eine Nadel reingejagt oder er hat einen Haufen Pillen zerstoßen und sie in dem aufgelöst, was Gabelli gerade getrunken hat.«

»Es müssen zerstoßene Pillen gewesen sein.«

»Warum?«

»Erstens hätte er nur einen einzigen Versuch. Wenn er ihm eine Nadel reinjagt, müsste er sicherstellen, dass die gesamte Dosis reingeht. Wahrscheinlich gäbe es einen Kampf, während Gabelli herauszufinden versucht, was passiert.«

»Außer, ein Fläschchen würde ausreichen. Du hast gesagt, der Pharmakologe meinte, es würde schnell wirken.«

»Stewart müsste wissen, was eine tödliche Dosis ist, und selbst unser Mann wollte sich da nicht festlegen.«

»Du hast recht, aber er hat Asthma. Vielleicht hat er es von seinem Arzt erfahren.«

»Hm. Vielleicht.«

»Aber ich stimme dir zu, es ist wahrscheinlich einfacher und sicherer, einen Haufen Pillen vorher zu zerstoßen und sie ihm ins Getränk zu kippen. Aber haben diese Pillen einen Eigengeschmack?«

»Ich weiß es nicht.«

»Finde es heraus und sag mir Bescheid. Aber so oder so, wir müssen Stewart reinholen und einen Durchsuchungsbefehl für seine Wohnung besorgen.«

»Klingt nach einem Plan.«

»Und jetzt raus hier und an die Arbeit.«

»Bist du sicher, dass du klarkommst?«

»Es ist nur ein Nierenstein. Ich bin in ein paar Stunden wieder draußen.«

Vargas ging und ich lag da und dachte über den Fall Gabelli nach, oder besser gesagt, ich war besessen davon. So viele vielversprechende Informationen waren ins Leere gelaufen. Viele dieser Daten hatten auf Stewart hingedeutet, aber dieses Asthmamittel war nun der Faden, der alles zusammenführen könnte.

Ich musste herausfinden, wer sein Arzt war. Der Umgang mit der Ärzteschaft war immer eine heikle Sache. Diese Leute versteckten sich besser hinter dem Datenschutz als die Tech-Unternehmen. In diesem Fall mussten wir den Arzt ausfindig machen, und dann wollten wir nur von ihm wissen, ob und wann er Terbutalin verschrieben hatte. Sobald wir das hatten, war Stewart erledigt.

Wir sollten keine allzu großen Probleme haben, einen Durchsuchungsbefehl zu bekommen. Wir würden bei ihm zu Hause wahrscheinlich etwas finden, das uns den Namen seines Arztes verriet. Wer weiß, vielleicht finden wir bei der Durchsuchung sogar etwas von der Tatwaffe.

Die Dinge glichen sich immer aus, und wir hatten in diesem Fall mit Sicherheit einen Glückstreffer verdient. Ich musste Vargas anrufen und sicherstellen, dass sie das Medikament in unseren Antrag aufnahm und dem Staatsanwalt von den Drohungen erzählte, die Stewart ausgestoßen hatte, falls er sich sträuben sollte, den Durchsuchungsbefehl auszustellen.

Robin. Ich fühlte mich ein wenig schlecht wegen der Art, wie ich sie abgewimmelt hatte, als sie mir von den Drohungen erzählte, die Stewart einem ihrer Liebhaber gegenüber geäußert hatte. Aber weißt du was, sie war nicht ganz ehrlich zu mir gewesen. Wie alle Alphatiere dachte sie, sie könnte mich manipulieren. Das war ihr erster Fehler, aber am Ende sah es so aus, als wäre es auch ihr einziger, es sei denn, wir fänden Beweise dafür, dass sie mit Stewart unter einer Decke steckte.

Ich musste mir eine Strategie für die Befragung von Stewart überlegen. Er würde verschlossen sein; wir konnten nicht erwarten, dass er leicht einknickte. Aber ich würde einen Weg finden, einen winzigen Riss zu erzeugen und mein Brecheisen hineinzurammen. Ich konnte es kaum erwarten. Es würde ein Vergnügen sein, Stewart zappeln zu sehen.

––––––

VARGAS SAß AN IHREM SCHREIBTISCH, als ich am Morgen zur Arbeit kam.

»Wie fühlst du dich, Frankie?«

»Fast wie neu. Sie konnten ihn in einer einzigen Sitzung zertrümmern. Ich werde noch ein paar Schmerzen haben, wenn er abgeht, aber du weißt ja, wie zäh ich bin.«

»Ja, du bist ein echter Superman.«

»Gibt es Neuigkeiten wegen des Durchsuchungsbefehls?«

»Esposito sagte, wir würden ihn wahrscheinlich heute Nachmittag bekommen.«

»Gut, gut. Und wie gehen wir jetzt bei Stewart vor?«

»Warte mal kurz. Ich dachte, du willst vielleicht wissen, dass Gabelli letzten Endes doch kein Dieb war.«

»Das dachte ich mir schon. Wer hat das Geld gestohlen?«

»Es war der CFO von Simmons, der den Betrug inszeniert und es so aussehen lassen hat, als wäre es Gabelli gewesen.«

»Es gibt ja genug Leute, die Toten gerne Verbrechen in die Schuhe schieben.«

»Wem sagst du das? So, und jetzt zurück zu Stewart.«

»Wir müssen uns überlegen, wie wir das machen. Meinst du, wir holen Stewart vor der Durchsuchung rein oder danach?«

Vargas sagte: »Wenn wir ihn vorher reinholen, wird Stewart alles beiseiteschaffen, was Fragen aufwerfen könnte. Andererseits, wenn wir mit dem Durchsuchungsbefehl auftauchen, bevor wir mit ihm geredet haben, wäre er bei einer anschließenden Befragung wirklich auf der Hut.«

»Ich weiß. Aber ich bin zuversichtlich, dass wir ihn knacken, selbst wenn er auf der Hut ist. Ich glaube, nach zehn Minuten macht er dicht.«

»Wir könnten ihn zuerst verhaften und dann mit ihm reden. Das würde ihn vielleicht durchrütteln.«

Ich schüttelte den Kopf. »Das gefällt mir nicht. Vielleicht bekommen wir schon früh etwas, das wir gebrauchen können. Wir suchen ihn auf, versuchen, ihn in die falsche Richtung zu lenken, vielleicht plaudert er dann was aus. Wenn wir ihn verhaften, ist sein Anwalt da, und ich glaube nicht, dass wir genug haben, damit der Staatsanwalt zu diesem Zeitpunkt eine Verhaftung absegnet.«

Vargas runzelte die Stirn. »Alles nur Indizien.«

»Es sei denn, wir finden etwas bei ihm zu Hause. Okay, was ist unsere Theorie, wie er Gabelli umgebracht hat?«

»Die beiden haben sich bei Stewart zu Hause getroffen. Sie

schauen Sport und trinken. Stewart hat ein Dutzend oder mehr Pillen zerstoßen und sie in Gabellis Drink gekippt.«

Ich sagte: »Glaubst du, er hat sie alle auf einmal reingetan?«

»Ich würde sagen, er hat ungefähr zehn Prozent in den ersten Drink getan. So gelangt es in Gabellis Blutkreislauf und dann haut er den Rest in den zweiten.«

»Zwei Drinks würden ihn knapp unter die Promillegrenze bringen, genau da, wo laut Autopsie sein Blutalkoholspiegel lag.«

»Nach dem zweiten Drink erleidet Gabelli einen massiven Herzinfarkt und stirbt.«

»Würde er nicht vorher in Panik geraten, wenn sein Herz zu rasen beginnt?«

»Sicher. Stewart hat ihn wahrscheinlich beruhigt, vielleicht so getan, als würde er einen Krankenwagen rufen.«

Ich sagte: »Okay, die Leiche liegt jetzt auf der Couch oder auf dem Boden. Was macht Stewart als Nächstes?«

»Wir wissen, wo Gabelli gefunden wurde. Warum arbeiten wir nicht von da aus rückwärts?«

»Gute Idee, aber bevor wir weitermachen, sind wir uns überhaupt sicher, dass er den Herzinfarkt bei Stewart hatte?«

Vargas sagte: »Stewart brauchte einen Ort, an dem sie ein paar Drinks nehmen konnten. Das könnte überall sein, aber mehr noch, er brauchte einen privaten Ort, wo er ihm entweder die Medikamente in den Drink kippen oder Gabelli eine Nadel reinjagen konnte. Außerdem wüsste er nicht, wie die Reaktion ausfallen würde. Er konnte nicht darauf zählen, Gabelli von dort wegschaffen zu können.«

»Du hast recht, höchstwahrscheinlich ist das bei Stewart zu Hause passiert.«

»Wie kriegt er die Leiche also zum Clam Pass?«

»Irgendeine Vermutung, ob er die Leiche eine Weile hat liegen lassen, bevor er sie entsorgt hat?«

»Ich bezweifle es. Es sei denn, es ist nicht in seinem Haus passiert. Nur sehr wenige Leute haben die Nerven, im selben Haus zu schlafen, in dem eine Person liegt, die sie getötet haben.«

»Nerven? Du musst eher verrückt im Kopf sein.«

»Angenommen, er wollte die Leiche so schnell wie möglich loswerden, musste er sein Auto benutzen, um sie zumindest in die Nähe des Wassers zu bringen. Danach hat er vielleicht ein Boot benutzt, obwohl wir dafür keine Beweise haben.«

»Stewart hätte Gabelli die Treppe runter und in sein Auto schaffen müssen.«

»Er hat die Leiche wahrscheinlich in seiner Garage eingewickelt.«

Vargas nickte. »Dann hat er bis mitten in die Nacht gewartet, um sie zum Clam Pass zu fahren.«

»Ich will mir den Nachbarn noch mal vorknöpfen, der sagte, er hätte sich Stewarts Auto geliehen.«

»Sicher. Weißt du, Stewart hätte einen anderen Weg nehmen können. Wir haben kilometerlange Wasserwege. Er hätte ihn irgendwo auf ein Boot bringen können, sogar in einer dieser Straßen in Seagate. Die haben alle Zugang zum Wasser.«

»Ich hoffe, wir müssen den Teil nicht beweisen. Stewart hatte eine Affäre mit der Frau des Verstorbenen. Sie sagt, er wollte, dass sie weitergeht. Wir wissen, dass er andere Kerle bedroht hat, die mit Robin zusammen waren. Wenn wir ihn mit dem Medikament in Verbindung bringen können, das einen gesunden Gabelli getötet hat, haben wir eine Menge, womit wir arbeiten können. Und das ist noch vor einer Durchsuchung. Wer weiß, was wir noch finden?«

# LUCA

Vargas, vier uniformierte Beamte und ich schlichen uns nach Calusa Bay und parkten unsere Wagen vor Stewarts Haus. Die Straße war von einem Regenschauer nass und Dampf stieg vom Asphalt auf. Noch bevor wir die Treppe halb hinaufgestiegen waren, öffneten zwei Nachbarn ihre Türen, um zu sehen, was los war. Ich war kurz davor, ihnen zu sagen, sie sollten sich um ihren eigenen Kram kümmern, drückte aber stattdessen auf die Klingel.

Stewart öffnete die Tür und ich hielt ihm den Durchsuchungsbefehl unter die Nase.

»Mr. Stewart, das ist ein von Richter Randolph genehmigter Durchsuchungsbefehl. Er erlaubt uns, Ihr Grundstück zu durchsuchen und alles zu beschlagnahmen, von dem wir glauben, dass es mit unserem Fall in Verbindung steht.«

»Welcher Fall?«

»Der Mord an Philip Gabelli.«

Stewart begann, schnell zu atmen. »Was habe ich damit zu tun?«

»Treten Sie beiseite, Mr. Stewart, wir werden unsere Durchsuchung durchführen.«

Stewart fuhr mit der Hand in seine Tasche und ich zog meine Waffe. Vargas packte seinen Arm und sagte: »Nehmen Sie Ihre Hand langsam heraus.«

Stewart folgte ihren Anweisungen, während er nach Luft schnappte. »Es ist nur mein Inhalator. Ich brauche meinen Inhalator.«

Vargas griff in seine Tasche und holte einen blauen Inhalator hervor. Sie las das Etikett, schüttelte den Kopf und gab ihn Stewart.

Ich sagte: »Mr. Stewart, Sie bleiben mit Officer Putnak hier im Foyer.«

Stewart keuchte. »Verhaften Sie mich?«

»Während der Ausführung eines Durchsuchungsbefehls erlaubt uns das Gericht, die Bewohner des betreffenden Grundstücks unter Kontrolle zu halten.«

Er nahm den Inhalator aus dem Mund. »Unter Kontrolle?«

Obwohl er an seinem Inhalator zog, leistete er Widerstand.

Vargas sagte: »Mr. Stewart, das Gesetz ist eindeutig. Wenn Sie sich widersetzen, müssen wir Sie festnehmen. Ist das klar?«

Stewart trat beiseite und wir strömten in sein Haus. Während ich Handschuhe anzog, wies ich einen Beamten an, dafür zu sorgen, dass Stewart nicht im Weg stand und im Foyer blieb.

Vargas flüsterte: »Der Inhalator ist ein Naturprodukt namens Dr. Kings. Der ist rezeptfrei.«

»Okay, ich nehme das Hauptschlafzimmer. Du siehst dich

in der Küche und im Wohnzimmer um und lässt die Beamten die Garage durchsuchen.«

Stewarts Schlafzimmer war farblos. Es war nicht eines dieser modernen weißen Designs; es war ein mattes, alt aussehendes Weiß. Der Raum schrie geradezu nach Farbe. Ich zog die Silhouetten-Jalousien zu und ging direkt zum Nachttisch. Meine Methode war es, die unterste Schublade zuerst zu öffnen und mich nach oben zu arbeiten, wobei ich jede Schublade offen ließ, damit ich wusste, dass sie durchsucht worden war.

In der untersten Schublade lagen ein staubiges Fernglas und zwei alte Klapphandys mit leeren Akkus, die ich dort ließ. In der zweiten Schublade befanden sich ein dickes Fotoalbum und etwa fünfzehn Paar ordentlich gefaltete Socken. Ich zog das Album heraus und blätterte Bilder von Stewart als Kind, Teenager und Erwachsenem durch. Auf den rund achtzig Fotos war außer Sie-wissen-schon-wem niemand sonst zu sehen. Ich zog das Bild von Robin heraus und drehte es um, aber es gab keine Notizen.

Als ich das Foto anstarrte, verstand ich Stewarts Faszination. In einer roten, bauchfreien Bluse und den knappsten Shorts, die man sich vorstellen kann, räkelte sich Robin am Pool des Gabelli-Hauses. Kein Zweifel, sie hatte das gewisse Etwas. Nachdem ich ein Foto von dem Foto mit meinem Handy gemacht hatte, ging ich zur obersten Schublade.

Als ich sie aufzog, durchströmte ein Adrenalinstoß meinen Körper. Ich ging zur Tür und streckte meinen Kopf hinaus.

»Hey, Vargas. Hast du eine Sekunde?«

Ich war gerade dabei, Fotos von der offenen Schublade zu machen, als meine Partnerin hereinkam.

»Was ist los?«

Ich legte einen Finger auf meine Lippen und zeigte auf

drei Fläschchen Terbutalin und eine Schachtel mit Injektionsnadeln, die rechts neben einer Uhr und einer Münzschale
lagen.

Vargas flüsterte: »Wir haben ihn, Frank, wir haben ihn.«

»Ich glaube schon. Aber noch keinen Champagner. Such
weiter, vielleicht haben wir Glück.«

Nachdem ich den Namen der Apotheke und des verschrei-
benden Arztes notiert hatte, schloss ich die Schublade und
durchsuchte dann weiter das Hauptschlafzimmer. Es gab
nichts anderes, was von Bedeutung zu sein schien.

Als ich das Wohnzimmer betrat, sagte ich: »Packt alle Sitz-
kissen ein.«

Stewart sagte: »Sie können nicht alle mitnehmen. Wo soll
ich denn sitzen?«

Vargas zog mich beiseite und flüsterte: »So was dürfen wir
nicht mitnehmen. Der Umfang des Durchsuchungsbefehls
sieht das nicht vor. Wonach suchst du?«

»Körperflüssigkeiten. Wenn er ihn hier umgebracht hat, ist
Gabelli vielleicht ausgelaufen, als er starb.«

»Du weißt, wir brauchen einen Grund, Frank.«

»Okay, nimm nur das linke Sofakissen.«

»Bist du sicher, Frank? Wir haben nichts, was das recht-
fertigt.«

Ich zeigte auf ein Foto von Gabelli und Stewart, die auf der
Couch saßen.

»Damit lehnst du dich wirklich weit aus dem Fenster,
Frank.«

Ich lächelte. »Mag sein, aber Gabelli trägt ein rotes Hemd,
dasselbe wie an dem Tag, an dem er verschwunden ist. Pack
auch das Foto ein und gib Stewart eine Quittung für das, was
wir mitgenommen haben.«

―――――

»Äн, Detective Luca?«

»Ja, hier ist Detective Frank Luca. Mit wem spreche ich?«

»Äh, mein Name ist Lenny, Lenny Nership, Sie waren bei mir. Ich wohne gegenüber von Dom.«

Ich schaute auf das Telefon, bevor ich sagte: »Ja. Natürlich erinnere ich mich. Sie sind der Nachbar, der gesagt hat, Sie hätten Mr. Stewart den Wagen geliehen.«

»Ich, ich weiß nicht, wie ich das sagen soll, aber … ich hoffe, ich bekomme keinen Ärger oder so. Ich habe mir nichts dabei gedacht, er sagte, es wäre …«

»Ganz ruhig. Sie bekommen keinen Ärger. Sagen Sie mir einfach, was Ihnen auf dem Herzen liegt.«

»Also, ich habe Doms Wagen nie geliehen.«

»Den weißen Nissan Cube?«

»Ja. Er hat mich gebeten zu sagen, ich hätte ihn geliehen, aber das habe ich nicht.«

»Verstehe. Und was hat Sie dazu gebracht, die Polizei anzulügen? Und keine Sorge, das ist nichts, worüber Sie sich Gedanken machen müssten.«

»Na ja, wissen Sie, er sagte, er hätte eine Affäre mit der Frau des Sheriffs und er wüsste, dass die Polizei ihn beobachtet.«

»Sie haben sich letzten Mai nie den Wagen von Mr. Stewart geliehen?«

»Nein, Sir.«

»Darf ich fragen, warum Sie gerade heute anrufen?«

»Also, ich schaue furchtbar gerne *CSI*, das aus Miami, und ich weiß, wie es aussieht, wenn die Polizei einen Durchsuchungsbefehl vollstreckt. Ich habe gesehen, wie Sie alle zu Doms Haus gegangen sind. Ich dachte mir, er hat etwas richtig Schlimmes getan, also habe ich ihn angerufen, um zu sehen, was los ist. Er sagte, es sei ein Missverständnis, aber das ergab keinen Sinn. Dann fing ich an nachzudenken und googelte den Sheriff, um zu sehen, wie seine Frau aussah, aber sie war nicht so hübsch und irgendwie alt, viel älter als Dom. Also dachte ich mir, dass ich etwas sagen muss.«

»Das war sehr klug von Ihnen.«

»Ich, ich habe Angst, dass er ausrastet, wenn er es herausfindet.«

»Seien Sie versichert, er wird es nie erfahren. Wissen Sie, wir werden ihm erzählen, dass wir ein Video von ihm haben, wie er in jener Nacht Calusa Bay verlässt.«

»Sind Sie sicher?«

»Ja. Wir werden allerdings eine Aussage von Ihnen brauchen. Ist das in Ordnung?«

»Äh, muss das sein?«

Das war ein Job für Vargas; sie würde ihn schon um den Finger wickeln. »Ja, aber es geht ganz schnell. Ich schicke meine Partnerin zu Ihnen. Sie ist eine nette Dame. Ihr Name ist Mary Ann. Bitte erzählen Sie ihr genau das, was Sie mir erzählt haben.«

Nachdem ich aufgelegt hatte, ballte ich triumphierend die Faust. Zeit, Stewart reinzuholen.

## 53

## LUCA

ICH BESCHLOSS, DEN KLEINSTEN VERHÖRRAUM ZU NEHMEN, DEN wir hatten. Stewart hatte Asthma und in dem kleinen Raum würde er sich unwohl fühlen. Er hatte herumgedruckst, als wir ihn baten, hereinzukommen, aber die versteckte Drohung einer Verhaftung überzeugte ihn, freiwillig mitzukommen. Das war auch gut so, denn wir hatten nur Indizienbeweise.

Vargas und ich hatten uns auf eine Strategie geeinigt, und jetzt würde sich zeigen, wohin sie uns führen würde. Wir ließen Stewart in den Raum eskortieren und ihn für fünfzehn Minuten allein, während wir uns einen Kaffee holten.

Ich spähte durch den Einwegspiegel. Stewart trommelte mit einem Daumen auf den Stahltisch und wirkte trotzig. Ich hatte das Thermostat hochgedreht, kurz bevor er in den Raum gebracht wurde. Als ich die Temperatur noch weiter erhöhte, schüttelte Vargas den Kopf und ging auf die Damentoilette.

Als sie zurückkam, hatte Stewart die Ellenbogen auf dem Tisch aufgestützt. Es war so weit. Ich klopfte kurz an und wir traten ein.

»Mr. Stewart, danke, dass Sie heute gekommen sind. Erinnern Sie sich an meine Partnerin, Mary Ann Vargas?«

Stewart schüttelte den Kopf. »Hier drin ist es wie in einem Ofen.«

»Es scheint tatsächlich etwas warm zu sein. Möchten Sie es kühler haben?«

»Auf jeden Fall.«

»Kein Problem. Mary Ann wird das Thermostat herunterdrehen, während ich die Videoaufnahme einrichte.«

»Videoaufnahme?«

»Das ist Standard. Es dient Ihrem Schutz.«

»Ja, sicher, zu meinem Schutz.«

»Doch, glauben Sie mir. Denken Sie mal darüber nach, so ist alles unmissverständlich festgehalten. Es steht nicht Aussage gegen Aussage. Wir können nichts erfinden. Alles wird dokumentiert.«

Vargas kam wieder herein. »Ich habe es auf zweiundzwanzig Grad eingestellt. Es fühlt sich hier drin schon besser an.«

Stewart sagte: »Danke.«

Wir setzten uns auf Plastikstühle gegenüber von Stewart, und Vargas schaltete das Aufnahmegerät ein. Nachdem sie die Anwesenden, die Uhrzeit und das Datum genannt hatte, begann ich mit der Befragung.

»Mr. Stewart, in der Nacht, in der Philip Gabelli verschwand, wurde Ihr Nissan Cube mitten in der Nacht im Clam Pass Park gesehen. Als wir Sie dazu befragten, sagten Sie uns, Sie hätten das Auto einem Nachbarn geliehen.«

»Das ist richtig.«

»Und wer war dieser Nachbar?«

Stewart zog seinen Inhalator hervor. »Lenny Nership.«

»Das ist seltsam, denn er hat uns erzählt, dass Sie ihn

gebeten hätten zu sagen, er hätte das Auto in dieser Nacht geliehen.«

»Er lügt. Mit dem Kerl stimmt etwas nicht. Er tut mir leid, aber ihm fehlt ein Chromosom oder so.«

»Warum sollte er über so etwas lügen?«

Stewart zuckte die Achseln. »Ich weiß es nicht, aber warum sollte ich ihn bitten, das zu sagen?«

Vargas sagte: »Um Sie vom Fundort der Leiche fernzuhalten.«

»Ja, genau. Sie denken, ich habe meinen besten Kumpel umgebracht?«

»Wir versuchen nur zu verstehen, was Sie in dieser Nacht am Clam Pass gemacht haben.«

Stewart nahm einen Zug von seinem Inhalator. »Vielleicht habe ich die Nächte verwechselt. Vielleicht war ich auf einem Date.«

»Mit wem?«

»Wahrscheinlich mit jemandem, den ich bei Campiello's kennengelernt habe.«

»Sie erinnern sich nicht?«

Stewart lächelte. »Ich will nicht angeben, aber bei den Frauen läuft es ganz gut für mich.«

»Aber nicht mit Robin.«

Zorn blitzte über Stewarts Gesicht. »Was soll das heißen?«

»Nichts. Nur so eine Bemerkung.«

Vargas sagte: »Ich sehe, Sie benutzen einen Inhalator. Sie leiden an Asthma, richtig?«

»Ja, das habe ich, seit ich ein kleines Kind war.«

»Das ist hart. Als Kind hatte Katie, meine beste Freundin, das auch, und es war manchmal schwierig.«

»Ich komme gut damit zurecht. Es hält mich nicht davon ab, das zu tun, was ich will.«

»Ich schätze, mit all den Medikamenten, die es heutzutage gibt, ist es leichter, damit umzugehen.«

Ich glaubte, ein Zucken bei Stewart zu sehen, bevor er sagte: »Schätze schon.«

Ich sagte: »Wissen Sie, Ihr Kumpel Phil, er ist an einem Herzinfarkt gestorben.«

»Einem Herzinfarkt?«

»Jep.«

Stewart begann, durch den Mund zu atmen. »Das ist verrückt. Er war in Topform. Ich schätze, man weiß nie, was im eigenen Körper vor sich geht. Das ist beängstigend.«

Vargas sagte: »Das ist es mit Sicherheit.«

»Deshalb sage ich immer, man muss das Leben in vollen Zügen genießen. Besser, der Hahn im Korb zu sein, solange man kann, denn man weiß nie, wann die eigene Zeit abgelaufen ist.«

Ich ertappte mich dabei, zu nicken. Was Stewart sagte, klang für mich wahr, und ich driftete ab. Vargas stieß mich mit dem Knie unter dem Tisch an, als sie sagte: »Etwas beschäftigt mich. Phil Gabelli erlitt einen schweren Herzinfarkt, der zu seinem Tod führte. Also, warum und wie ist er im Clam Pass gelandet?«

Ich sagte: »Ja, warum sollte es jemand wie einen Mord aussehen lassen?«

Stewart sagte: »Es gibt eine Menge kranker Typen da draußen.«

Vargas sagte: »Aber genau das war es doch.«

Ich sagte: »Was denken Sie, Dom?«

»Vielleicht hat er sich eine Menge Koks reingezogen und sein Herz hat einfach schlappgemacht. Die Typen oder Mädels, mit denen er unterwegs war, sind in Panik geraten und haben seine Leiche entsorgt.«

Alle Verdächtigen, die sich als schuldig herausstellen, haben ein paar Szenarien parat, die sie wie aus der Pistole geschossen runterrattern. Das zeigt, dass sie sich alles genau überlegt haben – dachten sie zumindest.

Vargas sagte: »Das ist gut. Was meinst du, Frank?«

Ich kratzte mich am Kinn. »Gefällt mir, bis auf eine Sache.«

Vargas fragte: »Und die wäre?«

»Es war nicht Koks, das Gabelli umgebracht hat, sondern Terbutalin.«

Stewart sagte: »Terbu-was?«

»Netter Versuch, Dom. Aber Sie wissen ganz genau, was Terbutalin ist. Stimmt's, Mary Ann?«

Vargas sagte: »Wir haben das Medikament bei der Durchsuchung bei Ihnen zu Hause gefunden, und weitere Nachforschungen haben bestätigt, dass Sie es seit über zehn Jahren verschrieben bekommen.«

Ich sagte: »Klingelt's jetzt?«

»Meinen Sie die kleinen Fläschchen? Die benutze ich nur im Notfall, wenn mein Inhalator nicht wirkt, zum Beispiel während der Allergiezeit.«

»Oder wenn man einen Kumpel aus dem Weg räumen will.«

»Das ist doch Blödsinn!«

Vargas sagte: »Wir finden es interessant, dass Sie einen Monat vor Philip Gabellis Ermordung Ihren Arzt um mehr Terbutalin gebeten haben.«

»Es war Allergiezeit. Deshalb habe ich danach gefragt, wenn Sie es genau wissen wollen.«

Stewart nahm einen Zug von seinem Inhalator, als Vargas sagte: »Mr. Stewart, was wir wissen, ist, dass Sie im Besitz von reichlichen Mengen des Medikaments sind, das bei Mr.

Gabelli zu einem massiven Herzstillstand geführt hat. Und das Interessante daran ist, Sie haben mit der Frau des Opfers geschlafen.«

Ich sagte: »Nicht wirklich, sie hat ihn nach einem Quickie fallen lassen. Vielleicht ist er ja doch nicht so eine Granate im Bett, wie er denkt.«

»Lecken Sie mich.«

Ich sagte: »Also, erzählen Sie uns, wie haben Sie es gemacht, Dom?«

»Ich habe gar nichts gemacht.«

Ich sagte: »Hören Sie, wir können so lange um den heißen Brei herumreden, wie Sie wollen, aber wir wissen, dass Sie es waren, und Sie werden dafür drankommen.«

Stewart keuchte, während er auf seine Hände starrte.

Vargas sagte: »Wenn Sie kooperieren, legen wir beim Staatsanwalt ein gutes Wort für Sie ein. Vielleicht können Sie einen Deal aushandeln, ohne vor Gericht zu müssen. Sie ersparen den Steuerzahlern die Kosten für einen Prozess und dafür erlässt man Ihnen einen Teil der Haftstrafe.«

Stewart hob den Kopf. »Ich habe genug geredet. Ich will meinen Anwalt.«

———

»ICH FASSE ES NICHT, dass sie Stewart laufengelassen haben.«

»Komm schon, Frank. Du wusstest, dass wir nicht genug hatten, um ihn festzuhalten.«

»Okay, dann sag du es mir: Erstens, wie viele Leute nehmen Terbutalin, zweitens, kannten Gabelli, drittens, haben mit seiner Frau geschlafen, und viertens, haben uns auf falsche Fährten gelockt?«

»Indizien, alles davon. Vergiss nicht, er hatte ein gültiges

Rezept für das Medikament. Ich gebe es nur ungern zu, aber sein Anwalt hatte recht. Es ist kein Verbrechen, ein Medikament verschrieben zu bekommen, das in tödlichen Mengen verwendet werden könnte. Und er ist noch nie straffällig geworden.«

»Für alles gibt es ein erstes Mal, und das hier ist es. Wir brauchen nur einen einzigen physischen Beweis und Stewart ist erledigt.«

»Was ist eigentlich aus dem Kissen von der Durchsuchung geworden?«

Ich sagte: »Nichts, keine Körperflüssigkeiten oder Spuren von Terbutalin.«

»Ich glaube, es spielt uns in die Karten, dass Stewart denkt, er wäre aus dem Schneider.«

»Mir gefällt das nicht. Wenn du im Wörterbuch unter ›selbstgefällig‹ nachschlägst, ist da ein Bild von Stewart.«

»Warst du es nicht, der mir beigebracht hat, es nicht persönlich zu nehmen, sondern härter zu arbeiten?«

Ich nickte. »Du hast recht. Hör zu, während er hier den freien Vogel spielt, verdoppeln wir unsere Anstrengungen. Fangen wir damit an, uns in Stewarts Nachbarschaft umzuhören, ob sich jemand daran erinnern kann, Gabelli in der Nacht gesehen zu haben, in der Stewart zum Clam Pass gefahren ist. Ob sich jemand erinnert, dass Stewart mitten in der Nacht weggefahren ist, jemand, der mit seinem Hund draußen war, oder so was. Alles, was wir kriegen, selbst wenn es nur Indizien sind, wird helfen, ihm mehr einzuheizen.«

Vargas sagte: »Klingt nach einem Plan. Immer noch nichts zu Stewarts altem Auto?«

»Nee. Der Händler hatte es ein paar Monate auf dem Hof, aber es hat sich nicht verkauft, also haben sie es bei einer Auktion in Georgia verkauft. Ein Großhändler aus Pennsylvania hat es sich geschnappt und hatte es einen Monat lang, bevor er es an einen Händler in Massachusetts verkauft hat. Wie auch immer, sie gehen der Sache nach. Wir sollten bald etwas haben.«

»Ich mache mir da keine großen Hoffnungen. Stewart scheint vorsichtig zu sein, obwohl er mit der Sache, dass der Nachbar sich das Auto geliehen hat, Mist gebaut hat.«

»Vielleicht, aber der Nachbar hatte sich den Cube schon ein paar Mal geliehen. Er könnte die Daten durcheinandergebracht haben.«

»Aber die Geschichte, dass er eine Affäre mit der Frau des Sheriffs hatte, was soll das?«

Ich schüttelte den Kopf. »Wir brauchen einen kleinen Durchbruch, das ist alles, und der ist schon längst überfällig.«

## 54

# LUCA

Die Polizeibeamten Crowley und Spear aus Somerville hielten in der Gilead Street 81. Sie stiegen aus ihrem Wagen und blickten die Einfahrt zum Haus hinunter. Die Beamten nickten sich zu und stiegen die wackelige Treppe des Hauses hinauf, das aus dem frühen neunzehnten Jahrhundert stammte.

Sie klopften an die Tür und eine Frau Ende vierzig in Sportkleidung, die gerade eine Banane aß, öffnete. Die Beamten stellten sich vor und fragten: »Meine Dame, gehört Ihnen ein weißer Nissan Cube, Baujahr 2010?«

Der Frau wich alle Farbe aus dem Gesicht. »Ja, das ist das Auto meines Sohnes. Warum?«

Officer Crowley reichte der Frau ein Stück Papier. »Wir haben einen Beschlagnahmungsbefehl. Wir sind hier, um das Auto abzuholen.«

Sie lehnte sich gegen den Türrahmen und ließ ihre Banane fallen. »Was hat er getan?«

»Wir glauben nicht, dass er irgendetwas getan hat. Der

Wagen wird im Zusammenhang mit einem Fall gesucht, der einen Vorbesitzer betrifft.«

»Es hat also nichts mit uns zu tun?«

»Wir glauben nicht, meine Dame.«

»Oh, Gott sei Dank.«

Ein Abschleppwagen kam rumpelnd vor dem Haus zum Stehen.

»Wir müssen das Auto mitnehmen.«

»Wann bekommen wir es zurück? Er braucht das Auto für die Uni. Er studiert, wissen Sie.«

»Wir geben Ihnen eine Quittung, nachdem wir ihn auf den Lkw geladen haben, und darauf steht eine Kontaktnummer. Sie können diese Nummer später am Tag anrufen. Dort wird man Ihnen alle Einzelheiten mitteilen.«

Nachbarn hatten sich auf der Straße versammelt, um das Verladen des Nissan auf den Abschleppwagen zu beobachten. Als der Lkw außer Sichtweite war, ging die Mutter zu ihren Nachbarn und erklärte ihnen die ungewöhnlichen Umstände.

## 55

---

# LUCA

Stewart hob seine Hände in den Handschellen. »Machen Sie die Dinger jetzt ab?«

Ursprünglich wollte ich seine Hände auf dem Rücken fesseln, aber Vargas erinnerte mich daran, dass er Zugang zu seinem Inhalator brauchte. Einen Gefangenen in Handschellen zu lassen, war eine umstrittene Taktik, die ich noch nie angewendet hatte. Bei Stewart setzte ich darauf, dass es helfen würde, ihn zu brechen.

*Wir haben die Kontrolle, nicht du, Dom.*

Ich sagte: »Neue Sicherheitsvorschriften. Wir können sie nicht abnehmen. Aber was ich tun kann, ist, einen Arm am Tisch festzuketten, wenn Sie möchten.«

»Dann machen Sie mal.«

Ich bat Vargas, loszulegen, und sie nannte die Formalitäten fürs Protokoll, während ich die Fesseln neu anlegte.

Ich setzte mich neben Vargas. »Mr. Stewart, waren Sie in der Nacht von Philip Gabellis Verschwinden am Clam Pass?«

»Kann sein. Das ist lange her.«

»Wir haben Videoaufnahmen von Ihrem weißen Nissan Cube auf dem Parkplatz.«

»Wie gesagt, das ist lange her.«

»Zuvor haben Sie angegeben, dass Sie, weil es die Nacht war, in der Gabelli verschwand, eine, wie haben Sie es ausgedrückt, Detective Vargas?«

Vargas sagte: »Ich glaube, es war eine ›glasklare Erinnerung‹.«

Ich sagte: »Genau das war es. Wenn Sie möchten, können wir es Ihnen vorspielen.«

Stewart sagte: »Die Zeiten waren stressig. Ich könnte an dem Abend bei einem Date dort gewesen sein.«

Ich sagte: »Also sind wir wieder bei der Date-Ausrede.«

»Das ist keine Ausrede.«

Vargas sagte: »Hat Ihr Date Sie dort getroffen?«

Worauf wollte sie hinaus? Ich konnte an Stewarts Gesicht sehen, dass er genauso verwirrt war wie ich.

»Was meinen Sie mit ›mich dort getroffen‹? Ist das irgendein Polizeitrick?«

Vargas sagte: »Das ist keine Fangfrage, Mr. Stewart. Es ist eine einfache Frage. Hat Ihr Date Sie im Clam Pass Park getroffen?«

»Nein, wir kamen von Campiello's, glaube ich, und sind zusammen in den Park gegangen.«

»Das ist interessant«, sagte Vargas.

»Was ist daran so interessant?«

Vargas sagte: »Die Aufzeichnung, die wir haben, zeigt deutlich, dass Sie allein im Nissan Cube waren, als Sie auf den Parkplatz fuhren.«

Was? Vargas bluffte. Ich fand es großartig, aber wenn Stewarts Anwältin Wind davon bekäme, hätte sie einiges zu erklären.

»Ich weiß nicht, was Sie zu beweisen versuchen, Detective. Was ist schon dabei, wenn ich allein hingefahren bin?«

Ich sagte: »Was haben Sie dann um diese Uhrzeit am Clam Pass gemacht?«

»Konnte nicht schlafen, bin spazieren gegangen.«

Ich sagte: »Sie sollten versuchen, bei Ihrer Geschichte zu bleiben. Es macht keinen guten Eindruck, wenn Sie sie ständig ändern.«

Vargas sagte: »Ich weiß, ein Spaziergang hilft mir beim Einschlafen. Sie waren also in dieser Nacht am Clam Pass, um spazieren zu gehen?«

Stewart nickte und nahm einen tiefen Zug von seinem Asthmaspray.

Vargas sagte: »Mr. Stewart, könnten Sie Ihre Antwort bitte aussprechen?«

»Ich war da, aber was soll's? Sie werden mehr als das brauchen, um mir Phils Mord anzuhängen.«

»Komisch, dass Sie das sagen, nicht wahr, Mary Ann?«

Vargas sagte: »Ich weiß nicht, wie komisch Mr. Stewart das finden wird, aber willst du es ihm sagen oder soll ich?«

Ich hätte ihr ungern den Todesstoß überlassen, aber sie hatte ihn meisterhaft vorbereitet. Ich sagte: »Nur zu.«

Vargas legte die Fingerspitzen aneinander und trommelte zwanzig volle Sekunden damit. Mit jeder Wiederholung sanken Stewarts Schultern tiefer. Ich musste mich räuspern, damit sie weitermachte.

Vargas sagte: »Was wir *haben*, Mr. Stewart, sind handfeste forensische Beweise, dass Philip Gabelli in Ihrem Nissan Cube war.«

Stewart fuhr hoch. »Sie sind ja Genies, wissen Sie das?«, lächelte er. »Natürlich gibt es Spuren von Phils DNA oder was auch immer in meinem Auto. Sie vergessen wohl, wir waren beste Freunde. Er ist Dutzende Male in meinem Auto mitgefahren, und hey, fürs Protokoll, ich war auch oft in seinem Auto.«

Ich sagte: »Detective Vargas ist klüger als ich, aber es braucht kein Genie, um einen Mörder zu fassen. Nur altmodische Polizeiarbeit und eine Prise Wissenschaft.«

Stewart blinzelte schnell mit den Augen, während er sich die Lippen befeuchtete.

Vargas sagte: »Können Sie erklären, wie Philip Gabellis Urin und Blut in Ihrem Auto gefunden wurden?«

»Der Kerl hat in mein Auto gepisst?«

Ich sagte: »Bei seinem Tod hat Mr. Gabelli eine kleine Menge Urin verloren, die auf Ihrem Beifahrersitz gefunden wurde.«

»Das ist doch irre. Phil könnte jederzeit etwas ausgelaufen sein, zum Beispiel als wir auf dem Weg zum Casino angehalten haben.«

»Und das Blut, das im Beifahrerfußraum gefunden wurde?«

»Ich weiß nicht, Nasenbluten?«

»Sehr gut. Terbutalin erhöht den Blutdruck drastisch, was zu Nasenbluten führt. Die Kapillarblutungen, die in Mr. Gabellis Nasenhöhle gefunden wurden, passen zu Nasenbluten.«

»Sie greifen nach Strohhalmen.«

Vargas sagte: »Ich fürchte, da liegen Sie falsch, Mr. Stewart. Wussten Sie, dass sich die Flüssigkeitsausscheidungen einer toten Person chemisch von denen einer lebenden Person unterscheiden?«

Stewart erstarrte.

Was hatte sie da gerade gesagt? Ich musste es mir noch einmal durch den Kopf gehen lassen. Ich war beeindruckt von der raffinierten Art, wie Vargas es formuliert hatte. Ich sagte: »Du bist erledigt, Stewart.« Ich wandte mich an meine Partnerin. »Weißt du was, Vargas? Ich kann immer noch nicht begreifen, warum Robin mit diesem Kerl auch nur ein einziges Mal in die Kiste gesprungen ist. Was meinst du?«

Stewart schüttelte den Kopf. »Du kennst sie nicht, wie ich sie kenne. Du weißt gar nichts über sie oder über mich.«

Ich sagte: »Ich weiß, dass Robin eine ziemlich anspruchsvolle Frau ist. Eine aus der Oberschicht, haben wir sie oben in Jersey immer genannt. Ihr beide habt nichts gemeinsam.«

»Wir sind uns ähnlicher, als du denkst. Sie hat mehr verdient, als Phil ihr gegeben hat. Mann, er hat sie wie den letzten Dreck behandelt. Wie konnte er ihr das nur antun? Sie hatte doch alles.«

Ich sagte: »Robin ist eine kluge, erfolgreiche Frau. Eine echte Professional, die richtig Asche macht. Selbst wenn ihr beide mal was miteinander hattet, was ich bezweifle, hätte das niemals gehalten. Du bist Kreisliga, Stewart, bestenfalls Bezirksliga. Sie spielt in der Bundesliga.«

Stewart lächelte. »Du hast ja keine Ahnung. Robin hat mir gesagt, wir wären Seelenverwandte, dass niemand sie so versteht wie ich. Wir hatten eine besondere Verbindung.«

Ich sagte: »Nur, wenn sie dich gebraucht hat. Kapierst du es nicht? Robin hat dich benutzt. Sie hat sich einsam gefühlt. Du warst für eine Nacht ihr Teddybär. Das war schon alles.«

Stewart sog gierig an seinem Inhalator und ich machte weiter.

»Weißt du, was sie uns erzählt hat, Dom? Robin sagte, sie habe es sofort bereut, eine einmalige Sache mit dir gehabt zu haben.«

»Das hat sie auf keinen Fall gesagt.«

Vargas sagte: »Es ist wahr. Ich war dabei, als sie es sagte.«

»Das ist nicht das, was sie mir gesagt hat, nachdem wir zusammen waren. Sie hat gesagt, es war etwas Besonderes.«

»Sie hat dich angelogen, Dom. Sie hat dich verachtet, hat es gehasst, wie du ihr auf Schritt und Tritt gefolgt bist. Stimmt's, Mary Ann?«

Vargas sagte: »So wie Robin es ausdrückte, hast du sie erstickt.«

»Sie erstickt? Das ist doch Blödsinn. Ich weiß nicht, warum sie sich gegen mich gewandt hat. Robin und ich waren perfekt zusammen. Phil war nichts als eine Belastung für sie. Er hat ihr das Leben ausgesaugt und obendrein ihr Geld verprasst. Ich würde ihr das nie antun. Ich würde auf sie aufpassen, sie beschützen. Wir bräuchten nichts von niemandem. Wir hätten alles. Sieh dir ihr Haus an, Mann, was für ein Ort zum Leben, und weißt du was? Ich hätte es fast geschafft. Mein Plan war gut.«

Ich sagte: »Erzähl uns von dem Plan, Dom.«

Vargas sagte: »Wissen Sie, wir haben eine Menge Ermittlungen angestellt und es besteht kein Zweifel, dass Phil Gabelli ein schrecklicher Ehemann war.«

Stewart sagte: »Wem sagen Sie das? Zuerst habe ich versucht, Phil dazu zu bringen, zu gehen. Ich habe versucht, mit ihm zu reden, aber er war stur. Und Robin, ich weiß beim besten Willen nicht, warum sie nicht einfach gegangen ist. Sie wurde zum Narren gehalten. Immer und immer wieder.«

Ich sagte: »Sogar die Leute, mit denen sie zusammenarbeitete, wussten, dass er jedem Rock hinterherjagte. Es war peinlich für sie.«

Stewart sagte: »Es war zum Kotzen. Sie hätte mich anflehen sollen, ihn aus dem Weg zu räumen.«

Vargas sagte: »Vielleicht hätte sie die Dinge anders gesehen, wenn sie gewusst hätte, dass Sie es waren, der ihren untreuen Ehemann aus dem Weg geschafft hat.«

»Glauben Sie?«

Vargas sagte: »Absolut. Ich bin eine Frau und ich weiß, wie Robin denkt.«

Stewarts Schultern sackten in sich zusammen. »Ich habe nie darüber nachgedacht, es ihr zu sagen, aber es war trotzdem ein guter Plan.«

Ich sagte: »Es war ein brillanter Plan. Wir hätten es fast aufgegeben, dich zu schnappen.«

Vargas sagte: »Warum erzählen Sie uns nicht davon?«

Stewart enthüllte, dass er begonnen hatte, seinen Plan auszuarbeiten, nachdem Phil ihn vor einer Frau blamiert hatte, bei der er gerade zu landen versuchte. Als der Plan fertig war, beschloss Stewart, ihn in die Tat umzusetzen, nachdem Phil eines Abends in einer Billardhalle mit einer Schlampe auf der Toilette verschwunden war. Nach der sexuellen Begegnung machte Phil Stewart noch wütender, indem er vor ein paar Kerlen bei einem Billardturnier schlecht über Robin redete. Diese Kombination zwang Stewart dazu, den Plan auszuhecken.

Der tödliche Plan war nicht ganz so, wie wir dachten, aber wir waren nah dran. Stewart lud Gabelli ein, sich ein Hockey-Playoff-Spiel anzusehen, und hatte zur Vorbereitung an diesem Morgen eine Handvoll Pillen zerstoßen. Dann löste er einen Teil des Pulvers in jedem der beiden Wodka-Cranberry-Drinks auf, die Gabelli trank. Mit rasendem Herzen geriet Gabelli in Panik und Stewart sagte, er würde ihn ins Krankenhaus bringen.

Sie stiegen in Stewarts Cube, der in der Garage stand. Stewart hatte zwei mit Terbutalin gefüllte Injektionsnadeln im Auto und rammte beide gleichzeitig in Gabellis Oberschenkel. Gabelli wusste gar nicht, wie ihm geschah, und erlag schnell einem Herzstillstand.

Nachdem Gabelli tot war, legte Stewart den Sitz zurück und schob eine Plastikfolie um den Körper. Dann ließ er Gabellis Auto in Lehigh Acres stehen und wartete ein paar Stunden, bevor er die Leiche in der Outer Clam Bay versenkte.

Wir klärten noch ein paar Punkte, um sicherzugehen, dass wir ihn hatten, bevor wir die Sache abschlossen.

———

NACHDEM STEWART in eine Zelle gebracht worden war, trafen Vargas und ich uns mit dem Staatsanwalt und übergaben ihm das Geständnis und die Beweise, die wir gesammelt hatten. Es sollte sich eigentlich gut anfühlen, einen Psycho wie Stewart von der Straße zu holen, aber bei mir hinterließ es ein mulmiges Gefühl. Wenn man bei einem lebenslangen Freund nicht sicher war, wo konnte man dann noch sicher sein?

Zwischen Reue und Bedauern liegt ein himmelweiter Unterschied. Stewart zeigte keinerlei Anzeichen von Reue, nur Bedauern darüber, dass sein Plan von Robin abgelehnt worden war. Ich wusste, dass dieser Spinner anfangen würde zu verhandeln, um sich eine kürzere Strafe zu erschleichen, aber von diesem Detective würde er keine Hilfe bekommen.

Ich freute mich auf einen Spaziergang am Strand. Das half immer, Dinge nach einem Fall wie diesem zu verarbeiten, aber bevor ich an den Strand ging, gab es zwei Dinge, die ich erledigen musste. Auf das eine freute ich mich, das andere machte mich nervös. Kayla hatte gesagt, sie hätte nächstes Wochenende Zeit, was perfekt war, da Vargas mit dem Bereitschaftsdienst an der Reihe war. Ich würde mir liebend gern einen Tag freinehmen und eine Reise von Donnerstag bis Sonntag daraus machen, aber würde ich die Sache damit nicht überstürzen? Wir hatten uns nicht mehr gesehen seit der Nacht im Baleen, als ich ohnmächtig geworden war. Und das war unser erstes Date.

Als ich merkte, dass ich in meinen Gedanken schon viel weiter war, als wir es in Wirklichkeit waren, beschränkte ich die Suche nach Flügen und einem Hotel auf das Wochenende. Nachdem ich nachgesehen hatte, brauchte ich länger als erwartet, um eine Nachricht an Kayla zu verfassen, bevor ich irgendetwas buchte.

Nervös, dass sie mich enttäuschen würde, ging ich die Treppe hoch zu Sheriff Liberi, bei dem ein Lymphom diagnostiziert worden war. Liberi und ich respektierten uns und hatten eine gute Beziehung zueinander aufgebaut. Er erledigte die Aufgaben seines Amtes tadellos und hatte sich die größte Mühe gegeben, mir bei der Eingewöhnung zu helfen, als ich zur Abteilung kam. Es war enttäuschend zu erfahren, dass er darüber nachdachte, in den Ruhestand zu gehen, um sich seiner Krankheit zu stellen.

Der Sheriff war von der Diagnose erschüttert, und wer könnte es ihm verdenken? Wenn jemand mitfühlen konnte, dann ich. Ich empfand es als meine Pflicht, zu versuchen, ihn zu beruhigen, aber die Vorstellung, über Dinge zu sprechen, mit denen ich selbst noch nicht abgeschlossen hatte, machte mich nervös. Als ich aus dem Treppenhaus kam, beschlich mich die Angst, dass ich der Aufgabe nicht gewachsen sein würde.

Ich huschte in die Herrentoilette und begann, ein paar Sätze einzuüben, die ich Liberi sagen wollte, als mein Handy klingelte. Es war eine Nachricht von Kayla. Ich öffnete sie und atmete aus; das Wochenende stand. Die Nachricht machte mir Mut und gab mir die Kraft, einem Freund Trost und Unterstützung zu spenden. Ich schickte Kayla einen Smiley und ging zum Sheriff.

———

ICH HOFFE SEHR, dass Ihnen das Lesen dieses Buches genauso viel Freude bereitet hat wie mir das Schreiben. Wenn ja, würde ich mich über eine kurze Rezension auf Amazon oder Ihrer bevorzugten Buch-Webseite sehr freuen. Rezensionen sind für jeden Autor entscheidend und schon ein oder zwei Zeilen können einen großen Unterschied machen. Vielen Dank, Dan.

Besuchen Sie Dans Webseite: http://danpetrosini.com/

## Die Luca Mystery -Serie

Bin ich der Mörder?

Verschwunden

Der Serenity -Mord

Dritte Chancen

Ein kalter, harter Fall

Polizist oder Mörder?

Salter zum Schweigen bringen

Ein Mörder falsch

Ungewisse Einsätze

Der Opa -Mörder

Gefährliche Rache

Wo sind sie

Am See begraben

Der Preserve Killer

Niemand ist sicher

Mord, Geld und Chaos

Der goldene Ausverkauf

## Spannende Geheimnisse

Corys Dilemma

Corys Flug

Corys Verschiebung

## Kunst der Rückzahlung

### Rennen zur Rache

### Jenseits der Rache

### Das ist noch nicht vorbei

## Andere Werke von Dan Petrosini

### Der letzte Feind

### Completciccitic Zeuge

### Zurückschieben

### Ehrgeiz Klippe

Sie können über mein Schreiben auf dem Laufenden bleiben und Zugang zu Büchern haben, die frei von Discounter sind, indem Sie sich meinem Newsletter anschließen. Normalerweise ist es einmal im Monat ausgestiegen und enthält auch Notizen zu Selbstwertgefühl, Motivationsstücken und Weinartikeln.

Es ist kostenlos. Siehe meine Website: www.danpetrosini.com

Dan ist ein USA-Today- und Amazon-Bestsellerautor, der seine erste Geschichte im Alter von zehn Jahren schrieb und es liebt, Geschichten oder Witze zu erzählen.

Seine Ideen für Geschichten erhält Dan, indem er der Frage nachgeht: Was wäre, wenn?

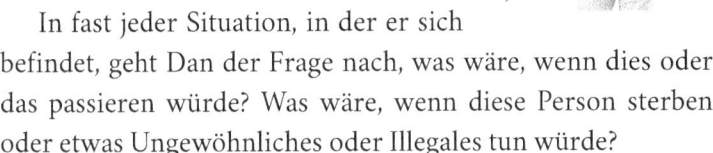

In fast jeder Situation, in der er sich befindet, geht Dan der Frage nach, was wäre, wenn dies oder das passieren würde? Was wäre, wenn diese Person sterben oder etwas Ungewöhnliches oder Illegales tun würde?

Dans ständiges Gedankenkarussell liefert ihm reichlich Stoff, den er zu interessanten Geschichten verwebt.

Als Fan von Büchern und Filmen mit unvorhersehbaren Wendungen gestaltet Dan seine Geschichten so, dass die Leser den Ausgang nicht erraten können. Er schreibt jeden Tag, ringt notfalls um die Worte und hat bis heute über fünfundzwanzig Romane geschrieben.

Für Dan ist es keine Frage des Wollens, er muss einfach schreiben.

Dan ist der festen Überzeugung, dass Menschen ihre Träume verwirklichen können, wenn sie sich darauf konzentrieren und handeln, und er ermutigt genau dazu.

Sein Lieblingsspruch lautet: „Der Preis der Disziplin ist immer geringer als die Kosten des Bedauerns."

Dan erinnert die Menschen daran, Negativität aus ihrem Leben zu verbannen. Er glaubt, dass sie ansteckend ist, und rät, sich von negativen Menschen fernzuhalten. Er weiß, dass eine wirklich positive Grundeinstellung einem das Gefühl gibt, das Leben spiele einem in die Karten. Wenn er mal vom

Weg abkommt, sagt er sich: „Man kann keinen guten Tag mit einer schlechten Einstellung haben."

Dan ist verheiratet, hat zwei Töchter und einen anhänglichen Malteser und lebt im Südwesten Floridas. Der gebürtige New Yorker hat an örtlichen Hochschulen unterrichtet, schreibt Romane und spielt Tenorsaxophon in mehreren Jazzbands. Außerdem trinkt er viel zu viel Wein und nimmt sich selbst niemals, aber auch wirklich niemals zu ernst.

Er veröffentlicht einen zweimal monatlich erscheinenden Newsletter mit Artikeln, seinen Texten sowie Sonderangeboten und Schnäppchen.